FJB

KLAUS-PETER WOLF

Nachtblauer Tod

Fischer FJB

Erschienen bei Fischer FJB, einem Unternehmen
der S. Fischer Verlage GmbH, Frankfurt am Main

Satz: Dörlemann Satz, Lemförde
Druck und Bindung: CPI – Clausen & Bosse, Leck
Printed in Germany
ISBN 978-3-8414-2147-0

Die Edith-Stein-Schule gibt es in Bremerhaven wirklich. Ebenso die letzte Kneipe vor New York, das Schiff Seute Deern, das Hotel Haverkamp und das Amtsgericht. Trotzdem ist dies ein Roman, der die Realität von der Fiktion aus beleuchtet. Die Handlung ist erfunden, die Kulisse aber echt.

Ich danke meinem Freund und Förderer Rolf Stindl aus Bremerhaven, der mir vieles leichtgemacht hat, was ohne ihn schwer gewesen wäre …

Klaus-Peter Wolf

1

Wenn er gewusst hätte, dass seine Mutter in die Augen ihres Mörders blickte, während er auf dieser Party bei seinem Freund Ben heimlich Weinbrand in die Erdbeerbowle goss, wäre er garantiert um Hilfe schreiend nach Hause gelaufen. Aber Leon Schwarz hatte keine Ahnung. Er glaubte, seine Welt sei in Ordnung.

Die kleinen Risse im Eis deuteten nicht darauf hin, dass die Decke bald einbrechen würde. Aber es knirschte bereits, und das Eis war dünn geworden, so dünn, dass alle, die sich auf ihm befanden, in Lebensgefahr schwebten. Wie damals, als er beim Schlittschuhlaufen auf dem Teich plötzlich keinen Boden mehr unter den Füßen hatte und die Kälte des Wassers ihn wie ein Faustschlag traf.

Er musste für ein paar Schrecksekunden lang ohnmächtig geworden sein. Auf jeden Fall hatte er die Orientierung verloren.

Er wollte auftauchen. Er brauchte Luft, aber er stieß gegen eine geschlossene Eisdecke. Er fand das verdammte Loch nicht. Die Einbruchstelle konnte jetzt seine Rettung werden. Aber wo war sie?

Er versuchte, das Eis zu durchbrechen, aber es gelang ihm nicht. Die Kälte begann schon seinen Bewegungen die

Kraft zu nehmen. Seine Muskeln wurden schwer und irgendwie lahm.

Es war unglaublich laut unter Wasser. Die Läufer auf dem Eis ließen die gefrorene Decke stöhnen und ächzen wie ein leidendes Lebewesen, auf dem alle herumtrampelten.

Immer wieder träumte er von dieser Szene, wie er über sich die geschlossene Eisdecke sah. Manchmal überfielen ihn diese Bilder am hellen Tag. Es gab keine Ankündigung. Es konnte mitten im Matheunterricht passieren, oder wenn er zur Toilette ging und die Tür hinter sich schloss.

Jetzt geschah es gerade wieder. Jetzt, da Jessy ihn ansah und ihm mit ihrem Silberblick zu verstehen gab, wie sehr sie auf ihn abfuhr.

Sie konnte junge Männer angucken, dass es denen durch und durch ging. Andere Typen stellten sich dann vielleicht vor, wie es wäre, sie zu küssen oder ihre nackte Haut zu berühren. Er brach stattdessen ins Eis ein und stand ein bisschen hilflos, ja linkisch, herum, bekam feuchte Hände und wusste nicht, wohin mit ihnen.

Jessy müsste ihn eigentlich für einen Idioten halten, dachte er. Trotzdem legte sie eine Hand auf seinen Arm und fragte ihn, ob er ihr ein paar Erdbeeren aus der Bowle fischen könnte. Er hätte das nur zu gern für sie getan, doch er steckte mal wieder unter der Eisdecke fest und bekam keine Luft.

Dann retteten ihn die Bilder von seinem Vater. Wie eine Erscheinung, geboren aus Trillionen von Luftbläs-

chen, tauchte er plötzlich unter Wasser auf. Ein Engel! Ja, wie ein Engel wirkte er und verstärkte das Gefühl in Leon, zu sterben. Immerhin wurde er nicht vom Teufel geholt, sondern von einem Engel.

Dann hatte sein Vater ihn unsanft gepackt und mit sich gerissen. Immer wenn er seinen Vater umhüllt von Luftbläschen sah, ging es ihm besser.

Er bekam wieder Luft, lächelte Jessy an, angelte für sie ein paar Früchte aus der Bowle und hielt ihr eine saftige Erdbeere, die sich mit Alkohol vollgesogen hatte, auf einem Picker hin.

Sie stülpte ihre Lippen über die Frucht und schloss dabei demonstrativ die Augen.

Er kannte kein anderes Mädchen, das so war wie sie.

Wahrscheinlich übte sie so etwas heimlich zu Hause vor dem Spiegel. Sie liebte Hollywoodfilme. Sie konnte Julia Roberts nachmachen, Meg Ryan, Kristen Stewart und Sarah Jessica Parker.

Sie waren allein in der Küche, und als Leon Jessy küsste, starb seine Mutter.

Ihr letzter Gedanke galt ihm, ihrem geliebten Sohn.

Seine Lippen brannten, und Jessy ließ es zu, dass seine Finger unter ihr T-Shirt glitten. Dann öffnete er die Augen, weil ihn das komische Gefühl beschlich, angestarrt zu werden.

Tatsächlich, im Türrahmen, wo die Einbauküchenzeile mit einem Kühlschrank endete, stand die fünfzehnjährige Johanna.

Ben hatte versucht, seine jüngere Schwester für die

Dauer der Party loszuwerden, aber die Spaßbremse hatte so lange Theater gemacht, bis Bens Mutter ein Machtwort gesprochen hatte.

Leon konnte nicht küssen, wenn er so angeglotzt wurde, außerdem äffte Johanna jetzt Jessy nach, als ob sie gerade einen unsichtbaren Liebhaber knutschen würde.

Leon fühlte sich peinlich berührt und verspottet. Er schob Jessy von sich weg.

Johanna drängte sich an den beiden vorbei zur Erdbeerbowle. Sie stieß Leon dabei versehentlich heftig an.

»Oh, Entschuldigung – stör ich?«

»Nee«, konterte Jessy patzig, »wir haben alle nur auf dich gewartet. Schön, dass du doch noch gekommen bist. Ist nix im Fernsehen?«

Jessy glaubte, Johanna damit echt eins verpasst zu haben und stolzierte, mit Hintern und Hüften provokativ wackelnd, zur Tür. Sie ging ganz sicher davon aus, dass Leon ihr folgen würde, aber der blieb bei der Bowle und bei Johanna. Er schenkte sich ein Glas ein.

»Versuch das ja nie mit mir, du Vollhorst. Da bleibst du nämlich mit der Zunge an der Zahnspange hängen!«, giftete Johanna und grinste ihn provozierend an, dabei ließ sie das Silber auf ihrer Kauleiste blitzen. Sie war genauso nervig, wie Ben immer erzählte.

Leon suchte Jessy. Die tanzte inzwischen Klammerblues mit Ben und sah konsequent an Leon vorbei oder durch ihn hindurch, als ob er nicht da wäre.

Sie machte einen beleidigten Eindruck auf Leon. Vermutlich war sie sauer, weil er nicht sofort hinter ihr her gedackelt war.

Dafür fixierte Johanna ihn jetzt. Sie hielt sich jeweils in der von ihm am weitesten entfernten Ecke des Raums auf, ließ ihn aber nicht aus den Augen. Wenn er zu ihr sah, zog sie Grimassen.

Wenn alle Mädchen so wären, würde ich schwul, dachte er und holte sich noch ein Glas Bowle.

Wie affektiert Jessy jetzt mit Ben turtelte … Dabei achtete sie genau darauf, dass Leon alles mitbekam.

Sie will mich echt eifersüchtig machen, dachte er.

Die Bowle kam ihm plötzlich ungenießbar vor. Zu süß. Er ging zu süffigeren Drinks über. Ben hatte zwei Kästen Flens besorgt und dann noch Altbier. Aber das Düsseldorfer schmeckte Leon auch nicht. Da ploppte er lieber ein Flens. Er mochte das Geräusch, wenn der Bügelverschluss aufsprang. Bier spritzte hoch, und ein paar Schaumflocken landeten auf seinem weinroten Seidenhemd.

Inzwischen war er eigentlich zu betrunken, um nach Hause zu gehen, aber zu nüchtern, um zu bleiben.

Leon ließ sein Fahrrad stehen und wankte durch die kalte Luft. Die lila Finsternis umfing ihn wie eine schützende Hand. Als er an der Geeste ankam, war ihm schlecht, so als hätte ein Teil von ihm bereits Ahnung von dem, was ihn zu Hause erwartete.

Er hatte Seitenstechen und war außer Atem. Erst jetzt merkte er, dass er völlig sinnlos gerannt war und eine kurze Pause brauchte.

Eine Wolke schob sich vor den Vollmond. Der Himmel war nachtblau. Leon sah sich die Sterne an. Er liebte solche Nächte. Der Wind wühlte in seinem Haar. Die Luft schmeckte nach Meer.

Sein Handy furzte. Jessy.

Warum er denn schon gegangen sei. Jetzt ginge es doch eigentlich erst richtig los.

Er verstand sich selbst nicht. Statt zurückzulaufen ging er weiter in Richtung Prager Straße. Etwas trieb ihn nach Hause. Er wusste nicht, was es war, aber es war sehr stark. Auf eine irre Art stärker als er selbst.

Nein, er hatte keine Angst davor, Ärger mit seinen Eltern zu kriegen. So waren sie nicht. Sie waren zwar nicht so cool wie Bens Mutter, aber sie hatten genug mit sich selbst zu tun und gar nicht viel Zeit, um ihn an der Leine zu führen.

Eine Straßenlaterne flackerte. Es sah aus wie kleine Blitze, die durch die Nacht zuckten. Vor dem Columbus-Center knutschte ein Pärchen. Im ersten Moment glaubte Leon, dort seinen Mathelehrer zu erkennen, aber dann war es doch ein völlig Unbekannter. Die rothaarige Frau hatte das Gesicht mit Lippenstift verschmiert. In der Spiegelung des Schaufensters sah es aus wie Blut, als hätte sie einen Vampir geknutscht und der ihr das Gesicht zerfetzt.

Leon fand die Idee, jetzt so angetrunken zu Hause aufzutauchen, plötzlich gar nicht mehr gut.

Es war kurz vor zwölf. Er stellte sich vor, dass seine Mutter, wie meistens um die Zeit, mit einem dicken

Kissen im Rücken im Bett lag und mit einer Tafel Schokolade neben sich einen Krimi las. Sie war keine Leseratte. Eher schon ein Lesehai. Sie verschlang Bücher. Sie brauchte Krimis zum Leben wie andere Leute Bratwürstchen, Filetsteaks oder Pizza. Dabei betonte sie – auf ihre Leidenschaft angesprochen – gern, dass Lesen weder dick noch doof mache.

An ihren Rändern unter den Augen erkannte Leon, ob sie gerade einen guten Kriminalroman erwischt hatte oder nicht. Die richtig aufregenden Krimis hielten sie bis zur Erschöpfung wach. Dann hatte sie am nächsten Morgen Rückenschmerzen, schwarze Ränder unter den Augen und war unkonzentriert. Innerlich jagte sie den Täter, wog Zeugenaussagen ab und überprüfte Alibis auf ihre Glaubwürdigkeit. Im Moment las sie den dritten Teil von Stieg Larssons Trilogie. Das Buch hatte sie völlig in den Bann gezogen.

Sie war also garantiert noch wach, wenn er jetzt nach Hause kam. Sie würde aufstehen. Sie stand immer auf, wenn er abends spät nach Hause kam. Sie würde ihm Fragen stellen und versuchen, sich für ihn zu interessieren. Dabei hätte sie vermutlich Mühe zuzuhören, denn der Mörder in ihrem Krimi war bestimmt mal wieder viel interessanter als alles, was ihr Sohn zu erzählen hatte. Normalerweise einigten sie sich dann rasch darauf, dass es Zeit sei, ins Bett zu gehen. So konnte sie sich wieder ihrem Roman widmen und er seinen Träumen.

Aber heute würde es anders laufen, fürchtete er.

Seine Mutter hasste betrunkene Männer. Sie selbst war bei einem Alkoholiker aufgewachsen, und das hatte Spuren auf ihrer Seele hinterlassen.

Wenn Leons Vater sich mal »einen brennen« wollte, wie er es nannte – wenn er mit seinen Angelfreunden ein paar Bierflaschen köpfte –, dann tat er das immer außer Haus, und er kam erst am nächsten Tag frisch geduscht und mit geputzten Zähnen zurück. Leons Mutter konnte den Geruch von Alkohol nicht ausstehen. Das machte es für Leon schwer, zu Hause eine Party zu schmeißen. Wer stand schon auf Fruchtsaftfeten?

Er entschied sich also, zu seinem ursprünglichen Plan zurückzukehren und bei Ben zu übernachten. Scheiß auf die Zicke Johanna, dachte er. Von der lass ich mich doch nicht vertreiben.

Vermutlich würde Jessy sich etwas darauf einbilden und glauben, er sei nur wegen ihr zurückgekommen, aber das war ihm jetzt egal.

Als Leon wieder auf der Party erschien, verließ der Mörder seiner Mutter gerade das Haus. Fast hätten sich ihre Wege gekreuzt.

2

Leon wurde von dem Geklapper wach. Er hatte mörderischen Durst. In der Küche deckte jemand den Tisch. Es roch aber nicht nach frischen Brötchen, sondern nach stinkigen Socken.

Er hatte auf einer Luftmatratze vor Bens Bett geschlafen, und Ben war später halb ohnmächtig ins Bett gefallen und mit allen Klamotten am Körper eingepennt. In der Nacht hatte er zu schwitzen begonnen und seine Partymontur ausgezogen. Er hatte alles im Halbschlaf gemacht und die Strümpfe einfach vors Bett fallen lassen. Seine Simpsonssocken landeten nah bei Leons Gesicht. Als er sich umdrehte, lag er mit der Nase direkt darauf.

Angewidert warf er die Socken auf Bens Gesicht, wovon der wach wurde.

»Mann, äi! Lass mich pennen.«

Leon sah sich nach etwas Trinkbarem um. Die Wüste im Hals lechzte nach Wasser, aber er fand nur zwei halbvolle Flensflaschen. Bei dem Gedanken, jetzt Bier trinken zu müssen, schüttelte er sich. Er wusste nicht einmal, ob er schon reif für Kaffee war. Vielleicht sollte er es besser mit Kamillen- oder Pfefferminztee versuchen.

Er tapste auf der Suche nach Flüssigkeit eine Weile halbblind im Zimmer herum, weil durch die Ritzen der Rollläden nur spärlich Licht in den Raum fiel.

Da öffnete Maik, der Lebensgefährte von Bens Mutter und Möchtegernvater ihrer Kinder, die Tür, lachte sein unverwechselbares Lachen, um das so viele Menschen ihn beneideten, und frohlockte: »Master! Dinner is prepared!«

»Boh, nein, äi!«, stöhnte Ben und zog sich ein Kissen vors Gesicht.

Unbeeindruckt davon trat Maik ein und kitzelte Ben unter der Fußsohle. Der zog seinen Fuß rasch ins Bett zurück und maulte: »Außerdem ist das bestimmt kein Dinner, sondern ein Breakfast, das du da – leider viel zu laut – aufgebaut hast.«

Fröhlich suchte Maik den Fuß unter der Decke und lachte: »Das war ein Zitat aus …«

»Der Rocky Horror Picture Show«, vollendete Ben angenervt den Satz.

Wenn Maik nicht aus Rocky Horror zitierte, dann aus Casablanca oder Crocodile Dundee.

Leon mochte Maik. Er hörte ihm gerne zu. Maik hatte viele Geschichten drauf. Er war das Gegenteil von einem Spießer. Ein Weltenbummler und Abenteurer, der jetzt sesshaft werden wollte, hier in Bremerhaven, bei Ben, Johanna und Ulla Fischer.

Wie ein angeschossener Zombie wankte Leon an Maik vorbei in die Küche.

Hatte der hier aufgeräumt? Jedenfalls gab es frisch

gepressten Orangensaft und auf der Arbeitsplatte neben dem Ceranfeld lag noch ein Beutel spanischer Apfelsinen. In einer steckte malerisch ein Messer.

Seine Dienstjacke hing über einem Stuhl. Security Homeservice. Es war für fünf Personen gedeckt, aber alle anderen Plätze waren noch frei.

Leon klemmte sich an der Längsseite auf die Sitzecke. Dort schien ihm besonders viel Orangensaft im Glas zu sein. Er leerte das Glas gierig.

Maik kam aus Bens Zimmer zurück.

»Ach, lassen wir den schlafen. Johanna ist auch nicht ansprechbar. Die habt ihr wohl ganz schön abgefüllt, was?« Er zwinkerte Leon komplizenhaft zu. »Komm, frühstücken eben wir zwei. Nach einer Nachtschicht brauche ich immer ein gutes Frühstück, bevor ich mich hinhaue.«

»Haben Sie hier aufgeräumt, oder sind die anderen noch so lange aufgeblieben? Ich habe nix mehr mitgekriegt. Wir wollten uns eigentlich den Wecker stellen und alles erledigen, bis …«

Maik biss hungrig in ein Croissant. Es waren noch mindestens ein Dutzend in der Tüte. Er musste also vorher schon beim Bäcker gewesen sein.

Er schob ein Glas Rollmöpse in Leons Richtung. Der säuerliche Geruch ließ Leons Magen sofort rebellieren.

»Ein guter Rollmops gehört zu jedem anständigen Katerfrühstück«, sagte Maik mit Kennermiene.

Leon ging nicht auf sein Angebot ein. Stattdessen

lobte er Maik für seine Aufräumarbeit und fügte hinzu, das sei aber wirklich nicht nötig gewesen.

»Halb so wild«, winkte Maik ab. »Heute Nacht war bei uns nicht viel los. Da hatte ich noch genug Schwung und Adrenalin in den Adern. Aber seht zu, dass Johanna wieder frisch ist, bevor Ulla nach Hause kommt. Die flippt aus, wenn sie mitkriegt, dass ihr kleines Mädchen Alk getrunken hat.«

»War halb so schlimm«, sagte Leon. Er versuchte jetzt den Kaffee. Der erste Schluck blieb drin.

Maik erzählte von seiner Arbeit beim Security Homeservice. Einige wohlhabende, um Haus und Heim besorgte Menschen hatten ihre Häuser mit Alarmanlagen gesichert. Wenn ein Fenster oder eine Tür geöffnet wurde, ohne dass vorher jemand den Code eingegeben hatte, dann klingelte es beim Security Homeservice, und sie sahen auf ihren Monitoren sofort, in welchem Gebäude etwas nicht stimmte. Binnen Minuten war Maik dann da. Bewaffnet mit Pfefferspray, einem Elektroschocker und Handschellen sollte er den Einbrecher stellen.

»Warum klingelt es denn nicht gleich bei der Polizei?«, fragte Leon.

Maik lachte. »Na, die würden sich bedanken. Meistens ist es ja gar kein Einbrecher, sondern die vierzehnjährige Tochter, die durchs Fenster Besuch von ihrem Freund bekommt, oder der senile Großvater, dem zwar das Haus gehört, der sie aber nicht mehr alle beisammen hat und nachts einfach das Haus verlässt, um in den Vorgarten zu pinkeln. Mein Job klingt spannend, aber er ist es nicht. Den letzten Einbrecher habe ich vor einem halben Jahr vertrieben. Vertrieben, nicht gefasst! Die Profieinbrecher sind clever. Die checken ein Haus vorher ab, sehen unsere Anlagen, und das reicht aus, um sie abzuschrecken. Im Grunde könnten wir auch Attrappen unserer Sicherheitsanlagen anbringen. Das genügt, um die Profis fernzuhalten.«

Johanna kam aus ihrem Zimmer. So verschlafen, mit verschmierter Schminke im Gesicht, sah sie süß aus, fand Leon. Jedenfalls nicht so zickig wie am Abend.

Sie gähnte ungeniert und reckte sich. Sie trug ein Baumwollnachthemd. Leon kannte die Geschichte von Ben. Die halbe Klasse lachte sich darüber schief. Ihre Oma hatte ihr mal ein altes Nachthemd von sich geliehen, als Johanna bei ihr übernachtet und ihren Pyjama vergessen hatte. Seitdem wollte Johanna in nichts anderem mehr zu Bett gehen, und ihre Oma hatte ihr drei solcher Nachthemden geschenkt. Wohlgemerkt keine neuen, sondern die alten Schätzchen aus Omas Aussteuer. Das älteste Stück war sechzig Jahre alt. Vermutlich trug sie es gerade.

An ihrem Platz lag kein Messer. Sofort maulte sie: »Warum habe ich kein Messer?«

Leon reichte ihr seines rüber. Er brauchte es ohnehin nicht. Er aß sein Croissant wie Maik auf französische Art. Er stippte es kurz in den Kaffee und biss hinein.

Johanna bestrich sich ein Croissant mit Erdbeermarmelade.

Maik scherzte: »Das soll ein Messer sein? Das hier ist ein Messer!« Er hob das Fleischmesser hoch, mit dem er die Wurst geschnitten hatte.

Johanna lächelte müde, fast mitleidig. »Ich weiß. Crododile Dundee.« Und dann zischte sie leise in Leons Richtung, aber laut genug, dass es jeder hören konnte: »Als Gott den Mann erschuf, hat sie nur geübt.«

Leon hatte keine Lust, jetzt für Johanna den Punchingball zu spielen. Er fand, es war Zeit zu gehen.

»Willst du nicht erst duschen, du alte Stinkmorchel?«, fragte Johanna.

»Warum, ist heute Dienstag?«, gab Leon zurück.

Sie sah ihn einen Moment zu lange an. Sie mochte schlagfertige Jungs. Er ahnte gar nicht, wie sehr, und dieser Jessy hätte sie am liebsten den Hals umgedreht.

3

Noch bevor Leon die Polizei- und Rettungswagen in seiner Straße sah, wusste er, dass es um ihn und seine Familie ging. Das Wissen kam nicht aus seinem Verstand, es wurde dort nur verarbeitet. Es stieg aus der Tiefe seines Körpers in sein Bewusstsein.

Sein Magen krampfte sich zusammen. Seine Wirbelsäule schien zu glühen und die Haarwurzeln der Kopfhaut auch. Er hatte plötzlich einen metallenen Geschmack im Mund und einen Verwesungsgeruch in der Nase, zu dem die Augen keine passenden Bilder lieferten. Ein Kribbeln wie ein Jucken unter der Haut, gegen das kein Kratzen half, jagte durch seinen Körper.

Leon rannte los. Es war eine unbestimmte Angst, die ihn trieb. Dann erblickte er die Polizeiautos in diesem dummen Blauton mit den silbernen Streifen. Die Farben erinnerten ihn mehr an einen Partylieferservice als an die Polizei. Trotzdem gab sein Verstand den Körperorganen recht. Etwas Schreckliches war geschehen.

Ein paar Schritte schaffte Leon noch, dann, beim Hotel Haverkamp, begann er zu wanken. Die Bilder trudelten vor seinen Augen. Die Wirklichkeit verschwamm, als hätte ihm jemand eine Droge ins Essen gemischt oder als ob das Gehirn nicht mehr genügend Sauerstoff bekommen würde.

Zwischen den Polizei- und Rettungswagen standen Menschen wie Schattenwesen. Eine Schockwelle schien ihnen die Seelen aus den Körpern gejagt zu haben. Jetzt waren sie zu Kleiderständern aus Fleisch und Blut geworden. Sie atmeten zwar noch, aber sie schienen nicht wirklich zu leben.

Oma Schröder zum Beispiel, aus der Parterrewohnung links, mit ihren drei Katzen, die sie vergötterte, stand – was sie noch nie getan hatte – in Pantoffeln und Bademantel mit wirren Haaren auf der Straße. Sie achtete sonst sehr auf ihr Aussehen. Korrekte Kleidung war ihr wichtig. Ihre silbergrauen Haare wurden alle drei Wochen vom Frisör gepflegt.

Sie hatte viel Zeit und fing etwas Sinnvolles damit an. Sie besuchte kranke und einsame Menschen und arbeitete ehrenamtlich in einem Verein, der sich um vernachlässigte alte Menschen kümmerte. Jetzt wirkte sie, als ob sie selbst einen Betreuer bräuchte, wie eine verwirrte alte Dame, die nicht mehr alleine klarkam.

Oder Kai Olschewski, der vier Jahre lang arbeitslos war und in der Zeit begonnen hatte, Bodybuilding zu machen. Inzwischen hatte er ein eigenes Studio eröffnet, eine neue Freundin, ein neues Auto und ein ständiges Grinsen im Gesicht. Er sah in seinen Gym-Trainingssachen immer ein bisschen aus wie ein aufgeblasener Barbie-Ken.

Aber jetzt war sein Grinsen einem kraftlosen Ausdruck gewichen, als seien seine Gesichtsmuskeln gelähmt. Seine Hände zitterten. Seine Lippen waren blass und schmal. Die neue Frau an seiner Seite, Kim, hätte sich, so wie sie jetzt aussah, besser bei *Bauer sucht Bäuerin* als bei *Wer wird Deutschlands Top-Model* beworben. Sie war um Jahre gealtert, und obwohl sie voll geschminkt war, wirkte sie wie gerade aus dem Kanal gezogen.

Zwei Männer in weißen Schutzanzügen, deren Gesichter durch Kapuzen und Mundschutz verborgen waren, gaben der Szene zusätzlich etwas Gespenstisches. Auf ihren Rücken stand in schwarzen Buchstaben *Kriminaltechnik*. Einer von ihnen trug einen silbernen Koffer, der offensichtlich schwer war, denn der Mann ging, als ob der Koffer ihn links nach unten ziehen würde. Dann wechselte er ihn in die andere Hand.

Leon wollte ins Haus, aber ein Herr im grauen Anzug mit schlecht sitzender roter Krawatte hielt ihn auf und redete auf ihn ein.

Erst als das Handy von dem Schlipsträger den Radetzkymarsch ertönen ließ und die anschwellende Musik ihn dazu brachte, ranzugehen, lief der Kriminaltechniker erleichtert ins Haus.

Leon konnte jetzt genauso wenig atmen wie damals im Eiswasser, nur: diesmal konnte sein Vater ihm nicht helfen, denn der wurde selbst auf einer Trage aus dem Haus gebracht. Seine Nase sah seltsam spitz und weiß aus. Sein Haar wirkte schütter. Sein Spitzname war Elvis, wegen seiner Haartolle, aber niemand wäre jetzt auf die Idee gekommen, ihn so zu nennen. Wie ein ausgeknockter Boxer wurde er nach dem k. o. aus dem Ring getragen. Ein Sanitäter kaute Kaugummi. Dieses Bild prägte sich Leon ein.

Holger Schwarz wurde auf der Trage in den Rettungswagen geschoben. Jetzt war für Leon klar, dass sein Vater mit jemandem gekämpft hatte, und ganz offensichtlich hatte er verloren.

Leon hatte Mühe, aufrecht zu stehen. Er spürte seine Beine nicht mehr. Er stand wie auf Watte. Niemand sprach ihn an, es war, als wäre er ein völlig Unbekannter.

Träume ich das alles nur?, dachte er. Hat mich die Bowle gestern völlig weggehauen, und ich bin in einem Albtraum gelandet?

Ist das hier ein Horrortrip?

Hat irgendein Idiot heimlich Drogen in die Getränke gekippt, wie ich den Weinbrand?

Gab es einen Stoff, der erst nach zig Stunden wirkte?

Leon begann zu hoffen, dass es so war.

Worte drangen zu ihm durch: »Familientragödie.« »Katastrophe.« »Unglaublich.« »Alles voller Blut.« »Mord.« »Noch nie gesehen.« »Wie im Blutrausch.«

Leon versuchte, seine rechte Hand zu heben und seinem Vater zu winken. Er wollte auf sich aufmerksam machen, aber seine Muskeln gehorchten ihm nicht. Er konnte seinen Vater auch nicht rufen. Etwas hatte ihn wieder in die Situation unter der Eisdecke katapultiert.

Dann schloss sich die Tür des Rettungswagens hinter

seinem Vater. Das Geräusch löste Leons Erstarrung. Schreiend rannte er auf den Wagen zu.

»Neeeeiiiin! Papaaaaaa! Nein!«

Aber der Wagen fuhr an. Leon klammerte sich an den Türgriffen fest. Er wurde ein paar Meter mitgeschleift.

Oma Schröder kreischte: »Um Himmels willen, der Junge!«

Der Rettungswagen gab Gas bis zur Kreuzung, dann stoppte er abrupt, weil der Fahrer hinter sich die wild gestikulierenden Menschen gesehen hatte. Leon sah er nicht, der befand sich im toten Winkel.

Durch die Bremsung krachte Leon erst gegen die Tür, dann auf die Straße. Er rollte ein paar Meter, schlug mit den Ellbogen und Knien hart auf den Asphalt, und sein Gesicht wurde aufgeschürft, aber es tat nicht weh. Stattdessen kam er schlagartig zur Besinnung. Das hier war kein Albtraum.

Kai Olschewski beugte sich über Leon. »Hast du dich verletzt?«

»Nein. Was ist hier los?«

Leon wollte sich aufrichten und nach dem Rettungswagen sehen, aber Kai Olschewski drückte ihn auf den Rücken zurück.

»Junge, du musst jetzt ganz stark sein.«

»Lass mich! Ich will zu meinem Vater!«

Der Rettungswagen fuhr wieder an, und ein uniformierter Polizist und ein Sanitäter liefen auf Leon zu.

Oma Schröder rief: »Das ist der Junge! Da!«

In dem Moment schoss ein Schreckensgedanke durch

Leons Hirn. Die Kriminaltechniker waren ins Haus gegangen. Sein Vater war herausgetragen worden. Dort auf dem Gehweg stand ein zweiter Rettungswagen, aber auch ein Leichenwagen parkte vor dem Haus, von einem Polizeifahrzeug fast verdeckt.

Wie Blitze nahm Leon diese Bilder wahr, dann kreischte er: »Meine Mutter! Was ist mit meiner Mutter?«

Er raffte sich auf. Kai Olschewski stellte sich ihm mit aufgeblähter Brust in den Weg. »Geh da jetzt nicht rein, Junge.«

Dass ihn plötzlich alle Junge nannten, machte Leon zusätzlich zornig. Außerdem verriet ihm der Satz von Kai Olschewski, dass es gar nicht um seinen Vater ging, sondern um seine Mutter, und die war immer noch da oben in der Wohnung im zweiten Stock.

In diesem Augenblick wusste er, dass seine Muter tot war, und alles in ihm lehnte sich dagegen auf. Er sprang zur Seite und versuchte, an Kai Olschewski vorbei, zwischen Polizist und Sanitäter durch zum Haus zu kommen. Dem Sanitäter stieß er gegen die Brust. Der schmächtige Mann taumelte zurück. Er verlor gleich den Mut. Der Polizist sah sich nach Verstärkung um, aber Kai Olschewski griff von hinten zu und hielt Leon am Ärmel fest. Das Hemd riss.

Es war ein Reflex, nicht geplant und nicht gewollt. Noch vor wenigen Minuten hätte Leon gesagt, dass er sich niemals und unter gar keinen Umständen mit Kai anlegen würde. Er war nicht dumm genug, um sich mit diesem Muskelpaket zu prügeln, doch jetzt verpasste er ihm einen rechten Aufwärtshaken. Er traf nicht Kai Olschewskis Ohr, sondern seinen Hals. Der Schlag stoppte Olschewksi und erschreckte ihn. Erstens bekam er keine Luft mehr, und zweitens war er überrascht, dass jemand es wagte, die Hand gegen ihn zu erheben. Diese Zeit war endgültig vorbei. Doch Leons Faust erinnerte ihn schmerzhaft daran, dass es einmal so eine Zeit für ihn gegeben hatte. Eine demütigende Zeit, in der er gekuscht hatte, gemobbt worden war und Prügel einstecken musste. Er hatte geglaubt, das nie wieder erleben zu müssen.

Der Mann, um dessen Hals die rote Krawatte wie ein Strick baumelte, an dem er aufgehängt werden sollte, stellte sich Leon in der Haustür in den Weg.

»Mein Name ist Büscher. Hauptkommissar Büscher. Du kannst da nicht rein.«

»Hauen Sie ab! Ich heiße Leon Schwarz. Ich wohne hier.«

»Dann bleib erst recht hier, Junge.«

Da war dieses Wort wieder, das Leon zu hassen begann: Junge.

Leon machte einen Ausfallschritt nach rechts. Der Kommissar tat es ihm gleich. Genau wie der Kommissar solche Manöver gewohnt war, täuschte Leon den Versuch vor, nach links zu springen, also kam er ihm entgegen, um ihn dort zu empfangen, aber Leon zog stattdessen weiter nach rechts durch, und der Schlipsträger erwartete ihn an der falschen Stelle. Solche Tricks hatte

Leon beim Fußballtraining gelernt, sie funktionierten aber auch ohne Ball. Leon rannte die Treppe hoch. Hinter ihm weinte ein Kind oder eine Frau, aber er hatte keine Zeit, sich darum zu kümmern.

Der Kommissar hechelte hinter Leon her. Er hatte erst vor zwei Wochen aufgehört zu rauchen. Vierzig Zigaretten am Tag hatten nicht geholfen, seinen hektischen Alltag zu überstehen, und ihn fertiggemacht. Aus dem einstigen Taucher und Rettungsschwimmer war ein kurzatmiger Mann geworden, der mit seinen fünfundvierzig Jahren kaum noch die Sprintleistung eines Sechzigjährigen hatte.

Er blieb drei, vier Stufen hinter Leon, aber getrieben von der irren Angst um seine Mutter vergrößerte Leon den Abstand. Als er schließlich vor seiner Wohnungstür im zweiten Stock ankam, befand sich der Kommissar noch im ersten Stock, musste stehenbleiben und sich aufstützen, weil ihm schwindlig wurde.

»Mach keinen Mist, Junge! Bleib stehen! Ich meine es doch nur gut!«, japste er.

Das Erste, was Leon aus der elterlichen Wohnung entgegenschlug, war ein Blitzlicht des Polizeifotografen aus der offenen Schlafzimmertür seiner Eltern. Und dann war da dieser Geruch. Süßlich. Schwer. Metallisch. Genau wie Blut.

Im Flur kniete ein Kriminaltechniker und schraubte an einer Dose herum, deren Deckel er nicht aufbekam.

Was Leon dann sah, war schlimmer als die undurchdringliche Eisdecke. Es war so endgültig. Ein Riss ging von nun an durch sein Leben. Ab sofort würde er die Zeit neu einteilen, in vor und nach der Mordnacht. Nichts würde je wieder so sein wie es gewesen war, bevor er seine Mutter tot auf dem Bett liegen sah, das spürte er mit jeder Pore seiner Haut. Dann brach er zusammen.

Das Blitzlicht des Fotografen zuckte noch zweimal durchs Zimmer. Leon nahm es durch die geschlossenen Augen wahr wie ein Gewitter im Gehirn. Er hörte noch, was um ihn herum geschah. Das Knarren der alten Dielen, als der Kommissar den Raum betrat und dann seine atemlose, heisere Stimme.

»Mist, verdammter. Das wäre nicht nötig gewesen. Kein Kind sollte seine Mutter so sehen.«

»Wer sagt dir, dass der Bengel sie nicht umgebracht hat? Wir hatten neulich einen, der hat Vater, Mutter und Schwester erschlagen und ist dann seelenruhig in die Disco gegangen …«

4

Kommissar Büscher verbrachte mit seiner Kollegin Birte Schiller, die er gern Löckchen nannte, was sie nicht witzig fand, eine Kaffeepause in der Cafeteria des Klinikums Bremerhaven-Reinkenheide. Sie trug ein schwarzes, fast eckiges Brillengestell, das ihrem Aussehen eine unangenehme Strenge gab, die sie aber ohne Brille gar nicht ausstrahlte.

Sie hatten sich mal wieder gestritten. Zur Versöhnung gab er einen Milchkaffee aus, aber kaum hatte er die Tassen an den Tisch gebracht, legte sie gleich wieder los.

Sie rührte ihren Milchkaffee nicht an. Büscher dagegen schlürfte seinen mit Genuss. Er deutete auf ihre Tasse: »Trink, Löckchen. Kaffee ist gut gegen Kopfschmerzen.«

Sie verschränkte die Arme vor der Brust. »Ich habe keine Kopfschmerzen.« Sie machte eine Pause und sah ihn bedeutungsschwanger an. »Aber ich habe eine Milchallergie.«

Er erkannte seinen Fehler. »Oh.«

Sie setzte nach. »Seit drei Jahren.«

»So lange kennen wir uns noch gar nicht«, verteidigte er sich.

»Eben. Seit wir uns kennen, ist das so. Ich finde, du könntest es dir langsam merken.«

»Schöne Frauen verwirren mich eben …«

Er lächelte sie an. Sie verzog das Gesicht, und er begriff, dass er sich immer noch tiefer reinritt.

Sie schob ihm den Milchkaffee rüber. »Du glaubst also im Ernst, der Junge könnte …«

Er hob abwehrend die Hände. »Ich glaube gar nichts. Ich suche einen Mörder und brauche Beweise. Verdächtig ist erst mal jeder.«

»Sollten wir den Jungen nicht besser erst den Ärzten und Psychologen überlassen? Wir können ihn doch morgen …«

Büscher nestelte an seiner Krawatte herum. »Nein. Erfahrungsgemäß werden die meisten Mordfälle in den ersten vierundzwanzig Stunden nach der Tat aufgeklärt. Dann hat sich noch nicht jeder eine gute Ausrede zurechtgelegt, die Zeugen erinnern sich noch gut an alles, und die Emotionen gehen hoch. Täter, die später gestehen, sind die Ausnahmen. Wir haben jetzt eine Chance, Löckchen. Nutzen wir sie. Das Zeitfenster, um einen Mord zu klären, ist so klein …«

Er zeigte zwischen Daumen und Zeigefinger einen zuckerwürfelgroßen Abstand an.

»Ich hätte trotzdem gerne noch einen Espresso. Mein Kreislauf ist gerade ganz unten«, sagte Birte Schiller kraftlos. Er schien den Hinweis nicht zu verstehen und machte keine Anstalten aufzustehen, um ihr den Espresso zu holen.

Sie stöhnte, erhob sich schwerfällig und ging zur Theke. Jetzt kapierte er.

»Warte, Löckchen, ich erledige das doch gerne für dich.«

Er überholte sie. Sie nahm sein Angebot an und setzte sich wieder. Büscher stand für sie Schlange.

Er wog in Gedanken ab, was für Leon Schwarz als Täter sprach. Er hatte sich viel Mühe gegeben, vor aller Augen nach Hause zu kommen, mitten in den Polizeieinsatz hinein. Dann war er im Zimmer seiner Mutter zusammengebrochen. Das Ganze sah sehr dramatisch aus, geradezu gekonnt. Wollte er so seine Spuren ins Zimmer bringen? War der Junge so clever? Jeder Vorstadtanwalt könnte so zum Beispiel Fußspuren im Blut erklären. Hatte der Gymnasiast nur versucht, jeden Indizienbeweis gegen ihn zu erschüttern?

Büscher schämte sich schon lange nicht mehr für solche Gedanken. Er hatte gelernt, allen Menschen zu misstrauen und auch, ihnen zunächst das Schlimmste zu unterstellen. Ja, vielleicht war das ungerecht, aber er war zu oft reingelegt worden. Er wollte keinem Ganoven mehr auf den Leim gehen. Wenn es der Sohn nicht war, dann musste der Vater der Täter sein. Angeblich war keiner von ihnen zu Hause gewesen. Der eine feierte auf einer Party, der andere war zur Tatzeit beim Nachtangeln.

Nein, das war ihm alles zu billig. So einfach wollte er sie nicht davonkommen lassen. Er rechnete damit, in den nächsten Stunden ein Geständnis zu bekommen.

Täter flüchteten sich gern in Krankenhäuser, ließen sich Spritzen geben und zogen sich in Krankheit und Schock zurück, wenn sie Angst davor hatten, bei einem Verhör zusammenzubrechen.

Er war inzwischen in der Schlange an der Reihe, aber viel zu sehr in seine Überlegungen versunken, um das zu bemerken. Die junge Bedienung hinter der Theke sah ihn auffordernd an. Unter ihrem Blick zuckte Büscher zusammen. Er sah sich um. Hinter ihm standen noch vier Leute.

Büscher zeigte auf den Nuss-Sahnekuchen mit Marzipanröschen. »Zwei Stücke«, sagt er, klang dabei aber unentschlossen. Dann erinnerte er sich wieder genau daran, warum er zur Theke gegangen war. »Einen Espresso und … Ja, ähm, also … für mich noch ein Mineralwasser.«

Er zahlte und jonglierte das Tablett zum Tisch. Kommissarin Schiller checkte auf ihrem Handy gerade ihre E-Mails.

Sie sah auf den Kuchen, dann auf Büscher. »Gleich zwei Stück? Heute so kalorienbewusst?«, fragte sie spitz.

Er wollte ihr gerade ein Sahnestückchen neben die Espressotasse stellen, da fiel ihm siedend heiß ein, dass er wieder etwas falsch gemacht hatte.

Fast genüsslich ritt sie darauf herum. »Milchallergie. Milch. Kuh. Sahne. Ich esse auch keine Butter, keinen Quark, keinen Joghurt. Und natürlich keine Sahne. Ich kriege davon Hautausschlag, Pickel, Juckreiz und …«

»Ist ja schon gut.«

Schlechtgelaunt stopfte er einen Sahneberg mit Marzipanröschen in sich hinein. Er würde jetzt diese beiden Stücke Torte essen, ohne Birte Schiller anzusehen. Er wusste, dass ihm danach schlecht werden würde, aber es war ihm egal.

Er war wütend auf sich selbst. Genau wegen solcher Unachtsamkeiten hatte seine Frau ihn verlassen. Nicht etwa, weil er so oft nicht zu Hause war und Überstunden schob, nein, weil er, wenn er zu Hause war, nicht wirklich da war, sondern geistig wie weg. Mit seinen Fällen beschäftigt. Er hielt es nicht aus, einen Mörder frei herumlaufen zu lassen. Er fand keine Ruhe, bis er den Täter zur Strecke gebracht hatte. Es war wie eine Sucht, und wenn ein schlimmer Finger hinter Schloss und Riegel saß, dann wartete schon der nächste Fall auf ihn.

Seine Frau hatte es eines Tages nicht mehr ausgehalten, und das steigerte seine Wut auf jeden einzelnen Täter noch. Sie hatten nicht nur Menschenleben vernichtet, sondern auch seine Ehe. Dafür sollten sie büßen. Alle.

Ja, verdammt, er liebte seine Frau immer noch, obwohl sie inzwischen mit einem anderen zusammenlebte, in einem Haus am Stadtrand, das er sich mit seinem Gehalt niemals würde leisten können, zumindest nicht, wenn er anständig blieb.

Er verputzte beide Sahnestücke, stürzte dann das Mineralwasser herunter und rülpste in die offene Handfläche.

Schiller wandte sich ab. Sie hasste sein Rasierwasser, und sie ertrug es, um keinen Streit heraufzubeschwören, aber nach jeder Tatortbesichtigung klatschte er sich zu viel davon ins Gesicht. Er trug das Zeug immer bei sich.

Im Grunde verstand sie das. Manchmal war der Gestank am Tatort einfach bestialisch. Sie tupfte sich immer japanisches Heilöl unter die Nasenflügel. Das half ihr und belästigte nicht die anderen, zumindest hoffte sie das.

Büscher stand auf. »Knöpfen wir uns den Jungen vor. Wir können nicht ewig warten.«

»Ich weiß«, maulte sie, »die meisten Massaker passieren in den Familien. Die Chance, von den eigenen Verwandten umgebracht zu werden, ist viel größer als die, einem Fremden zum Opfer zu fallen. Aber der Junge hat ein Alibi …«

»Alibi? Schönes Alibi, Löckchen. Laut übereinstimmender Aussage von Jessy Schmidt und dieser Johanna Fischer hat er die Party zwischen zwölf und zwei Uhr überstürzt verlassen und ist später wieder zurückgekehrt, um dort zu übernachten. Er hätte Zeit genug gehabt, um das Blutbad anzurichten und …«

»Schon gut, schon gut. Ich komme.«

5

Als Leon erwachte, war der Blutgeruch nur noch eine Erinnerung. Das Rasierwasser von Kommissar Büscher mit dem Hauch von Weihrauch hing schwer im Raum und überlagerte die Desinfektionsmittel, obwohl er sich gar nicht mehr im Krankenzimmer befand.

Und da war sie wieder, die undurchdringliche Eisdecke über ihm.

Leon versuchte aufzustehen, aber die Kälte lähmte seine Muskeln diesmal schlimmer als unter Wasser. Er wollte schreien, aber auch das ging zunächst nicht. Er konnte nicht atmen. Alles war wie damals, nur diesmal lag er im Bett.

Seine Lungenflügel brannten, als ob er Salzsäure eingeatmet hätte. Er ballte die Fäuste, machte ein Hohlkreuz und bog sich im Bett durch. Er sah wieder, wie sein Vater auf der Liege in den Rettungswagen geschoben wurde, dann seine Mutter, aber nicht als Leiche tot im Bett, sondern lebend, wie sie ihm vorlas. Er lag krank im Bett. Eine Magen-und-Darm-Grippe machte ihn fertig. Sie wachte mit einem Buch bei ihm.

Wie oft hatte er das erlebt. Ihre warme Stimme zog ihn in eine Geschichte. Sie rasselte nicht einfach einen

Text herunter. Sie erweckte ihn zum Leben, gab den Figuren eigene Stimmen, sie flüsterte, wurde ärgerlich, geheimnisvoll und entführte ihn in ihre Welt. Sie ließ ihn Schmerzen vergessen und gab ihm das Gefühl, geliebt zu werden. Er vergaß die Magenkrämpfe und ließ sich mit sanftem Gruseln verzaubern.

Eine erste Träne löste sich aus seinem linken Auge und rann wie eine durchsichtige kleine Schnecke über sein Gesicht bis zu seinen Lippen. Ihr folgten weitere. Als er sich seiner Tränen bewusst wurde, löste sich sein Krampf. Er konnte wieder atmen und schrie seine Trauer und Verzweiflung heraus.

Kommissar Büscher öffnete die Tür, er zögerte einen Moment, aber dann trat er an Leons Bett.

Er berührte Leons Unterarm und sagte mit belegter Stimme: »Es tut mir leid, was passiert ist, Leon. Aber ich muss dir einige Fragen stellen, auch wenn es schwerfällt.«

Hinter Birte Schiller drängte sich Dr. Juliane Stindl ins Krankenzimmer.

»Oh nein, Herr Kommissar, das werden Sie nicht. Bitte verlassen Sie das Zimmer. Es tut dem Kind nicht gut, wenn Sie jetzt …«

Frau Dr. Stindl schob Büscher zur Seite und legte Leon ein Blutdruckmessgerät an. Sie pumpte es mit einem Knopfdruck auf und drückte damit Leons Oberarmmuskeln zusammen.

Sie war so unglaublich schön, dass ihr Auftritt Büscher für einen Moment schwer irritierte. Sie trug die langen, hennaroten Haare streng nach hinten gebunden. Ihre Gesichtszüge waren um die Augen herum leicht asiatisch, der große Mund hingegen und ihr Kinn wirkten eher europäisch. Ihre ganze Erscheinung hatte etwas Unwirkliches an sich, als sei sie keine echte Ärztin, sondern eher eine arabische Bauchtänzerin oder eine indianische Schamanin, die sich den weißen Arztkittel nur aus Tarnungsgründen übergezogen hatte.

Ihre Stimme klang rauchig, als sei sie seit langem erkältet. Um so eine Stimme, dachte Büscher, wird sie von so mancher Bluessängerin beneidet werden.

»Sie lassen uns nicht mit dem Vater sprechen und auch nicht mit dem Sohn. Sie bewegen sich am Rande der Strafvereitelung, Frau Doktor …«

Er beugte sich vor, um das Schildchen an ihrer Brust besser lesen zu können.

»Stindl«, sagte sie. »Ich habe mich Ihnen schon zweimal vorgestellt. Können Sie nur meinen Namen nicht behalten, oder haben Sie ein grundsätzliches Gedächtnisproblem, Herr Büscher?«

Hinter seinem Rücken machte Kommissarin Schiller Gesten, als sei das bei ihm ganz normal.

Leon fand die Situation irre.

»120 zu 160. Der Blutdruck ist definitiv zu hoch«, sagte Frau Dr. Stindl, ohne dass klar war, zu wem.

Es gelang Leon, sich im Bett hochzudrücken. Es war, als würde über ihm das Eis brechen.

»Ich … ich will mit dem Kommissar sprechen«, sagte

er mit trockenem Mund, und seine eigene Stimme kam ihm fremd vor.

Büscher schien zu wachsen. Er wippte auf knatschenden Sohlen auf und ab und sah triumphierend beide Frauen an.

»Also gut«, räumte Frau Dr. Stindl ein, »aber nur drei Minuten. Und ich bleibe dabei.«

»Nee«, sagte Büscher. »Zehn Minuten, und Sie lassen uns alleine.«

»Fünf!«, betonte sie, befreite Leon von dem Blutdruckmessgerät und ging zur Tür wie eine Kriegerin, die verletzt, aber siegreich das Schlachtfeld verlässt.

Sie drehte sich in der Tür noch einmal um und zeigte mit dem Finger auf Kommissar Büscher wie mit einer Schusswaffe: »Wehe, Sie regen ihn auf. Das ist Körperverletzung.«

Kommissarin Schiller lächelte. »Keine Angst. Es handelt sich nur um eine Befragung. Wir sind darin geschult, vorsichtig und sensibel zu sein.«

Frau Dr. Stindl schloss die Tür.

Kommissar Büscher lauschte. Er hörte nicht, dass sich ihre Schritte entfernten. Er grinste. Also hatte er sie richtig eingeschätzt.

»Was ist mit meinem Vater? Wer hat meine Mutter ermordet?«, wollte Leon ungestüm wissen.

Schiller kannte Büschers übliche Reaktion auf Fragen von Verdächtigen. »Ich stelle hier die Fragen«, sagte er dann normalerweise. Sie fand das in diesem Fall unpassend und unsensibel, deshalb kam sie ihm zuvor, obwohl es zwischen ihnen eigentlich als ausgemacht galt, dass er das Gespräch führte und die erste Frage stellte.

»Wenn du es wünschst, Leon … Ich darf doch du sagen, oder?«

Leon stimmte mit einem Blick zu.

»Also, wenn du es wünschst, können wir einen Anwalt hinzuziehen. Wir können einen Psychologen oder einen Vertreter vom Jugendamt …«

Ungeduldig unterbrach Leon die Kommissarin: »Sind Sie taub? Ich will wissen, was mit meinem Vater ist! Lebt er noch?«

Kommissarin Schiller zuckte zurück. So war das oft. Sie meinte es gut, war freundlich und kassierte dafür eine Zurückweisung oder einen Rüffel.

»Dein Vater hat so etwas Ähnliches wie du«, sagte Büscher sachlich. »Die Ärzte können dir das besser erklären. Ich will es Kreislaufzusammenbruch nennen. Menschen werden bei schlimmen Nachrichten oft ohnmächtig.«

»Mein Vater hat aus der Nase geblutet. Er hatte Schmerzen. Sagen Sie mir die Wahrheit, Herr Kommissar. Hat er mit dem Mörder gekämpft? Wollte das Schwein ihn auch umbringen?«

Unwillkürlich rieb Büscher sich die Knöchel seiner rechten Faust. Sie schmerzten noch von dem Schlag, den er Leons Vater verpasst hatte. Er war zwar kurzatmig und langsam geworden, aber er wusste immer noch, wie man einen renitenten Verdächtigen mit einem Schlag stillstellen konnte, wie er es nannte. Er war durchaus stolz darauf, aber er hatte ein Problem, das jetzt Leon mitzuteilen. Er suchte noch die richtigen Worte, da sagte seine Kollegin: »Dein Vater hat deine Mutter gefunden und uns dann gerufen.«

Etwas stimmte nicht. Sie verheimlichten ihm etwas, das war Leon sofort klar.

»Und warum liegt er dann hier im Krankenhaus?«, wollte er wissen.

»Du liegst ja auch hier …«, sagte Birte Schiller, als sei damit alles geklärt.

Leon traute den beiden nicht. Der Frau noch weniger als dem Mann. Er hatte ihnen einfache Fragen gestellt. Warum bekam er so ausweichende Antworten?

Die aufkeimende Wut brachte Leon in seinen Körper zurück. Er fühlte sich wieder beweglich, als ob die Eisenketten schmelzen würden, die ihn im Bett gefangen hielten. Er zog die Beine an den Körper und wuchtete sie dann an Büscher vorbei aus dem Bett.

»Was hast du vor?« Büscher versuchte, Leon zu halten.

»Lassen Sie mich! Ich will zu meinem Vater.«

Erst jetzt stellte Leon fest, dass er seine Kleidung nicht mehr anhatte. Statt des weinroten Seidenhemds trug er ein kratziges Krankenhausnachthemd, das am Rücken offen war. Er sah sich nach seiner Jeans um. Es gab einen Schrank. Leon öffnete ihn. Dabei war er sich bewusst, dass er Büscher und Schiller den nackten Hintern bot. Doch das war ihm egal.

Kommissar Büscher räusperte sich und baute sich vor

der Tür auf. Er machte durch seine Körperhaltung klar, dass er keineswegs daran dachte, Leon gehen zu lassen.

»Wo sind meine Sachen?«, fragte Leon und zeigte auf den leeren Schrank.

Büscher und Schiller sahen sich an. Mit Blicken verständigten sie sich, wer Leon antworten sollte. Alleine das machte ihn rasend.

»Deine Kleidung muss kriminaltechnisch untersucht werden. Sie ist im Labor«, sagte der Kommissar sachlich.

»Das ist reine Routine, das müssen wir so machen«, ergänzte Birte Schiller.

»Häh? Was?«

Büscher berührte Leon mit der Hand an der Schulter. Leon zuckte zurück. Kommissar Büscher wollte ihn eigentlich damit beruhigen. Manchmal wirkte eine Berührung Wunder. Hartnäckige Lügner brachen plötzlich in Tränen aus und sagten die Wahrheit. Verwirrte Opfer wachten wie aus einem Albtraum auf und bekamen ihre Sprache zurück.

Leon reagierte anders. Abweisend. Aggressiv.

Kommissar Büscher konnte sich schon vorstellen, dass Leon ab und zu die Nerven verlor und gewalttätig wurde. Hatte er in einem Zornesausbruch seine Mutter getötet? Das Messer dann abgewaschen und in der Küche wieder in den Messerblock zu den anderen zurückgesteckt?

Die Spuren waren eindeutig. Das Messer war im Spülbecken gesäubert worden. Es gab weder sichtbare

Blutspuren noch Fingerabdrücke, aber der Täter hatte in der Eile die Arbeitsplatte in der Küche nicht richtig abgewischt. Die winzigen Tropfen verrieten genau, was geschehen war.

Kommissar Büscher beschloss, Leon zu provozieren. Vielleicht war der Junge ja wie sein Vater? Der hatte ihn auch tätlich angegriffen. Wenn die Männer in der Familie Schwarz nicht weiterwussten, neigten sie offensichtlich zu unüberlegten Wutattacken.

Jeder Mensch hatte eine natürliche Abstandsgrenze. Eine Aura, eine Distanz, die er gewahrt haben wollte, um sich wohl zu fühlen.

Wenn man aggressiven Menschen zu nahe kam, gingen sie zum Angriff über.

Friedliche Personen wichen einfach aus, unsichere Menschen zogen sich zurück.

Kommissar Büscher testete Leon aus. Seine Kollegin Schiller wusste genau, was geschah. Sie hätte lieber beruhigend auf die Situation eingewirkt, aber sie kannte Büschers provokative Methode. Auf diese Art und Weise hatte er viele Fälle gelöst.

Bewusst durchbrach Büscher Leons Schutzraum. Leon gehörte offenbar nicht zu den unsicheren Menschen und auch nicht wirklich zu den friedlichen, denn er wich zwar zunächst reflexhaft zurück, aber nur, um dann mit einem Ausfallschritt links am Kommissar vorbeizuhuschen.

Zweimal falle ich nicht auf den gleichen Trick herein, dachte sich Büscher und stellte Leon ein Bein.

Leon krachte auf den Boden und jaulte vor Schmerz auf.

Frau Dr. Stindl, die draußen im Flur gewartet und gelauscht hatte, riss die Tür auf. Sie sah Leon am Boden und fauchte: »Jetzt wissen wir also auch, was Sie sich unter einer einfühlsamen und sensiblen Befragung vorstellen!«

Leon war augenblicklich wieder oben und trat nach dem Kommissar. Der wurde zwar am Schienbein getroffen, aber er machte demonstrativ mehr aus der Attacke, als dran war. Er tat, als ob er echte Schmerzen hätte und krümmte sich stöhnend. Er wollte damit Punkte bei Frau Dr. Stindl sammeln und untermauern, wie gefährlich Leon Schwarz war.

Der trat noch ein zweites Mal zu und entkam mit einem Sprung aus dem Zimmer. Er knallte die Tür hinter sich zu.

Auf dem Flur rutschte er aus. Auf allen vieren bewegte er sich flink wie ein junger Pavian. Er huschte in den Aufenthaltsraum fürs Pflegepersonal. Die Kaffeemaschine blubberte. Leon versteckte sich unter dem Tisch. Er wusste, dass er hier nicht lange sicher war.

Er hörte die Stimmen von Büscher und Schiller auf dem Flur. Sie suchten ihn. Jeder lief in eine andere Richtung.

Leon sah sich um. Auf einem Stuhl hing eine pinkfarbene Fleecejacke Größe 36. Auf dem Rücken stand in weißen Buchstaben »Zicke«. Er fand auch noch einen schwarzen Lederrock, zwei Paar Damenschuhe

Größe 38 und 39 und eine selbstgestrickte Wollmütze in Jamaikafarben.

Die Schuhe zog er nicht an, aber ein Rock und eine viel zu enge pinkfarbene Jacke waren ihm lieber als das hinten offene Krankenhaushemdchen.

Kommissar Büscher stieß die Tür zum Aufenthaltsraum auf und warf einen Blick hinein. Er sah Leon, aber die Informationen brauchten zu lange, um von seinem Verstand zu einem logischen Bild zusammengesetzt zu werden.

Büscher war gut erzogen worden, das war nicht immer hilfreich im Leben. Jetzt zum Beispiel. Auf den ersten Blick zog sich gerade eine junge Frau um. Er sah sie von hinten. Sie bückte sich und stieg in einen Rock. Auf ihrem Rücken stand »Zicke«.

Er hielt sich unwillkürlich eine Hand vors Gesicht und sagte: »Oh, Entschuldigung, junge Frau …«

Erst als er wieder im Flur stand, sickerte die ganze Wahrheit zu ihm durch. Viele Puzzlestückchen ergaben ein fast komplettes Bild.

Er drehte sich um, riss die Tür erneut auf und prophezeite: »So einfach trickst du mich nicht aus, Bürschchen!«

Er packte Leon und zerrte ihn nach draußen. Ein Besucher von Zimmer 12, der nach einer Blumenvase für seine mitgebrachten roten und weißen Röschen suchte, sah einen Mann mit einem Mädchen kämpfen und rief: »Lassen Sie die Frau in Ruhe!«

»Hilfe!«, kreischte Leon.

Von der anderen Seite kamen Frau Dr. Stindl und Kommissarin Schiller angelaufen. Der Besucher von Zimmer 12 war mit drei Schritten da, um dem Mädchen beizustehen. Seine Freundin war mal in der Straßenbahn von zwei besoffenen Rowdys bedrängt worden, und niemand hatte ihr geholfen. Alle hatten betreten weggeguckt und gehofft, selbst ungeschoren davonzukommen. So ein Feigling wollte er nicht sein.

Seine Freundin würde seinen Einsatz bestimmt zu würdigen wissen. Die Tür von Zimmer 12 stand offen, und sie konnte genau sehen, was geschah. Es war, als ob er ihr nachträglich in der Straßenbahn zu Hilfe eilen könnte, als er seine rechte Faust geradezu genüsslich in Büschers Gesicht knallte.

Büscher sackte zusammen.

Leon rannte »Papa!« schreiend durch den Flur. Kommissarin Schiller verfolgte ihn und verlor dabei den Absatz von ihrem rechten Schuh.

Frau Dr. Stindl beugte sich über Büscher und fühlte seinen Puls.

»Sind Sie ohnmächtig geworden?«

»Nein, verdammt. Der Typ da hat mich umgehauen!«

»Bravo, Nobbi! Gib ihm Saures!«, ertönte eine piepsige Stimme aus Zimmer 12.

»Und ich verpass dir gerne noch eine, falls du noch nicht genug hast!«, drohte Nobbi, hocherfreut darüber, dass seine Freundin die Heldentat beobachtet hatte und gut fand.

»Das hat er jetzt davon, kleine Mädchen zu schlagen«, freute sich Nobbis Angebetete.

»Das ist kein kleines Mädchen, sondern ein großer Junge. Und nicht ich habe ihn geschlagen. Er hat mich getreten!«

Nobbi tänzelte mit erhobenen Fäusten kampfbereit wie der junge Henry Maske vor dem Kommissar auf und ab.

»Papa!«, schrie Leon. »Wo ist mein Papa?!«

»Der Papa wird Ihnen noch einmal eins aufs Maul hauen wollen, wenn er erfährt, was Sie seiner Tochter angetan haben, wollen wir wetten?«, ereiferte sich Nobbi und drohte dem Kommissar mit der Faust.

Vorsichtig erhob Kommissar Büscher sich. Er zeigte seinen Dienstausweis vor und sagte so sachlich wie möglich: »Hauptkommissar Büscher. Mordkommission Bremerhaven. Ich hätte gerne Ihren Namen und Ihre Adresse. Ich hoffe, Sie können sich ausweisen. Sie haben sich gerade einer Gefangenenbefreiung schuldig gemacht.«

»Ha!«, lachte Nobbi. »Gefangenenbefreiung? Du willst mich wohl verarschen, du Komiker? So einen Ausweis kann man auf jeder Kirmes schießen! Ich habe einen vom CIA, willst du den mal sehen?«

Kommissarin Schiller rang Leon zu Boden. Der brüllte immer weiter: »Papa! Papa!«

Da flog die Tür von Zimmer 8 auf, und Leons Vater erschien im Türrahmen. Er zog einen Metallständer hinter sich her, an dem eine Infusionsflasche hing. In seinem Handrücken steckte das T-Stück einer Kanüle. Blut tropfte heraus und lief in einem kleinen Rinnsal an seinem Mittelfinger entlang. Er sah aus wie ein irrer Mörder, der einem Horrorfilm entsprungen war.

»Schluss! Aus! Ende!«, rief Frau Dr. Stindl. »Muss ich erst die Polizei rufen?«

»Wir sind von der Polizei!«, betonte Kommissarin Schiller, hörte sich dabei aber wenig glaubwürdig an.

Leons Vater ging mit dem Infusionsständer auf Kommissarin Schiller los. Dabei riss er die Nadel aus seinem Handrücken. Er bemerkte den Schmerz nicht einmal. Das Blut lief aus ihm heraus wie Wasser aus einem undichten Fass. Der Beutel mit Kochsalzlösung klatschte auf den Boden.

Holger Schwarz benutzte den Ständer wie eine Lanze und presste die Spitze gegen Birte Schillers Bauch. Ruckartig zustechend drückte er sie gegen die Wand.

Leon raffte sich auf. Dann stand er vor seinem Vater und sah ihm in die Augen. Der ließ den Infusionsständer fallen und umarmte seinen Sohn. Die beiden hielten sich gegenseitig fest, und Holger Schwarz drückte seinen Sohn so heftig, dass es in seinem Knochengerüst knirschte.

Kommissarin Schiller lehnte schweratmend an der Wand. Sie war kurz davor, ihre Dienstwaffe zu ziehen, hatte aber Angst, dass die Situation dann noch weiter eskalieren könnte. Auf keinen Fall wollte sie ihre Beretta im Krankenhaus abfeuern, selbst ein Warnschuss war undenkbar.

Ihr Kollege Büscher hatte sich inzwischen schwerfällig erhoben und wollte Verstärkung herbeirufen. Er war schon mit der Zentrale verbunden, da überlegte er es sich anders. Das Ganze war doch irgendwie peinlich. Er wollte ohne zusätzliche Einsatzkräfte auskommen.

»Ich … ähm … äh … Tschuldigung, hab mich verwählt …«

»So«, sagte Frau Dr. Stindl und strich sich die Haare aus dem Gesicht, »jetzt werden wir alle vernünftig werden und erst einmal tief durchatmen.«

Nobbi hätte gerne noch mal zugehauen, aber auch ihn plagten Zweifel. Diese Ärztin war ohne jede Frage echt, und sie akzeptierte dieses komische Pärchen als Polizisten. Außerdem trug die Frau eine Schusswaffe, was Nobbi nachdenklich stimmte. Er verschwand ins Zimmer seiner Braut zurück, schloss die Tür und erzählte immer wieder aufs Neue, wie er es »dem alten Knacker« gegeben hatte.

6

Johanna und Ben erfuhren es aus dem Radio. Der Schollmayer berichtete auf Hit Radio Antenne über die Bremerhavener Mordnacht.

Schollmayer machte eine Marathonmoderation und wollte irgendeinen Rekord brechen. Er war jetzt seit vierzig Stunden auf Sendung, klang aber gar nicht müde.

Johanna dagegen gähnte mit offenem Mund.

Schollmayer nannte keine Namen, er sprach nur von einer Frau, die in ihrem Bett erstochen worden sei. Trotzdem kribbelte es auf Johannas Haut. Da war so ein ungutes Gefühl, als sei das Verbrechen ganz in ihrer Nähe geschehen oder hätte etwas mit ihr und ihrer Familie zu tun.

Sie spürte etwas wie einen Eishauch und kam sich für Sekunden so vor, als würde sie halbnackt im kalten Wind stehen.

Ben setzte sich mit einem Kaffee vor den Computer, um seine sechshundertzwölf Facebookfreunde zu begrüßen. Garantiert standen schon Fotos von der Party im Netz, und er wollte sie zu gerne sehen.

Dann, während er sich durch vierundfünfzig Benachrichtigungen klickte, brummte sein Handy. Es war auf lautlos gestellt, aber mit Vibration. Es hoppelte auf der Tischplatte herum wie eine halb totgeschlagene Schildkröte in Rückenlage.

Ben griff hin.

Dann sagte er mit erstickter Stimme: »Leons Mutter ist ermordet worden.«

Johanna hatte sofort Tränen in den Augen, wehrte aber gleichzeitig die Information ab.

»Ist das einer dieser blöden Scherze von deiner Jessy?«

»Sie ist nicht meine Jessy!«

»Ach, teilt ihr sie euch, du und Leon?«

Ben machte eine fahrige Bewegung durch die Luft und verzog den Mund. »Sei doch mal ruhig!«

Hastig tippte er seine Frage ins Handy: *Im Ernst?*

Er hatte die SMS kaum abgeschickt, da wurde die Nachricht auch schon auf Facebook gepostet.

Ben starrte auf den Bildschirm. Johanna fröstelte. Sie rieb sich die Oberarme.

»Ja, was ist?«, fragte sie Ben. »Willst du nicht hin zu deinem Freund? Ihm jetzt helfen?«

»Wie denn? Ich weiß doch gar nicht, wo er ist. Soll ich ihn anrufen oder was? Äi, Leon, stimmt es, dass sie deine Mutter abgemurkst haben?«

»Boah, Männer! Ich könnte ausflippen! Da ruft man nicht an! Da geht man persönlich hin!«

Sie fasste ihren Bruder am Ärmel und zog ihn fast vom Stuhl. »Komm, ich geh mit.«

Ben schüttelte Johanna ab und setzte sich wieder fast militärisch gerade vor den Computer.

»Du bist bestimmt die Letzte, die er sehen will. Außerdem weiß ich gar nicht, wo er ist.«

»Bestimmt bei der Polizei.«

»Der wird sich schon melden.«

Johanna brüllte Ben an. »Schöner Freund bist du! Interessiert es dich gar nicht, wie es ihm geht? Denkst du nur an deine bescheuerte Jessy?«

7

Ein Kommissar mit einem blauen Auge sieht ziemlich dämlich aus, dachte Büscher und bat seine Kollegin um ein bisschen Schminkzeug. Sie sah ihn groß an.

»Ja, Löckchen, ich brauche keinen Lippenstift!«, schimpfte er. »Sondern Puder und so ein Zeug, das man sich auf die Haut klatscht, um Pickel zu kaschieren … Na, du weißt schon.«

»Ja, das hört man sofort. Du bist ein echter Fachmann in Kosmetikfragen«, spottete Schiller. Sie hielt ihm eine Tube mit getönter Tagescreme und einen Abdeckstift hin. Damit schminkte sie sich nach durchgemachten Nächten die schwarzen Ränder unter den Augen weg.

Sie guckte nachts gern Liebesfilme. Sie konnte beim Zuschauen weinen, sie aß dabei Schokolade mit Pfeffer oder Chili. Dann wieder Chips mit Sprühsahne. Manchmal trank sie ein Glas Sekt dazu. Sie konnte viele Dialoge mitsprechen und hoffte, diese Fähigkeit irgendwann einmal einsetzen zu können. Vielleicht gab es den Traummann ja auch für sie.

Er musste groß sein, sportlich, aber auf keinen Fall zu muskulös. Er sollte Humor haben und in der Lage sein, sie zum Lachen zu bringen. Also, sie suchte so ziemlich das genaue Gegenteil von Büscher. Wenn Büscher schwarz war, dann sollte ihr Traummann weiß sein. Wenn Büscher weiß war, dann eben schwarz.

Sie waren alleine in ihrem Büro. Es gab noch einen dritten Schreibtisch, aber den benutzte schon lange niemand mehr. Der Kollege war seit sechs Monaten krank. Schiller hatte ihn erst gar nicht kennengelernt. Er war in einer Klinik oder in einer Rehamaßnahme, niemand wusste das genau. Er galt offiziell als »ausgebrannt«. Burnout. Ein Wort, das sie seit ihrer Versetzung nach Bremerhaven schon oft gehört hatte.

Jetzt sah sie Büscher zu, der sich mit dem Material aus ihrer Handtasche ungeschickt das blaue Auge wegschminken wollte. Er trug Feuchtigkeitscreme auf. Dann eine getönte Tagescreme mit goldbronzenem Schimmer, und schließlich kamen der Abdeckstift und das Puderdöschen zum Einsatz. Dabei verteilte sich feiner Staub auf seinem Hemd. Er reckte den Hals und betrachtete sein Werk im Spiegel, der neben der Garderobe an der Wand hing wie eine vergessene Theaterrequisite.

Er gefiel sich nicht. »Mit so einem blauen Auge sieht man aus wie ein Penner nach einer Kneipenschlägerei«, sagte er, um sein breiig gepudertes Pizzagesicht zu entschuldigen.

Kommissarin Schiller lachte: »Und jetzt siehst du aus, als ob du aus einer Schwulenkneipe geflogen wärst …«

Er schluckte. Er wusste nicht, was schlimmer war.

Am liebsten hätte er alles wieder abgewaschen, aber so leicht war das auch nicht.

Er setzte sich wieder an den Schreibtisch und ließ seine Wut an der Arbeit der Kollegen von der Spurensicherung aus.

»Was sollen diese Fotos? Diese Bilder sind Mist! Sie machen keinen Zusammenhang klar! Warum müssen wir mit solch vorsintflutlicher Technik arbeiten?«

Schiller sah sich die Bilder an. Sie fand sie okay, doch Büscher schimpfte sich in Rage. Er schaukelte seinen Zorn richtig hoch: »Die feinen Kollegen in Bremen haben natürlich Spheron! Die arbeiten mit einer 360-Grad-Kamera. Können digitale Tatorte auf ihrem PC besuchen, sich frei im Raum bewegen – und ich? Ich bekomme diese Berichte hier und solche Fotos! Ja, wie groß ist denn hier der Abstand? Soll ich das jetzt schätzen oder was?«

Schiller hatte genau wie Büscher die neue Kamera, die angeblich die Tatortsicherung revolutionieren sollte und der – da waren sich alle Experten einig – die Zukunft gehörte, bei einer Fortbildungsmaßnahme gesehen. Sie war genauso begeistert gewesen wie Büscher. Aber ihre Dienststelle besaß so ein Wunderwerk der Technik noch nicht.

»Das da ist ja auch nicht der Tatort. Nur der Platz, wo Schwarz angeblich geangelt hat, während seine Frau getötet wurde.«

»Trotzdem. Mit Spheron könnten wir viel Zeit sparen«, zitierte Büscher den Ausbilder. »Ja, verdammt, und die Stellen, die wir damit einsparen können, die hat man uns schon mal gestrichen, nur die Kamera ist noch nicht da.«

»Es nutzt ja nichts, sich aufzuregen«, sagte Schiller. »Was tun wir?«

Büscher klatschte mit der rechten Faust in die linke Handfläche. »Diese Bilder hier reichen mir jedenfalls nicht. Wir fahren hin und gucken uns alles genau an. Wir haben ja sonst nichts zu tun.«

8

Der Angelplatz an der Lune lag versteckt zwischen den Büschen, von der Straße kaum einsehbar. Im Boden die Abdrücke eines Angelkoffers, der als Sitzplatz benutzt worden war. So hatte Büscher es oft selbst gemacht. Damals, als er für solche Hobbys noch Zeit hatte.

Birte Schiller bückte sich und betrachtete die Schuppen am Boden. Sie hob eine hoch. Sie glitzerte in der Sonne, in allen Farben des Regenbogens.

»Hier hat er einen Zander gelandet und direkt ausgenommen«, sagte Büscher und kam sich dabei sehr fachmännisch vor. »Um das festzustellen, brauche ich als Sportfischer keinen Laborbericht.«

»Ich auch nicht«, stellte Schiller fest. »Immerhin habe ich den Fisch, in ein nasses Handtuch gewickelt, in der Küche auf der Spüle liegen sehen.«

»Man könnte also sagen, er hat den Beweis vorsichtshalber mit nach Hause gebracht, um ein Alibi zu haben, oder besser, vorzutäuschen.«

»Was hätte er denn sonst mit dem Fisch machen sollen? An Ort und Stelle essen? Der war soo groß!«

Büscher verzog den Mund. »Na, wohl eher so. Also gute achtzig Zentimeter.«

»Ist die Wahrscheinlichkeit groß, so einen Fisch zu fangen?«, fragte Schiller vorsichtig.

Büscher grinste. »Soll das ein Witz sein? Für viele wäre das der Fang des Jahres. Ja, vielleicht die Krönung ihres Anglerlebens.«

»Hast du schon einmal so einen Zander gefangen?«

Er zögerte mit der Antwort.

Sie hakte nach. »Wie groß war dein größter Fisch?«

»Ein Hecht. Fast einen Meter. Was tut das zur Sache?«

»Naja, wenn die Chance nicht allzu groß ist, dann glaube ich kaum, dass er sich auf das Risiko einlässt, so sein Alibi zu untermauern.«

Büscher ging, den Blick nach unten gerichtet, auf und ab. Er fand ein paar verpuppte Maden und folgerte: »Er hat erst auf Köderfische geangelt. Er hat zig Ruten mit ans Wasser gebracht, und es war ihm völlig egal, was er fängt, Hauptsache, irgendetwas, das er auf die Spüle legen kann, um uns hinters Licht zu führen.«

»Und wenn er wirklich nur ein einsamer Angler ist …«

Büscher winkte ab und bückte sich nach einem abgebrochenen Drillingshaken an einem Stückchen Nylonschnur. »Einsamer Angler … Ich kenne die Brüder. Die fliehen alle vor irgendetwas. Die haben zu Hause eine zänkische Frau, die ihnen die Hölle heiß macht, oder pubertierende Kinder. Bevor die da den Idioten geben, der den Butler und den Chauffeur für die Kinder spielt, hocken sie sich lieber ans Wasser und lassen sich volllaufen.«

»Na, du schließt jetzt wohl zu sehr von dir auf andere …«

Er warf den Drillingshaken ins Wasser. Noch bevor er versank, kam Büscher sich idiotisch vor. Birte Schiller schaute ihn an, als hätte er gerade ein wichtiges Beweisstück vernichtet.

»D … die lassen überall diesen Mist liegen. Das ist gefährlich. Da treten spielende Kinder rein und verletzen sich …«

Sie sagte nichts dazu, was er als besonders harsche Kritik empfand. Er deutete auf die Stelle, an der der Drilling ins Wasser geklatscht war. »Herrgott! Was soll das Teil denn schon beweisen? Das kann seit Wochen hier liegen. Außerdem bezweifelt ja niemand, dass er hier war.«

»Ja«, sagte Birte Schiller, »die Frage ist nur, wie lange er hier gehockt hat.«

Büscher zeigte auf eine Stelle direkt gegenüber. »Dort an dem Steg, da hätte ich als Nachtangler angefüttert und dann …«

Schiller verstand nicht. Ihre Augen zogen sich zusammen. So guckte sie nur, wenn sie nicht kapierte, worauf ihr Gegenüber hinauswollte.

Er wollte zum Steg, aber hier gab es keine Gelegenheit, das Wasser zu überqueren.

»Wenn da Nachtangler waren, dann ist der Platz für uns viel wichtiger als dieser hier. Die können uns dann vielleicht mit ein paar Beobachtungen weiterhelfen.«

Als sei diese Aussage hochintellektuell und im Grunde

für seine Kollegin unverständlich, übersetzte er den Satz für sie in einfaches Kripodeutsch: »Zeugen. Wir suchen Zeugen.«

Gedanklich war er schon wieder woanders, aber er hätte sich lieber in die Hand gebissen, als ihr seine Überlegungen mitzuteilen. Vielleicht war der Drillingshaken doch wichtig. Wieso knüpfte jemand so einen großen Haken an ein Nylonvorfach? Mit dem Drilling konnte eigentlich nur auf große Raubfische gefischt werden. Aber ein Hecht zersägte so eine Nylonschnur mit seinen Zähnen oder zerriss sie einfach.

Waren da Anfänger am Werk gewesen? Schwarzangler? Kinder? Gab es noch andere Zeugen?

Am Steg kam Kommissarin Schiller zu der Überzeugung, dass Angler recht umweltbewusste Menschen sein mussten. Sie hatten praktisch keinen Abfall hinterlassen. Trotzdem kamen sie und Büscher rasch zu der Annahme, dass gestern Nacht von hier aus gefischt worden war. Der Boden war noch zertrampelt.

Das mit der Umwelt vergaß sie gleich wieder, als Büscher ihr eine bunte Pfütze zeigte. Es sah aus wie ein Ölfleck, nur dünnflüssiger.

»Hier hat einer der Spezialisten ein Spülmittel ausgegossen.«

»Warum macht jemand denn so etwas?«

»Damit die Würmer aus dem Boden kommen, und die werden dann als Köder benutzt.«

Schiller verzog angewidert den Mund.

Büscher formulierte seine Schlussfolgerungen: »Das

ist eine sehr alte Methode. Die jungen, modernen Angler machen so etwas nicht. Sie wissen, dass der Fisch das Zeug riecht und die Beute nicht annimmt. Die jungen Leute kaufen heutzutage ihre frischen Köder hygienisch verpackt in Dosen, bewahren sie im Kühlschrank auf und …«

»Danke, das reicht mir.«

»Es waren also ältere Leute. Ich schätze, sie waren über sechzig. Vermutlich die örtliche Rentnerband.«

»Ja«, sagte Schiller. »Oder ihre Enkel, die solche tollen Methoden von ihren Opis gelernt haben.« Sie bog ihren Rücken durch und fragte dann mehr sich selbst als Büscher: »Ist so etwas nicht strafbar?«

Er drehte ihr den Rücken zu und beobachtete eine Stelle im Wasser, wo kleine Fische sprangen und ein dunkler Hechtrücken sichtbar wurde. Es juckte ihn schon, seine Angel mal wieder auszupacken.

»Sollte es aber«, sagte sie.

»Häh, was?«

»Es sollte strafbar sein, habe ich gesagt.«

»Seine Frau umzubringen, das ist strafbar. Und wenn du mich fragst, hat Holger Schwarz genau das getan. Falls sein Sohn ihm nicht die Arbeit abgenommen hat. Dieses Alibi hier ist jedenfalls ein schlechter Witz. Ich war angeln, hier ist der Fisch …« Er klopfte sich mit der flachen Hand gegen die Stirn. »Wir sind doch nicht plemplem!«

Es war, als würde Holger Schwarz' Aussage ihn persönlich beleidigen. »Und überhaupt!«, schimpfte er.

»Wieso fischt der hier an der Lune? Das ist doch ein Wiesenflüsschen! Es gibt viel bessere Angelplätze in Bremerhaven und Bremen.«

»Also«, flötete Schiller, »ich finde es hier romantisch.«

»Ja. Mag ja sein, dass dies hier für Romantiker ein wundervoller Ort ist und auch für Liebespaare, aber ich würde lieber an der Geest fischen oder …«

»Immerhin«, sagte Schiller anerkennend, »hat er hier soo einen Zander gelandet.«

Dazu sagte Büscher lieber nichts mehr.

9

Frau Dr. Stindl trug das hennarote lange Haar heute offen. Sie saß so, dass die Sonnenstrahlen, die durchs Fenster ins Krankenzimmer fielen, sich in ihren Haaren verfingen und ihr eine Art leuchtenden Heiligenschein verliehen. Je nachdem, wie sie ihren Kopf bewegte, wechselten die Farben zwischen Kupfer, Gold und Sternenglanz.

Leon sah sie durch den medikamentenbedingten Nebel an und eine Gefühlswelle schwappte in ihm hoch. Sie spülte die Sehnsucht, einen geliebten Menschen in den Arm zu nehmen, in sein Bewusstsein.

Sofort war da ein tiefer Schmerz.

Seine Mutter war tot. Er öffnete den Mund und wollte diesen Satz aussprechen, wie eine Frage, um das Gegenteil heraufzubeschwören. Aber gleichzeitig schnürte ihm der Gedanke den Hals zu.

Er sah seine Mutter in ihrem Bett, aber nicht als blutüberströmte Leiche, sondern als glückliche Krimileserin mit einem dicken Buch in der einen und einem Stück Schokolade in der anderen Hand. Sie war ganz auf den Text konzentriert, und der Lichtkegel ihrer Leselampe zirkelte den Raum um sie ab wie eine Schutzhaut.

Warum, dachte er, hatte meine Mutter in dieser Nacht nicht so etwas gehabt wie einen Energieschirm, der in Science-Fiction-Filmen feindliche Raumschiffe abprallen ließ.

Er sah sie vor sich, wie sie im dunklen Blau der Nacht versank. Die Farbe verschluckte sie, so wie ihn damals das Eis, nur dass in ihrer Brust ein Messer steckte. Sie streckte die Hand nach ihm aus und sah ihn an. Sie war über ihm und wurde immer kleiner. Sie wurde eins mit dem Nachtblau des Sternenhimmels.

Er warf sich vor, nicht bei ihr gewesen zu sein. Er hätte sich dem Täter zum Kampf gestellt. Oh ja, er wäre bereit gewesen, sich auf Leben und Tod für seine Mutter einzusetzen. Er liebte sie so sehr, seine Mutter …

Er stellte sich vor, wie das Messer ihn traf, weil er sich zwischen sie und den Mörder warf. Der Schmerz machte ihm nichts aus. Kein Schmerz konnte so groß sein wie der, seine Mutter zu verlieren.

Frau Dr. Stindl streichelte über seinen linken Unterarm und hielt dabei seine Hand. Sie wirkte trotz des weißen Kittels nicht wie eine Ärztin, sondern mehr wie eine gute Freundin, eine altvertraute Verwandte, ja vielleicht gar wie eine Mutter.

Sie sprach ganz leise. »Ich muss dir etwas mitteilen, Leon. Es tut mir leid …«

Will die mir jetzt noch einmal erzählen, dass meine Mutter umgebracht wurde, dachte Leon verständnislos. Trotzdem füllten sich seine Augen mit Wasser, als ob er es gerade zum ersten Mal hören würde.

Sie fuhr stockend fort, dabei streichelte sie ihn immer hektischer. Es wurde unangenehm für ihn, aber er zog den Arm trotzdem nicht weg.

»Es wird sich bestimmt alles als Irrtum herausstellen. Ich wollte es dir nur gern selber sagen, damit du es nicht von irgendeiner unbekannten Person erfährst …«

Was denn, verdammt, was ist denn passiert, wollte er schreien. Kommen Sie doch endlich zur Sache! Aber er bekam kein Wort heraus. Er brach gerade wieder innerlich ins Eis ein. Er hörte es schon krachen und knirschen.

»Später kommt auch eine nette Dame vom Jugendamt. Ich habe schon mit ihr gesprochen. Die ist wirklich ganz in Ordnung …«

Leon hielt es kaum noch aus.

»Du wirst bestimmt auch psychologische Betreuung bekommen, und du musst dir keine Sorgen machen. Ein, zwei Tage kann ich dich noch zur Beobachtung hierbehalten …«

Sie sah ihm die Frage im entsetzten Gesicht an. Sie musste jetzt mit der Sache herauskommen. Plötzlich verstand sie, was damit gemeint war, wenn man sagte, jemand rede um den heißen Brei herum. Und dieser Brei war wirklich heiß.

»Die Polizei hat deinen Vater verhaftet.«

Die Eisschollen erhoben sich rechts und links neben ihm wie weiße Wände, und er glitt an ihnen entlang ins kalte Wasser, das aussah, als würden die Schlittschuhe hineinschneiden wie ein Fleischermesser.

»W … warum?«

Er hörte sich das sagen, aber die Antwort kam wie aus einem kaputten Radio. Frau Dr. Stindl war plötzlich sehr weit weg.

»Als Tatverdächtigen.«

»Sie verdächtigen meinen Vater, meine Mutter umgebracht zu haben?«

Sie nickte und senkte dabei den Blick. »Das heißt erst einmal noch gar nichts, Leon. Bestimmt stellt sich alles rasch als Irrtum heraus. Aber bis dahin …«

Leon wollte nicht unter der Eisdecke ersticken. Er krampfte sich in Frau Dr. Stindls Hand fest. Sie versuchte, sie ihm zu entziehen. Sie hatte Angst, er könne ihr die Finger brechen.

»Lass mich los! Hör auf! Du tust mir weh!«

Da packte Leon sie an der Gurgel und würgte sie: »Ich bringe diesen Kommissar um!«, schrie er. »Ich bringe ihn um!«

Es gelang Frau Dr. Stindl, den Alarmknopf zu drücken. Noch bevor ein Pfleger im Raum erschien, hatte Leon sie schweratmend losgelassen. »Wenn er mir auch noch meinen Vater wegnimmt, mach ich ihn kalt.«

Frau Dr. Stindl sah Leon schreckensstarr an und fragte sich, ob er das ernst gemeint oder die Medikamente ihn so rasend gemacht hatten.

Der Pfleger stand jetzt etwas hilflos im Türrahmen.

Dr. Stindl sagte: »Alles okay. Ich habe nur aus Versehen gedrückt.«

Er ging aber nicht. Er sah ihr an, dass sie log.

Sie strich sich den Kittel glatt und trat von Leons Bett zurück.

Der Pfleger trocknete seine feuchten Hände an den Hosenbeinen ab. »Sie werden in der Fünf gebraucht«, sagte er. »Da war ein Unfall am Hafen.«

Sie verschwand mit ihm. Leon lag wie angebunden im Bett und starrte die Tür an. Er hatte jedes Zeitgefühl verloren. Er lag nur, starrte auf die Tür und atmete. Sein rechter Fuß zuckte.

Dann, eine gefühlte Ewigkeit später, schob der Pfleger ein Bett ins Zimmer. Darin lag ein Mann.

»Das ist Herr Özdemir. Er kommt gerade aus dem OP. Er hatte heute einen Unfall. Sein linkes Bein ist viermal gebrochen. Aber er ist schon wieder ganz wohlauf.«

Warum erzählt der mir das alles?, fragte Leon sich.

Dann räumte der Pfleger Özdemirs Kleidung in den Schrank. Leon beobachtete ihn dabei.

»Guck nicht so doof, Arschloch!«, zischte der Pfleger plötzlich. »Du hast keinen Anspruch auf ein Einzelzimmer!«

Er warf Leon einen hasserfüllten Blick zu, und Leon kapierte, dass der Pfleger verliebt in Frau Dr. Stindl war.

10

Holger Schwarz saß beängstigend ruhig auf seinem Drehstuhl. Er berührte nur den äußeren Rand der Sitzfläche, als sei ihm der Stuhl zu heiß. Er stützte sich mit den Unterarmen auf der Tischplatte ab, die Hände wie zum Gebet gefaltet.

Kommissar Büscher wusste, dass Schwarz nicht betete. Er tat, als ob er ganz entspannt auf seine Hände gucken würde, aber in Wirklichkeit ließ er Kommissarin Schiller nicht aus den Augen. Er hatte so eine linkische Art, den Kopf zu senken und aus den Augenwinkeln zu schielen. Dabei schnaufte er, als ob er bei Darth Vader das Atmen gelernt hätte.

Büscher war dagegen gewesen, ihn mit Löckchen alleine im Verhörraum zu lassen. Er war nicht einmal fixiert.

Sie glaubte, ihn so besser zum Sprechen bringen zu können. Er sollte sich frei und ungezwungen fühlen, hatte sie gesagt. Frei und ungezwungen. In einem Verhörraum!

Natürlich ahnte Schwarz, dass sie beide beobachtet wurden. Jeder Idiot, der schon mal sonntagabends einen »Tatort« gesehen hatte, wusste, dass der große

Spiegel an der Wand keineswegs ein Spiegel war, sondern ein Fenster, durch das ein paar Leute beim Verhör zusahen. Vielleicht war sogar ein Psychologe mit dabei, der jede seiner Bewegungen auswertete. Deshalb saß er ganz still und tat nichts. Das hatte er beim Krimigucken gelernt.

Büscher wartete nur darauf, dass Schwarz die Maske des Biedermannes fallen ließ, um sich wutentbrannt auf Löckchen zu stürzen. Büscher wäre in wenigen Sekunden bei ihr und würde ihm liebend gern einen Leberhaken und einen Satz heißer Ohren verpassen.

Er sah Schwarz durch die Glasscheibe an wie das Unkraut in seinem Vorgarten, das er schon viel zu lange nicht mehr gejätet hatte.

Das Aufnahmegerät auf dem Tisch lief. Der rote Punkt leuchtete.

»Wir haben Ihre Vermögensverhältnisse überprüft, Herr Schwarz. Ist es richtig, dass Sie und Ihre Frau einen Ehevertrag hatten?«

Es war eine rein rhetorische Frage. Schiller klärte gern erst die unstrittigen Sachen, das schuf ein Fundament, um auch die anderen Probleme zu diskutieren.

Schwarz zuckte unbeeindruckt mit den Schultern. »Wer hat das heutzutage nicht? Ehen können schiefgehen. Wenn man nicht alles den Rechtsanwälten in den Rachen werfen will, ist es besser, man einigt sich vorher, was bei einer Scheidung geschehen soll.«

»Sie waren also einverstanden mit dem Ehevertrag?«

»Hätte ich ihn sonst unterschrieben?«

»Er ist für Sie nicht gerade günstig, Herr Schwarz. Die Eigentumswohnung gehörte Ihrer Frau. Bei einer Trennung wären Sie praktisch leer ausgegangen.«

»Ja. Die Eigentumswohnung ist von ihren Eltern. Sie haben sie ihr schon zu Lebzeiten überschrieben.«

Der kalte Hund tut, als würde er mit ihr über die Bundesligaergebnisse sprechen, dachte Büscher. Am liebsten wäre er durch die Scheibe gesprungen und hätte das Verhör selbst übernommen. Er war nicht gut im Zuschauen.

Kommissarin Schiller erhob ihre Stimme. »Ist es richtig, dass Ihr Schwiegervater damals auf diesem Ehevertrag bestanden hat?«

Schwarz tastete mit der Zunge seine Zahnreihen ab, als sei er auf der Suche nach Essensresten. So etwas machten Täter nach Büschers Erfahrung, wenn sie sich in die Enge getrieben fühlten und Zeit gewinnen wollten.

»Löckchen, Löckchen«, flüsterte Büscher, »du machst das im Grunde gar nicht so schlecht. Jetzt fest nachhaken, nicht lockerlassen. Der Felsen bröckelt schon, schieb eine Sprengladung rein!«

Kommissarin Schiller konnte ihn zwar nicht hören, weil sie es ablehnte, Verhöre zu führen und dabei über einen Knopf im Ohr Regieanweisungen entgegenzunehmen, aber schon aus der Art wie sie Schwarz ansah, folgerte Büscher, dass sie ihn jetzt härter rannehmen würde.

»Wen interessiert das noch? Beide sind tot.«

Sie ließ seine Aussage kurz so stehen, dann beugte sie sich vor, stützte sich mit beiden Händen auf den Tisch und sagte laut und deutlich: »Genau das macht Sie verdächtig, Herr Schwarz.«

Bingo, das saß.

Schwarz stöhnte jetzt, setzte sich anders hin, lehnte sich an, schob den Bauch vor, streckte die Beine aus. Es kam Bewegung ins Spiel. Endlich.

»Ich habe meine Frau doch nicht wegen einer Eigentumswohnung umgebracht. Der Ehevertrag war meine Idee. Sie stand sich finanziell dadurch bedeutend besser als ich. Ihrem Vater war ich nicht gut genug. Er hatte sich für seine Tochter etwas Besseres gewünscht. Keinen Dachdecker.«

»Sie haben also diesen Ehevertrag selbst angeregt?«

»Ja. Sag ich doch. Das war für mich eine Sache der Ehre, um dem Alten den Wind aus den Segeln zu nehmen.«

Jetzt richtete Kommissarin Schiller sich auf und schoss ihren Pfeil ab. »Das hat mir der Notar aber ganz anders erzählt! Er erinnert sich an einen hässlichen Streit zwischen Ihnen und Ihrem Schwiegervater. Er war kurz davor, die Polizei zu rufen.«

Jetzt hielt Schwarz es auf dem Stuhl nicht mehr aus. Er sprang auf.

Kommissarin Schiller wich keinen Zentimeter zurück. Das gefiel Büscher. Sie verstand mit dem Typen umzugehen.

Schwarz beugte sich von Schiller weg, drehte ihr den

Rücken zu, reckte sich und fuhr sich mit beiden Händen durch die Haare. Er stand jetzt direkt vor dem Spiegel, keine zwanzig Zentimeter von Kommissar Büscher entfernt.

Unwillkürlich machte Büscher einen Schritt nach hinten. Er konnte das Herz unter Holger Schwarz' Hemd klopfen sehen.

Er weiß genau, dass ich hier bin, dachte Büscher. Er kocht vor Wut. Gleich ist er so weit. Gleich verliert er die Kontrolle. Beim nächsten Verhör wird er dann von vornherein fixiert.

Schwarz öffnete den Mund zu einem Gähnen. Auch das kannte Büscher. Wenn Täter in die Klemme gerieten, gähnten sie oft.

Büscher erklärte sich das so: Vermutlich schrie das Gehirn – das panisch nach einem Ausweg suchte – nach mehr Sauerstoff, um gedankliche Höchstleistungen erbringen zu können.

Schwarz sprach gegen die Scheibe, ganz so, als würde er nicht mit Kommissarin Schiller, sondern mit Büscher reden.

»Mein Schwiegervater war ein Stinkstiefel! Er hat sich in alles eingemischt. Wir haben uns immer gezankt. Ich konnte ihm nichts recht machen. Ob Sie es glauben oder nicht, ich war froh, als sein Sargdeckel geschlossen wurde.«

Na, das hörte sich doch mal nach ehrlichen Worten an. Kam jetzt die Zeit der Geständnisse? Zerriss das Netz der Lügen?

»Und Ihre Ehe? Wie stand es damit?«

Schwarz ballte die Fäuste. Er presste sie gegen die Scheibe des Verhörraums. Büscher erinnerte sich an einen Straftäter, der versucht hatte, mit seinem Stuhl diesen Spiegel zu zertrümmern. Später erzählte der Mann, er hätte mal im Fernsehen gesehen, wie jemand auf diese Weise geflohen sei.

Ja, im Fernsehen klappte das vielleicht, da waren die Scheiben auch aus Zucker und nur dazu gemacht, um später eingeschlagen zu werden. Hier bei ihnen im Revier prallte der Stuhl höchstens ab und schlug dem Werfer mit ein bisschen Pech die Zähne ein.

»Ich habe meine Frau geliebt«, sagte Holger Schwarz und drückte seine Fäuste noch fester gegen das Glas.

»Ihre Nachbarin im Parterre, die Frau Schröder, sagt aber, sie habe oft Streit gehört. Es hätte mit Ihrer Ehe nicht zum Besten gestanden.«

»Ach, die alte Schachtel!«

»Wollen Sie damit andeuten, dass die Frau lügt?«

Jetzt fuhr Schwarz herum. Er duckte sich leicht, wie ein Raubtier vor dem Sprung. Er brüllte: »Mein Gott, in welcher Ehe gibt es nicht mal Streit?! Nennen Sie mir eine! Eine! Haben Sie sich nie mit Ihrem Partner gezankt?« Er wartete nicht auf eine Antwort, sondern fuhr fort. »Und haben Sie ihn deshalb umgebracht?«

Sie hätte um ein Haar gekontert: »Ich bin Single.« Aber dann riss sie sich zusammen, weil Büscher sie beim letzten Mal gemaßregelt hatte, sie dürfe in Verhören nicht zu viel von sich preisgeben, sonst wisse der Täter am Ende mehr über sie als sie über ihn.

»Ich stelle hier die Fragen!«, sagte sie, um bei Büscher zu punkten, was ihr auch gelang. Von Holger Schwarz erntete sie nur ein süffisantes Grinsen. Sie fühlte sich von ihm nicht ernst genommen.

»Sie sind Polizistin«, sagte Schwarz. »Sie werden von meinen Steuergeldern bezahlt. Tun Sie Ihre Pflicht! Jagen Sie den Mörder meiner Frau!«

11

Leon hatte weder die rote noch die blaue Tablette genommen. Er brauchte keine Beruhigungsmittel. Er wollte sich nicht beruhigen. Er brauchte jetzt all seine Energie, und er musste ganz klar im Kopf sein. Er hatte noch keinen ernsthaften Plan. Er wusste nur, dass er hier raus musste. Er hatte eine Schreckensvision vor Augen: Seine Mutter lag auf dem Friedhof, sein Vater saß im Gefängnis und er selbst in einem Erziehungsheim.

Zum Glück war noch kein Polizist vor seiner Tür postiert und passte auf ihn auf, und bevor jemand auf so eine Idee kommen würde, wollte er weg sein.

Er brauchte zunächst Klamotten. Er glitt leise aus dem Bett und pirschte barfuß zum Schrank von Hassan Özdemir. Der junge Türke schlief noch immer, und trotz des schweren Unfalls grinste er im Schlaf.

Leon stieg in die Jeans. Sie war ihm zwei Nummern zu groß und die Beine zu lang. Ein Bein war noch klebrig vom Blut. Jemand hatte die Hose aufgeschnitten, wahrscheinlich, um das gebrochene Bein aus der Jeans herauszubekommen.

So einen Pullover hätte er freiwillig nie angezogen. Er

war so betont selbstgestrickt, mit einem V-Ausschnitt am Hals. Aber jetzt eignete er sich prima, um den Sitz der Hose zu verbessern. Leon stopfte den Pullover hinein und zog den Gürtel fest.

Hoffentlich passen mir die Schuhe, dachte Leon. Es waren neue, gute Outdoor-Turnschuhe. Blau mit goldenen und silbernen Streifen. Größe 44. Leon hatte 42.

Aber dafür war die Lederjacke der absolute Knaller. Eine schwarze Motorradjacke. Tailliert und mit Schulterstreifen. An den Ellbogen und dem langen Revers leicht abgeschabt. Die Jacke war schwer und sah aus, als könnte sie mühelos eine kugelsichere Weste ersetzen oder einen Messerstich abfangen.

Leon Schwarz hätte am liebsten einen Entschuldigungsbrief auf Hassan Özdemirs Bett gelegt. Er fühlte sich nicht wohl dabei, ein frisch operiertes Unfallopfer zu beklauen, das im AOK-Tiefschlaf lag. Aber jede Minute war kostbar. Möglicherweise war die Dame vom Jugendamt oder die Psychologin schon im Krankenhaus, außerdem hielt Leon es für möglich, dass Kommissar Büscher gleich kam, um ihn zu verhaften. Wer so verbohrt war, seinen Vater für den Mörder seiner Mutter zu halten, der glaubte vielleicht auch, dass er mit seinem Vater gemeinsame Sache gemacht hatte.

Leon öffnete die Tür einen Spalt und schielte in den Flur. Der verliebte Frauenbeschützer schob gerade einen Wagen durch den Flur, auf dem ein Tablett nervtötend klapperte. Zum Glück war dieses Gebäude sehr

»hallig«. Leon konnte sich also ganz auf sein Gehör verlassen.

Der verknallte Pfleger trug Gummischuhe, die bei jedem Schritt ein Quietschgeräusch von sich gaben, als ob er einen Singvogel tottreten würde.

Frau Dr. Stindl dagegen trug italienische Schuhe. Eine Spur zu schön für eine Stationsärztin im Krankenhaus. Vermutlich sammelte sie Schuhe wie andere Leute Briefmarken oder schöne Erinnerungen.

Die meisten Patienten schlurften über die Gänge. Sie waren von Besuchern oder zielstrebigen Mitarbeitern leicht zu unterscheiden. Es war richtig hektisch auf dem Flur. Patienten, Besucher, Personal.

Aber dann wurde es ruhiger. Leon beschloss, die Chance zu nutzen. Bis zur Stationstür waren es knapp zwanzig Meter. Er wollte rennen, hatte aber Angst, zu schnelle Schritte könnten ihn verraten. Also beherrschte er sich und ging ganz langsam, ja schlenderte fast durch den Gang, wie auf der Suche nach einem freien Platz im Eiscafé.

Die Hose rutschte. Er hielt sie mit einer Hand fest.

Dann stand er vor der Frage: Treppe oder Fahrstuhl? Er mochte den Gedanken nicht, unten aus dem Fahrstuhl zu steigen und vor Frau Dr. Stindl zu stehen, die gerade aus der Cafeteria kam. Auf der Treppe konnten ihm auch Leute entgegenkommen, aber da wäre er in der Lage, nach oben zu flüchten.

Also nahm er die Treppe. Dort übte jemand mit Gipsbein auf Gehhilfen das Treppensteigen. Der Radsportler sagte zwar »Moin«, als Leon ihn überholte, sah aber nicht dabei auf und war nur froh, nicht angerempelt zu werden. Der würde sich später bestimmt nicht mal an die schwarze Lederjacke erinnern, dachte Leon.

12

Leon Schwarz atmete draußen tief durch. Vom Hafen her wehte eine Brise Meerluft, geschwängert mit Öl, zu ihm herüber. Er musste an diesen dummen Satz aus der Werbung denken: *Der Geruch von Freiheit und Abenteuer.*

Irgendwie hatte er diesen Krankenhausduft empfunden wie Gefängnisluft. Erst hier draußen konnte er wieder richtig tief durchatmen.

Er entfernte sich rasch vom Krankenhaus und damit in seiner Vorstellung auch vom Zugriff der Polizei und des Jugendamtes.

Leon durchsuchte die Jacke. In der Innentasche fand er ein Lederportemonnaie. Darin waren der Ausweis von Hassan Özdemir, eine Kontokarte der Sparkasse, eine Visa-Kreditkarte. Ein Ausweis für eine Videothek. Ein Fünfzigeuroschein und ein Zehner. Außerdem drei Euro und zweiundfünfzig Cent Kleingeld. Er wollte das Geld nicht stehlen und auch den Rest nicht.

Er beschloss, nach Hause zu gehen und sich eigene Sachen anzuziehen. Dann würde er ein Päckchen für Hassan Özdemir packen und alles mit einem Dankesbrief, einer Tafel Schokolade und den besten Genesungswünschen ins Krankenhaus schicken.

In seinem Zimmer in der Prager Straße hatte Leon ein Sparbuch mit fast fünfhundert Euro. Das hätte der Grundstock für seinen Führerschein sein sollen, aber jetzt hatte er das Gefühl, er würde das Geld für ganz andere Dinge benötigen. Außerdem hatte seine Mutter eine Haushaltskasse, so nannte sie die Keksdose, in der sie Bargeld aufbewahrte. Und im Eingang bei der Garderobe stand ein Bonbonglas, in das jeder nach dem Einkaufen das Wechselgeld warf.

Einmal im Jahr wurden die Centstücke zur Sparkasse gebracht. Es waren meist über hundert, einmal fast zweihundert Euro im Glas. Er brauchte also Hassan Özdemirs Geld nicht.

Er konnte in den Schuhen nicht richtig laufen, gerade so, als hätte er es verlernt. Die Hose rutschte, und in der fremden Kleidung kam er sich selbst fremd vor. Er begann zu laufen. Es war nicht so, dass er bewusst seinen Beinen den Befehl gab, loszurennen, nein, sie machten es von alleine. Als sei es ihre Entscheidung, nicht seine. Das Gehirn wurde als Kommandozentrale in Frage gestellt. Die Körperteile entschieden scheinbar neuerdings selbst, was sie zu tun hatten.

Hoffentlich entlädt sich mein Darm nicht ungefragt, dachte Leon und knickte beim Rennen um. In Schuhen, die nicht passten, sollte man keinen Marathonlauf durch die Stadt beginnen.

Es war ein komisches Gefühl, sich dem Haus zu nähern. Da war eine nie gekannte Unsicherheit. Seit sie in der Eigentumswohnung lebten, hatte er sich dort immer sicher gefühlt. Seine Schritte wurden, als er in die Prager Straße kam, immer schneller. Er strebte der Wohnung zu. Sie hatte einen ganz eigenen Duft. Seine Mutter kochte gern. Was auch immer sie zauberte, es gehörte viel frisches Gemüse dazu. Ihr Hack- und ihr Wiegemesser auf dem Holzbrett kündigten an: Bald gibt es etwas Gutes.

Sie kochte gern im Wok. Sein Vater dagegen briet frisch filetierten Fisch grundsätzlich in der Pfanne. Mehr als Zitronensaft, Pfeffer und Salz brauchte er selten, um seinen Fisch zu würzen. Leons Mutter dagegen hatte auf dem Balkon einen ganzen Kräutergarten. Sie pflückte fürs Kochen alles frisch. Ihre Finger rochen oft nach Basilikum, Fenchel, Thymian, Zitronenmelisse, Petersilie oder Oregano. Sie züchtete sogar Safrankrokus selbst. Drei zart duftende weiße Blüten standen auf dem Balkon. Sie erntete die rötlichen Narben im Inneren der Blüte. Leon sah sie vor sich, wie sie sagte: »Safran ist das teuerste Gewürz der Welt. Manchmal teurer als Gold. Aber im Gegensatz zu Gold kann man es selbst anpflanzen.«

Seine Mutter sollte tot sein? Plötzlich kam es ihm vor wie ein schlechter Witz. Es war alles gar nicht wahr. Ein Horrortrip durch irgendeine chemische Droge. Deshalb war er auch im Krankenhaus wach geworden. Sein Vater verhaftet … so ein Quatsch! Gleich würde er die Haustüre öffnen und schon im Flur das Essen riechen. Vater war angeln, also gab es vermutlich Fisch. Ein paar Forellen … Hauptsache, keinen Aal. Aal mochte Leon nicht so gern, aber heute würde er mit Freuden in jedes noch so fettige Stück Aal beißen, wenn sich nur alles als Albtraum entpuppen würde.

Trotz der irren Hoffnung wurden seine Schritte immer schwerer. Auch die Motorradjacke war plötzlich bleischwer. Er schaffte es kaum, sich in ihr fortzubewegen. Sie zog ihn runter wie eine Ritterrüstung mit Kettenhemd, aber er bezweifelte, dass sie so gut schützen konnte. Er schwitzte unter der Jacke, und seine Füße schwammen in den Schuhen.

Der Postbote auf der anderen Straßenseite stellte gerade sein Fahrrad ab. Leon schob den Kragen der Lederjacke hoch. Er wollte von ihm nicht erkannt werden. Der war wie ein lokaler Nachrichtensender ohne Musikunterbrechung.

Leon kam sich lächerlich vor, wie ein Agent als Comicfigur. Er sah sich nach rechts und links um. Er wurde nicht verfolgt. Aber auf dem Bürgersteig kam ihm ein Radfahrer entgegen. Es war Olli, vermutlich der einzige Mensch in Bremerhaven, der noch nichts von dem »schrecklichen Familiendrama« gehört hatte. Er klopfte im Vorbeifahren auf Leons Rücken: »Scharfes Outfit, Alter. Hätte dich fast nicht erkannt.«

Damit brach Leons Hoffnung zusammen, unerkannt ins Haus zu kommen.

Frau Schröder aus der Parterrewohnung links saß wie so oft mit einer Tasse Tee in ihrem Ohrensessel am Fenster. Die Knie wärmte sie sich an der Heizung, und sie beobachtete das Geschehen vorm Haus. Der neue

Postbote war ihr nicht geheuer. Er brauchte viel zu lange, kam fast zwei Stunden später als sein Vorgänger und roch nach Weinbrand und kalter Zigarrenasche.

Sie hätte sich nie mit einem Kissen unter dem Arm ins Fenster gelegt, wie andere es taten. Dazu war sie eine zu feine, gebildete Frau. Aber neugierig war sie eben auch. Leon sah ihre silbergrauen Haare hinter der Gardine verschwinden.

Leons Vater hatte einmal bei einer seiner Nachtangeltouren seinen Türschlüssel verloren. Als er morgens mit einem Hecht nach Hause kam, fröhlich, schmutzig und leicht angetrunken, hatte er alle aus dem Bett geklingelt, um hereingelassen zu werden. Seitdem war in einem leeren Blumentopf in der Garage immer ein Reserveschlüssel deponiert. Den holte Leon jetzt.

Die Garage lag im Hinterhof. Von hier aus hätte er auch auf den Balkon klettern können und von dort in die Wohnung. Aber er holte lieber den Schlüssel, denn der Balkon führte zu dem Zimmer, in dem seine Mutter ermordet worden war. Das wollte Leon sich jetzt nicht antun. Ihm war mulmig zumute bei dem Gedanken, diesen Raum zu betreten. Er wollte nur in sein Zimmer, er brauchte frische Kleidung und Geld. Er wusste noch nicht, wie es dann weitergehen sollte.

Es stand kein Polizeiauto in der Nähe, aber in der Wohnung von Familie Schwarz arbeiteten Kriminaltechniker in weißen Schutzanzügen. Leon folgerte, dass sie in privaten Pkws gekommen waren. Es waren mindestens zwei, sie redeten miteinander.

Die Tür stand offen. Links im Flur stapelten sich silberne Kisten aus Metall, mit Bügelschlössern an jeder Seite.

Die nehmen immer noch Proben fürs Labor, dachte Leon.

Einerseits war das gut. Es verriet ihm, dass an dem Fall intensiv gearbeitet wurde. Also musste es Zweifel an der Schuld seines Vaters geben. Andererseits fragte er sich, wie er jetzt an Geld und frische Anziehsachen kommen sollte.

Er beobachtete einen der Männer, der die Kommode im Eingang untersuchte und sie mit einem feinen Pinsel bearbeitete. Er kniete dabei auf dem Boden. Neben dem Telefon lag ein Zettel mit verschiedenen Telefonnummern.

Der Mann schwitzte in seinem Schutzanzug. Er trug sogar eine Kapuze, um den Tatort nicht mit eigenen Haaren zu verschmutzen.

Jetzt wischte er sich über die Stirn. Dann nahm er den Zettel und ließ ihn in eine Plastiktüte gleiten.

Na, dachte Leon, wenn da jetzt fremde DNS-Spuren dran sind, dann wissen wir ja wenigstens, von wem die sind.

Molli, die getigerte Katze, rieb sich an den silbernen Kisten das juckende Fell. Üblicherweise schubberte sie sich so an einer bestimmten Stelle des Buchregals im Wohnzimmer. Dort war das helle Buchenholz ganz grau vom Fett ihrer Haare geworden. Leon erkannte sofort, dass Molli sich genauso fremd fühlte wie er und sich nicht in die Wohnung traute. Er nahm sie auf den Arm und streichelte sie.

Der Kriminaltechniker erhob sich stöhnend und massierte sein rechtes Knie. Er schimpfte: »Ich bin zu alt für so eine Scheiße, Manni.« Er griff sich in den Rücken.

Leon versteckte sich mit Molli neben der Tür im Schatten und hielt die Luft an, als Molli maunzte.

Eine nörgelnde Stimme aus dem Inneren der Wohnung krächzte: »Und wo bleibt jetzt die versprochene Verstärkung? Früher hätte das hier eine Tatortgruppe von acht oder zehn Kollegen unter die Lupe genommen. Jetzt sind es nur noch wir beide.«

Leon vermutete, dass da Manni sprach.

»Jaja«, antwortete der mit dem steifen Knie, der angeblich zu alt war.

Leon achtete genau auf die Stimmen, um festzustellen, wie viele Leute sich in der Wohnung befanden.

»In zwei Tagen wäre der Drops hier gelutscht gewesen. Wir beiden brauchen dazu eine Woche.«

Der andere hustete wie jemand, der viel zu lange viel zu viel geraucht hat. »Das ist doch sowieso alles sinnlos. Der Täter war tatortberechtigt. Ist doch klar, dass hier überall seine Spuren sind. Der hat doch hier gewohnt.«

»Trotzdem, Uwe. Wir müssen akribisch vorgehen. Das wird ein reiner Indizienprozess, und der gesteht garantiert nicht. Oder würdest du zugeben, deine Frau getötet zu haben? Wie steht der denn da vor seinem Sohn?«

»Ich … ich … also, ich würde meine Frau gar nicht umbringen.«

»Ja, klar. Das meine ich doch nicht. Ich meine, wenn. Was wäre, wenn?«

»Ja, wenn du mich so fragst … ich würde es leugnen.«

»Siehste. Sonst verlierst du nämlich alles. Deine Freunde, die Liebe deines Kindes. Nicht mal deine Mutter hält noch zu dir, wenn du so etwas gemacht hast. Deine Schwiegermutter sowieso nicht.«

»Klaro.«

»Lass uns Pause machen. Ich geb einen Kaffee aus.«

»Ein Fischbrötchen wäre mir lieber. Mir ist schon ganz schlecht vor Hunger. Weißt du, meine Frau bringt sich nämlich im Grunde gerade selbst um. Mit irgend so einer Diät aus dem Internet. Wir essen nur noch bunten Brei. So einen Schleim. Schmeckt nach nix, riecht nach Gülle und sieht aus wie schon einmal verdaut und mit Ölfarbe verdünnt.«

»Isst du den Müll auch?«

»Du hast ja keine Ahnung, was bei uns los ist. Die macht eine Religion daraus.«

»Klar, und ihr Guru wird reich dabei. Also komm. Ich lad dich ein. Nirgendwo gibt's bessere Fischbrötchen als bei Höpker auf der Bismarckstraße. Und der Kartoffelsalat erst …«

Leon drückte sich fest in die Ecke. Schritte kamen aus dem Inneren der Wohnung näher. Die Wohnungstür fiel zu. Die beiden Männer liefen an ihm vorbei, ohne ihn zu bemerken.

Leon setzte Molli sanft auf den Boden zurück. Er schob den Schlüssel fast geräuschlos ins Schloss.

Da hörte er, wie einer der beiden Kriminaltechniker noch einmal zurückkam.

Leon huschte in die Wohnung und verschwand blitzschnell in seinem Zimmer. Er wollte sich unter dem Bett verstecken, aber dann hörte er, dass der andere die Räume gar nicht mehr betrat, sondern die Tür nur von außen versiegelte.

Als sich die Schritte des Mannes auf der Treppe entfernten, zog er die Turnschuhe aus und huschte zum Küchenfenster. Von dort konnte er die Straße beobachten. Die beiden Techniker bestiegen gerade einen VW-Bus, zogen darin die weißen Spezialoveralls aus und fuhren zum Fischessen. Leon rechnete sich aus, dass er zwanzig, höchstens dreißig Minuten Zeit hatte. Die Typen wirkten auf ihn nicht wie Leute, die ein oder zwei Stunden Mittagspause machten, obwohl er eigentlich gar nicht wusste, wie solche Leute aussahen. Er beschloss vorsichtshalber, sich zu beeilen.

Er nahm seine Sporttasche. Überall in der Wohnung hatte die Spurensicherung deutliche Zeichen hinterlassen. Die glatten, weißen Flächen schimmerten bläulich. Es roch nicht nach Mutters Kräutergarten, auch nicht nach Vaters Fisch. Es war, als sei die Luft zweigeteilt. Oben dominierten Chemikalien. Auf irgendetwas davon reagierte Leon allergisch. Er musste niesen, und seine Augen juckten.

In Bodennähe, schon ab Kniehöhe, roch es nach getrocknetem Blut. Wenn Leon sich bückte, wurde ihm übel. Wenn er aufrecht stand, schüttelte ihn ein Nieskrampf nach dem anderen. Lange würde er es sowieso nicht hier aushalten.

Den Inhalt der Sporttasche ließ er einfach auf den Teppich fallen. Er griff sich T-Shirts aus dem Schrank. Boxershorts. Socken. Eine blaue und eine schwarze Jeans. Er nahm auch gleich zwei Paar Schuhe. Seine Adidas und dann die schwarzen Lederschuhe.

Auf dem Weg hierher hatte er geplant, noch zu duschen und sich umzuziehen. Jetzt verwarf er den Gedanken. Das dauerte alles viel zu lange.

Er packte Shampoo ein, eine Zahnbürste, seine Lieblingszahnpasta. Dann ging er an die Keksdose seiner Mutter. Sie war mit Pulver verschmiert, und er konnte deutlich sehen, dass so etwas wie ein Pflaster draufgeklebt und wieder abgezogen worden war.

Er öffnete die Dose und fand hundertzwölf Euro einunddreißig. Er steckte das Geld ein. Dann holte er sein Sparbuch.

Auf der Kommode bei der Garderobe stand das Bonbonglas, fast randvoll mit Wechselgeld. Leon schüttete das Geld in eine Plastiktüte.

Eigentlich hätte er jetzt gehen können, aber etwas hielt ihn noch in der Wohnung. Er wollte noch einen Blick in das Zimmer werfen, in dem seine Mutter ermordet worden war. Er hatte Angst davor, ja, der Ekel würgte ihn, aber er konnte nicht anders.

Vor der Tür raste sein Herz. Er schloss kurz die Augen, um sich zu konzentrieren. Eine Stimme in seinem Kopf sagte ihm: *Keine Angst. Deine Mutter liegt nicht mehr dort. Die haben sie längst weggebracht.* Aber ein ganzer Chor in ihm brüllte diese Stimme nieder: *Tu es nicht, Leon! Nicht! Hau einfach ab, das ist besser für dich!*

Er gab dem Chor nach und floh aus der Wohnung. Dabei zerriss er das Siegel, das der Kriminaltechniker an die Tür geklebt hatte. Leon bemerkte es nicht einmal. Er stürmte mit der Sporttasche die Treppe hinunter und rannte den Postboten fast um, als er auf die Straße sprang.

»Nicht so eilig, junger Mann! Wir sind doch hier nicht auf der Flucht!«

Hast du eine Ahnung, du blöder Sprücheklopfer, dachte Leon und rannte ziellos weiter.

13

Kommissar Büscher trat so behutsam auf, als hätte er Angst, bei einem unbedachten Schritt in seinem eigenen Büro durch den morschen Fußboden nach unten zu krachen und eine Etage tiefer auf der Empfangstheke der Schutzpolizei zu landen. Er tat das sehr bewusst, nicht weil er befürchtete, der Boden könnte unter ihm nachgeben, sondern weil seine Kollegin Schiller behauptet hatte, er würde, wenn er wütend sei, immer mit den Füßen aufstampfen wie ein trotziges Kind.

Die beiden Kriminaltechniker standen mit gesenkten Blicken da. Manfred Schütz war studierter Chemiker, der dann die Polizeilaufbahn eingeschlagen hatte. Sein Kollege Uwe Prinz war ein Biologe, Spezialgebiet Maden und Fliegen an Leichenteilen. Sie hielten Büscher für einen cholerischen Idioten. Büscher wusste das, und er wollte ihnen nicht die geringste Chance geben, ihn im vorliegenden Fall als dumm und aufbrausend einzustufen.

»Also, noch einmal ganz langsam«, sagte er betont sachlich. »Ihr …«, er schluckte das Wort »Pappnasen« hinunter. »Ihr zwei habt die Wohnung vier Stunden lang kriminaltechnisch auf Spuren hin untersucht und dabei nicht gemerkt, dass sich noch jemand in der Wohnung aufhielt?«

»So würde ich das nicht sagen«, verteidigte Manni sich. »Vielleicht ist ja, als wir Mittag essen waren …«

Büscher hob abwehrend die Hände. *»Vielleicht«*, unterbrach er Manni, »ist kein Wort, das ich gerne höre. Ihr seid doch studierte Jungs. Aufgrund eurer Gutachten werden später Leute verknackt oder freigesprochen. Da ist *vielleicht* einfach nicht das richtige Wort. Es klingt für mich so … unwissenschaftlich.«

Uwe Prinz wollte etwas dazu sagen, aber Büscher ließ ihn nicht zu Wort kommen. Er fuhr mit triumphierendem Blick auf Kommissarin Schiller fort: »Ihr habt gesagt, das Siegel wurde von innen aufgebrochen. Also hat der Täter es zerstört, als er die Wohnung verließ und nicht etwa, als er hereinkam, stimmt das?«

Prinz schwitzte wie bei seiner Abiturprüfung. Büschers Stimme erinnerte ihn an die seines ehemaligen Direktors: *»Sie heißen zwar Prinz, aber Sie werden Ihrem Namen keine Ehre machen. Aus Ihnen wird nie etwas!«*

»Es gibt eindeutige Hinweise durch die Perforierung …«

»Ja, ja, ja. Wie auch immer«, griff Büscher ein. »Jedenfalls kam er von innen. Er muss also in der Wohnung gewesen sein, als ihr zwei sie verlassen habt. Er kann dort alles verändert haben. Damit wird der Tatort praktisch indizienuntauglich. Das nimmt uns jeder schmierige Bremer Rechtsverdreher mit Genuss auseinander.«

Die schlimmsten Anwälte kamen nach Büschers Meinung aus Bremen. Sie machten vor Gericht aus Schwarz Weiß, aus Schuldig Unschuldig und aus Opfern Täter.

Manni trat von einem Fuß auf den anderen. »Ganz so würde ich das nicht sehen. Immerhin haben wir gestern und heute eine Menge Material sichergestellt. Das reicht aus, um …«

»Wie …«, wollte Büscher wissen, »ist der Verdächtige überhaupt in die Wohnung gekommen?«

Uwe Prinz antwortete schulterzuckend: »Es gibt keine Einbruchsspuren. Weder von der Mordnacht noch danach. Er muss also einen Schlüssel gehabt haben.«

Manni Schütz schluckte: »Die Tür stand die meiste Zeit offen, wegen des Gestanks und …«

Büscher wiederholte ungläubig: »Die Tür stand die ganze Zeit offen?«

»Ja, aber ich hätte es doch gemerkt, wenn jemand reingekommen wäre …«

»Hätte … wäre … wenn …«, spottete Büscher. »Alles rein wissenschaftliche Ausdrucksweisen!«

»Mensch, mach es uns doch nicht so schwer! Ich war die meiste Zeit im Flur. Er hätte an mir vorbei gemusst.«

»Na, dann hat er sich wohl unsichtbar gemacht und uns alle verarscht.«

»Vielleicht … Ich hab mal eine Pinkelpause gemacht …«

Prinz machte die Peinlichkeit noch größer: »Ich kann mir auch nicht vorstellen, dass jemand in den paar Sekunden, in denen wir schon unten waren, bevor die Tür versiegelt wurde …«

Manni sah seinen Kollegen strafend an.

»Ihr seid gegangen, ohne die Tür zu versiegeln?«, hakte Büscher angriffslustig nach.

»Nein, sind wir nicht. Es waren nur ein paar Sekunden, und die Tür war ja auch verschlossen.«

»Wenn der Täter natürlich einen Schlüssel gehabt hat … Aber er hätte dann praktisch neben der Tür stehen müssen, um in der kurzen Zeit …«

Das Telefon klingelte. Kommissarin Schiller hob ab. Sie wollte damit eigentlich nur erreichen, dass es aufhörte zu klingeln, aber dann erhielt sie von Frau Dr. Stindl eine Nachricht, die sie laut und deutlich in den Raum warf: »Leon Schwarz ist … aus dem Krankenhaus abgehauen.«

Büscher ballte die rechte Faust und biss hinein.

Birte Schiller fragte ins Telefon: »Nackt?«

Sie erfuhr, dass Leon Schwarz die Kleidung des Patienten Hassan Özdemir gestohlen hatte. Sie notierte alles mit Filzstift auf einen Aktendeckel. Schwarze Motorradjacke. Jeans. Turnschuhe.

»Welche Marke?«

»Ja, ähm, also, das weiß ich nicht. Ist das denn so wichtig?«

»Und ob.«

Büscher lächelte grimmig. Er wirkte auf Manni wie ein Hai, der seine Beute umkreiste.

»Nun wissen wir also, wer den Tatort versaut hat.«

»Haben wir etwa jetzt auch noch einen Verdächtigen laufen lassen?«, fragte Prinz.

»Ja, ihr Pfeifen!«, giftete Büscher. Es tat ihm gut, diese akademischen Schlaumeier mal auf ein erträgliches Maß zurechtzustutzen.

14

Am Fischereihafen, zwischen den Touristen, die hier vor den Restaurants saßen und Milchkaffee tranken, fiel Leon nicht auf.

Er ging ins TIF. Das *Theater im Fischereihafen* war für ihn ein Ort, an dem er sich sicher fühlte. Hier hatte er einst mit seinen Eltern Kinderliedermachern gelauscht, Theaterstücke gesehen und sich einfach wohlgefühlt.

Im Café lief er gleich zur Toilette durch und zog sich dort um. Die Lederjacke behielt er an. Sie gefiel ihm immer besser.

Er atmete durch und sagte sich selbst: *Renn nicht die ganze Zeit, das fällt auf. Beweg dich wie die anderen. Schlendere ruhig, als wärst du auch ein Tourist.*

Als er von der Toilette kam, ging er an der Kuchenauslage des Cafés vorbei. Jetzt spürte er den Hunger wie ein wildes Tier in sich, fordernd und bissig. Er stellte die Sporttasche neben sich ab und bestellte zwei Stücke Kirschkuchen mit Sahne. Danach aß er noch zwei Wiener Würstchen mit Senf. Dazu trank er eine Cola.

Seine Mutter hätte sich zum Kuchen garantiert einen

Latte Macchiato bestellt und sein Vater einen doppelten Espresso.

Sofort wurden Leons Augen wieder feucht. Nein, er durfte jetzt nicht an sie denken. Das lähmte ihn zu sehr. Er brauchte einen Plan. Er musste irgendwo schlafen, und dann musste er Kontakt zu seinem Vater aufnehmen.

Leon starrte vor sich hin. Er sah die Schülerin nicht, die ihn verliebt anguckte und ihre Freundin fragte, ob sie nicht noch ein bisschen bleiben könnten, weil der Typ mit der schwarzen Lederjacke so schnuckelig aussah. Er hatte etwas an sich, das in Stefanie Rother Beschützerinstinkte weckte. Er wirkte so, als hätte er Hilfe nötig und bräuchte dringend eine Freundin, der er sich anvertrauen konnte. Stefanie wäre zu gern diese Freundin gewesen, aber er sah einfach durch sie hindurch.

Wie muss mein Vater sich fühlen, dachte Leon. Wenn ich an seiner Stelle wäre, dann wäre das Wichtigste für mich, zu wissen, dass man mir glaubt. Ja, das bräuchte ich am meisten. Dass mein Vater mir glaubt und mich liebt. Dass er sich nicht durch dumme Anschuldigungen bevormunden lässt. Dass für ihn meine Unschuld feststeht, egal, was alle anderen reden.

Genau das wollte Leon seinem Vater geben. »Ich liebe dich auch«, sagte er leise vor sich hin, so als würde sein Vater vor ihm sitzen. Vielleicht, so hoffte Leon, fühlte er, dass sein Sohn in diesem Augenblick liebevoll an ihn dachte.

Stefanie konnte die Worte von seinen Lippen lesen.

Er hatte eindeutig »Ich liebe dich« gesagt. Falls er damit nicht die Colaflasche vor sich gemeint hatte – was unwahrscheinlich war –, dann hatte er sie angesprochen. Ihr wurde heiß und kalt. Sie stupste ihre Freundin an, die schon vor einer Viertelstunde am liebsten gegangen wäre. »Hast du das gesehen?«

»Was denn?«

»Der hat gesagt: ›Ich liebe dich.‹«

»Nimmst du Drogen oder was? Was hast du dir in den Kaffee getan? War das wirklich Zucker?«

»Hast du ein Problem damit, dass mal einer auf mich steht und nicht immer nur alle hinter dir her sind?«

»Auf den Trauerkloß da kann ich gut und gern verzichten.«

»Ich find ihn süß. Er ist nur ein bisschen schüchtern.«

»Schüchtern, ja? Sagt dir angeblich mitten im überfüllten Café über zehn Meter Entfernung hinweg *›Ich liebe dich‹*, obwohl er dich gar nicht kennt. Wenn der schüchtern ist, wie stellst du dir dann einen Draufgänger vor?«

Leon kritzelte mit dem Stift aus der Jacke auf der Serviette herum. Er malte ein Haus. Sein Elternhaus. Ein Bett mit einer Frau darin. Einer toten Frau. Seiner Mutter.

Er schrieb »Ich liebe dich so sehr«, dann trank er die Cola aus und wischte sich über die Lippen.

Stefanie fragte sich, ob sie sich nicht ein Stückchen Sahnetorte holen sollte, sie könnte damit an ihm vorbeigehen und es ihm versehentlich auf diese irre Motorradjacke kippen. Bestimmt würden sie so ins Gespräch kommen. Sie würde sich entschuldigen, er würde die Entschuldigung annehmen. Sie würde, untröstlich über das Missgeschick, einen Kaffee ausgeben und ihn fragen, ob er schon mal im Auswanderermuseum oder im Klimahaus gewesen sei. Es gab viele spannende Sachen, die man in Bremerhaven machen konnte, bevor man anfing zu knutschen.

Als er an ihr vorbeiging, war Stefanie sich sicher, dass er ihr zugezwinkert hatte. Sie ging zu seinem Tisch. Er hatte dort eine Serviette liegen lassen. Sie ging davon aus, dass er seine Telefonnummer für sie darauf geschrieben hatte.

Sie nahm die Serviette, und da stand tatsächlich: »Ich liebe dich so sehr.« Überglücklich drehte sie die Serviette um und sah die Frau im Bett mit dem Messer in der Brust.

Erschrocken sah sie ihm hinterher, aber er war schon in der Menge verschwunden.

15

Leon wollte sich zunächst ein Handy und eine Prepaidkarte besorgen. Seines hatte ja die Polizei. Aber er entschied sich im letzten Moment dagegen und kehrte wieder um, bevor er im T-Punkt an der Reihe war.

Handys ließen sich orten.

Er stand jetzt in einer Telefonzelle. Es gab kaum noch welche, weil fast jeder inzwischen ein Handy benutzte.

Leon rief Jessy an. Immerhin hatte sie auf der Party mit ihm geknutscht. Sie würde ihn verstecken, da war er sicher. Ihre Eltern hatten eine Ferienwohnung. Sie hatte ihm davon erzählt. Sie besaß einen Schlüssel und hatte schon einmal dort eine Party gegeben. Die Bude war praktisch immer sturmfrei.

Jessy ging schon nach dem ersten Klingeln dran. Leon meldete sich, und ihm war sofort klar, dass sie wusste, was geschehen war.

»Die Bullen denken, dass du deine Mutter umgebracht hast«, platzte sie raus.

»Gerüchte breiten sich in Bremerhaven schnell aus«, sagte er.

»Von wegen Gerüchte. Sie haben mich vernommen, wollten alles genau wissen. Wann du wo auf der Party warst, ob du ein gutes Verhältnis zu deinen Eltern hast und all so einen Scheiß.«

Sie kaute Kaugummi, während sie sprach, und Leon fand das unangemessen. Überhaupt gefiel ihr Ton ihm nicht. Trotzdem fragte er sie direkt: »Ich weiß nicht, wo ich bleiben soll. Ich brauch einen Schlafplatz.«

Sie lachte, als ob das ein Witz gewesen sei. »Und da rufst du mich an? Frag doch die kleine Fischer. Diese Johanna ist doch ganz scharf auf dich. Die macht dir bestimmt gerne Platz in ihrem Heiabett.«

»Sei nicht albern. Ich hab nichts mit ihr.«

»Ach nein?«

Er spürte die Abwehr hinter all ihren Worten und den unglaublichen Verdacht. Er fragte: »Du glaubst doch nicht im Ernst, ich hätte meine Mutter umgebracht?!«

Sie antwortete nicht sofort.

Ein Polizeiwagen rollte im Schritttempo auf die Telefonzelle zu. Leon drehte ihm den Rücken zu und fragte sich, ob Büscher eine Fangschaltung an Jessys Telefon angeschlossen hatte. War er schon geortet worden? Oder drehte er langsam durch? Warum sollten sie so einen Aufwand betreiben? Sie hielten doch seinen Vater für den Mörder.

»Du hast zur Tatzeit die Party verlassen. Hast du nur mit mir rumgemacht, damit ich dir ein Alibi gebe?«

»Äi, spinnst du jetzt komplett?«

Der Polizeiwagen war jetzt genau auf der Höhe der Telefonzelle. Würden sie aussteigen? Leon öffnete die

Tür einen Spalt. In der Glasscheibe konnte er sie genau sehen.

Wenn einer aussteigt, renne ich los, dachte er. Er hielt die Tür mit der Schulter offen und hob die Sporttasche an.

»Ich war es nicht«, stellte Leon klar.

»Verstehe. Deshalb bist du jetzt auch auf der Flucht.«

Der Polizeiwagen fuhr weiter. Das machte ihm Mut.

»Was bist du bloß für eine dämliche Zicke?!«

»Na, dann wäre das ja jetzt auch geklärt.«

Leons Enttäuschung entlud sich in einer wüsten Beschimpfung. Er wollte gar nicht so schlimme Sachen sagen, er hörte sich in den Hörer brüllen und schämte sich für seine eigenen Worte. Am liebsten hätte er sich selbst den Mund verboten, doch er schimpfte weiter. Da begriff er: solange er sich aufregte, herumtobte, fluchte und beleidigte, brach er nicht ins Eis ein. Aber als Jessy mit den Worten: »Gut zu wissen, was du von mir hältst!« das Gespräch beendete und im Telefon nur noch dieses dumpfe Geräusch zu hören war, als ob man in einen Krater lauschte, fiel er wieder ins Bodenlose und neben ihm klappten die Eiswände hoch. Er ließ die Sporttasche fallen und schlug den Hörer gegen das Telefon.

Als er die Zelle verließ, vergaß er die Tasche zunächst. Aber schon nach wenigen Metern blieb er stehen.

Die Polizisten sprangen gerade in diesem Moment aus dem Auto.

Jetzt ist es vorbei, dachte Leon. Aber sie liefen nicht

in seine Richtung. Sie überprüften zwei Dreizehnjährige, die sich mit Paintballwaffen vor der Anlegestelle der M. S. Dorsch ein Duell geliefert hatten. Die Farbflecken am Schiff waren stumme Zeugen.

Leon holte seine Sporttasche aus der Zelle und entfernte sich rasch vom Fischereihafen. Er musste raus aus der Energie von Jessy. Ihr Verdacht, ja, ihre Beschuldigungen, klebten an ihm wie die Schäferhundkacke an seinen Schuhen, in die er gerade getreten war.

Er rief nicht bei den Fischers an. Er lief einfach hin. Er stieg in keine Bahn. Er nahm keinen Bus. Der Gedanke, in einem geschlossenen Raum zu sein, brachte ihn zu nah an die Situation unter dem Eis, deshalb wählte er die frische Luft. Der Wind wehte aus Nordwest und pustete seine Angst weg.

Maik öffnete. Sein Hemd schlabberte lässig über der Jeans. Es hing offen an ihm, als sei es mehr der Umhang eines Zauberers als ein Hemd. Darunter trug er ein weißes T-Shirt mit V-Ausschnitt und Knöpfen daran. Er stand einen Moment nur da und sah Leon erstaunt an, als würde er ihn für eine Erscheinung halten. Dann, als endlich zu ihm durchdrang, dass er keine Vision hatte, sondern Leon wirklich vor ihm stand, umarmte er ihn wortlos und drückte ihn fest an sich.

Leon war überrascht und gerührt. Ihm kamen sofort die Tränen. Es war augenblicklich klar, dass er hier willkommen war.

Natürlich hatte Maik gehört, was geschehen war. Er zog Leon in die Wohnung und schloss mit der Hacke die Tür, dann brachte er Leon in die Küche. Leon klemmte sich auf die Sitzbank hinter den Tisch.

»Kaffee?«, fragte Maik, und es kam Leon so vor, als würden sie eine Szene aus einem Film nachspielen, an dessen Titel er sich nur nicht mehr erinnern konnte.

In Maiks Nähe fühlte er sich oft so. Alles, was ihn umgab, hatte etwas Unwirkliches, auch die Situation jetzt.

Er stellte nicht viele Fragen. Er war wie die Filmhelden in den Hollywood-Actionstreifen. Er handelte lieber als zu reden.

Er schob die Tasse vor Leon auf den Tisch und nahm sich selber eine. Er pustete, bis die schwarze Flüssigkeit sich in Wellen kräuselte.

»Du kannst erst mal hierbleiben«, sagte er.

Leon konnte gar nicht sprechen. Er sah Maik nur an.

»Ist doch klar«, ergänzte Maik und winkte ab, als müsste man über solche Selbstverständlichkeiten gar nicht sprechen. Er öffnete den Kühlschrank und holte ein Stück Obstkuchen heraus.

»Selbstgemacht.«

Leon aß nichts. Er hätte jetzt keinen Bissen runtergekriegt. Er sammelte Worte für seinen nächsten Satz. Sie waren ihm irgendwie verlorengegangen. Sie lagen wie einzelne Leuchtbojen an Land gespült am Strand seines Bewusstseins. Er hob sie mühsam auf, überprüfte sie auf ihre Brauchbarkeit und setzte sie dann ein.

»Sie verdächtigen meinen Vater.«

»Ich weiß«, sagte Maik. »Bei jedem Mord ist der Ehepartner erst einmal der Hauptverdächtige.«

Leon führte die Tasse zum Mund. Seine Hand zitterte, und er setzte sie wieder auf dem Tisch ab, ohne daraus getrunken zu haben.

»Ben und Johanna sind noch in der Schule. Ulla kommt erst so gegen fünf. Ich mache heute Spaghetti mit drei Soßen. Tricolore. Grün. Rot. Weiß. Pesto, Bolognese und Carbonara.« Er sah auf die Uhr. »Wir haben aber noch Zeit. Komm, wir räumen meinen Hobbyraum für dich um. Wir stellen da ein Klappbett auf, oder du kannst auf dem alten Sofa schlafen.« Er stockte und legte eine Hand auf Leons Schulter. »Oder willst du lieber in Bens Zimmer?« Dann beantwortete er seine Frage selber: »Nein. Das führt auf die Dauer zu Konflikten. Besser, du hast einen Raum für dich allein.«

Er rechnet also damit, dass ich länger bleiben werde, dachte Leon.

Maik führte Leon in seinen Hobbyraum, der von Frau Fischer auch »das Fotoatelier« genannt wurde, weil in der Ecke Scheinwerfer mit schwarzen Flügelklappen standen, die dem Zimmer eine Filmsetatmosphäre gaben. In einer Ecke des Zimmers hing ein aufgespannter Schirm an der Decke.

Maik machte eine einladende Geste: »Mach dir keine Sorgen. Du kannst hierbleiben, bis die Unschuld deines Vaters bewiesen ist … Du glaubst doch, dass er unschuldig ist, oder?«

16

Leon half beim Würfeln der Zwiebeln. Er schabte auch die Möhren ab. Maik behauptete, das Geheimnis einer guten Bolognesesoße sei es, zwei junge Möhren mit hineinzugeben, die alles knackig machten.

Sonst redeten sie nicht viel. Wenn, dann über ganz praktische Dinge. Die richtige Portion Schinken in der Carbonarasoße und ob Knoblauch besser fein geschnitten oder gepresst wird.

Das Ganze tat Leon gut. Es nahm den Druck aus der Situation. Er fühlte sich ein bisschen wie zu Hause, als alles noch in Ordnung war.

Maik benutzte keine frischen Kräuter wie Leons Mutter. Bei ihm kam alles aus der Dose. Er hatte fünfzig oder mehr Gewürze im Schrank, und er nahm reichlich davon.

Die Familie aß gemeinsam. Alle taten so, als gehöre Leon schon seit Jahren dazu. Lediglich Johanna war ein bisschen kratzbürstig. Aber das schien ihre Art zu sein und zielte nicht auf Leon persönlich.

Die Spaghetti Bolognese waren umwerfend gut. Erst nach dem Essen fragte Frau Fischer, ob es nicht wichtig sei, dass Leon sich bei den »zuständigen Stellen melde«.

Leon sagte nichts. Er sah Maik an, den er als Verbündeten empfand.

Maik räumte die Teller in die Spülmaschine und sagte: »Aber lass den Jungen doch erst mal zur Ruhe kommen.«

Ulla Fischer brauste gleich auf, aber Maik deutete ihr an, sie solle die Bälle flach halten.

»Die suchen ihn doch bestimmt und machen sich Sorgen«, sagte sie.

»Er ist siebzehn. Er schläft eine Nacht bei uns. Wo ist das Problem?«, fragte Maik.

»Ich fürchte, wir machen uns sogar strafbar, wenn wir …«

»Das Wohl des Jungen ist jetzt wichtiger als alles andere.« Maik sah auf die Uhr. »Das Jugendamt hat bestimmt schon zu. Diese Dinge lassen sich alle morgen klären. Alles halb so wild.«

Jetzt fragte Johanna: »Heißt das, der bleibt jetzt bei uns?«

»Äi, das ist mein Kumpel!«, protestierte Ben, steckte aber gleich zurück: »Ich dachte ja nur …«

Johanna sah Leon auffordernd an: »Und warum bleibst du nicht bei deiner Tussi?«

»Jetzt reicht es aber!«, bestimmte Frau Fischer und Maik sagte: »Ich mach uns zum Nachtisch noch ein Vanilleeis mit roter Grütze.«

Aber niemand wollte ein Dessert.

Johanna hatte eine Sechs in Mathe nach Hause gebracht, für die sie die Unterschrift der Eltern brauchte.

Sie hoffte, dass durch Leon andere Dinge wichtig geworden seien, die ihre Sechs relativieren würden. Aber Ulla Fischer machte ein Riesendrama daraus. Plötzlich entlud sich die ganze Situation über Johanna. Ihre Mutter warf ihr vor, für die Schule keine Zeit zu haben und nur mit ihren Freundinnen abzuhängen.

Johanna verteidigte sich: »Das stimmt doch gar nicht! Die Kubek kann mich nicht leiden! Das ist alles!«

Ulla Fischer schimpfte: »Fehler sind Fehler. Falsch gerechnet ist falsch gerechnet. Das hat mit Leidenkönnen nichts zu tun. Drei mal drei ist neun.«

»Na klasse!«, schrie Johanna. »Wir machen aber nicht das Kleine Einmaleins, sondern Quadratische Gleichungen!«

Ben stupste Leon an. »Dein Auftritt, Mathegenie.«

Leon schüttelte den Kopf.

»Ja, ich kann ihr das nicht beibringen«, grinste Ben.

»Ich auch nicht«, gab Maik zu.

Johanna protestierte. Sie zeigte auf Leon: »Ihr glaubt doch nicht, dass ich mir von dem Nachhilfe geben lasse!«

»Nein«, sagte Frau Fischer. »Warum auch? Sitzenbleiben macht ja viel mehr Spaß.«

Johanna pustete heftig Luft aus und warf Leon wütende Blicke zu. Sie zeigte ihre Zahnspange wie ein Raubtiergebiss und machte in der Luft einen Zungenkuss nach. Dabei sah sie aus wie eine giftige Schlange, die einem Angreifer Angst machen will.

Maik nahm Leon in den Arm. »Lass ihn in Ruhe. Er hat genug durchgemacht.«

Maik brachte Leon in seinen Hobbyraum.

Es lag jede Menge Elektronik herum. Hier bastelte Maik an besseren Sicherheitsanlagen. Er stellte sich ein System vor, das ein Haus komplett überwachte. Bewegungsmelder. Licht-, wärme- und geräuschempfindliche Kameras, die bei jeder Veränderung Bilder machten und direkt an ein Handy weiterleiteten.

»So«, erklärte er wortreich, »kann ein Familienpapi im Urlaub in Thailand jederzeit sehen, ob nur seine Tochter in Bremerhaven zum Kühlschrank geht, um sich ein Glas Milch zu holen, oder ob ein Einbrecher seinen Tresor sucht. Außerdem mache ich Fotos. Ich habe eine winzige Kamera in einem Schlauch, damit kann man in einen Ameisenhaufen hinein und in den Gängen Bilder machen. Ich zeig dir morgen mal ein paar Fotos.«

Leon ließ sich auf das dicke Sofa fallen.

»Verzeih, ich rede zu viel. Ist sonst gar nicht meine Art, aber wenn mich jemand auf mein Hobby anspricht …«

»Schon gut«, sagte Leon, »schon gut. Ist ja auch sauspannend. Ich bin nur so kaputt.«

»Wenn du jemanden zum Reden brauchst, ich bin für dich da, Leon«, versprach Maik.

»Ich … ich möchte gerne mit meinem Vater sprechen.«

Maik hielt inne und sagte: »Bestimmt lassen sie deinen Pa bald frei, und dann wird sowieso alles gut …«

»So lange will ich nicht warten.«

»Klar, aber dann musst du dich vorher den Behörden stellen. Anders wird es wohl nicht gehen.«

Leon schüttelte heftig den Kopf. »Nein. Nein. Das will ich auf gar keinen Fall.«

Maik sah aus wie ein Mann, der das genau verstand. »Ich bin als Junge von zu Hause abgehauen. Keine zehn Pferde hätten mich zurückgebracht. Ich hätte lieber auf einer Müllkippe von Abfällen gelebt als zurückzugehen ... Ich muss jetzt zur Arbeit, Leon. Schlaf gut. Morgen sieht die Welt schon wieder anders aus.«

Leon drückte Maik an sich. Er fühlte sich verstanden.

Später lag er auf dem Sofa und fragte sich, ob die Geschichte mit Maik und seinen Eltern gut ausgegangen war.

Kurz vor zwölf Uhr wurde er von einem Geräusch geweckt. Da atmete jemand in seinem Zimmer. Die Person knipste das Licht nicht an, trotzdem konnte Leon das Weiße in den Augen sehen. Wer immer es war, er bemühte sich, keinen Lärm zu machen.

Für einen Moment dachte Leon, es sei Johanna, aber dann flüsterte Ben: »Ich bins. Ulla und Maik haben sich schrecklich gestritten wegen dir.«

Ben nannte seine Mutter oft beim Vornamen. Leon hatte so etwas nie getan. Er sagte nicht Holger und Kirsten, sondern Mama und Papa oder, wenn er über sie sprach, Vater und Mutter.

»Warum machst du das Licht nicht an?«

»Weil meine Mutter denkt, dass ich längst schlafe. Niemand muss wissen, dass ich bei dir bin. Ich wollte dir nur sagen, wenn du Geld brauchst, um abzuhauen, ich habe noch fast vierhundert Euro.«

»Danke, Ben. Du bist ein echter Kumpel. Aber warum sollte ich abhauen?«

»Ich dachte ja nur …«

Das war typisch Ben. *Ich dachte ja nur* … sagte er oft, wenn ihm die Argumente fehlten oder er sich genierte zu sagen, was er dachte.

Es versetzte Leon einen kurzen Stich. War das ein Freundschaftsdienst von Ben, oder wollte er ihn nur gerne loswerden? Glaubte Ben an seine Schuld?

»Was dachtest du nur?«

»Ulla sagt, wir würden uns strafbar machen, wenn wir dich hier verstecken, und das sei alles Wahnsinn und würde sowieso auffliegen … Sie hat sich echt gefetzt mit Maik. So kenne ich sie gar nicht. Sonst schmilzt sie jedes Mal dahin, wenn Maik etwas möchte, dann ist es immer möglich. Aber in diesem Fall …«

»Kann deine Mutter mich nicht leiden?«

Leon zog die Beine an und setzte sich aufrecht hin. Er umschlang seine Beine mit den Armen.

»Die hat gar nichts gegen dich. Die macht Stress, weil sie Schiss vor der Polizei hat. Sie will immer alles ordentlich regeln.«

»Nein«, sagte Leon hart. »Sie glaubt, dass ich der Täter bin, und sie will nicht, dass ich hier bei euch verhaftet werde.«

Ben stolperte über Leons Schuhe. »Ich glaub, ich geh jetzt.«

»Warte, bleib doch. Das muss dir doch nicht peinlich sein. Wichtig ist, was du denkst.«

»Ich denke, dass ich nicht in deiner Haut stecken möchte.«

Schon war Ben bei der Tür.

Leon fand es absurd, dass sie immer noch im Dunkeln saßen. Er tastete nach dem Lichtschalter, kannte sich aber noch nicht gut genug aus, um ihn sofort zu finden.

Bevor das Licht anging, war Ben schon wieder verschwunden.

Jetzt konnte Leon nicht mehr einschlafen. Am liebsten wäre er abgehauen. Irgendwie war dieses kurze Gefühl, aufgehoben zu sein, zerbrochen.

Leon weinte. Er kämpfte nicht länger dagegen an, ließ die Tränen laufen und schluchzte laut. Erst gegen vier Uhr schlief er ein.

17

Als Leon aufwachte, tanzten Staubpartikel im Kegel des Sonnenlichts, das durch die Rollladenschlitze blitzte, über seiner Bettdecke. Der abgedunkelte Raum bekam dadurch etwas Gespenstisches. Leon war nassgeschwitzt und seine Haare verwuschelt. Er hatte einen schlechten Geschmack im Mund und ein Kratzen im Hals. Er sehnte sich nach einer Dusche und einer kräftigen Zahnpasta. Er hatte das Gefühl zu stinken.

Es war kurz nach neun Uhr. Die Schule hatte längst begonnen. Heute wurde in Leons Leistungskurs ein Mathetest geschrieben. Bei dem Gedanken daran lächelte er milde. Mathe. Klare Regeln. Klare Lösungen für eindeutige Probleme.

Die Schönheit einer Matheaufgabe wurde ihm bewusst.

Kein Wenn und Aber, kein Hin und Her. Kein Kann sein oder auch nicht. Genau das fehlte ihm jetzt.

Klare Antworten. Unwiderlegbare Beweise. So ein Mordfall war doch im Grunde wie eine Matheaufgabe. Es gab einen Täter X, und der musste gefunden werden. Nur der Rechenweg war unklar, aber es musste eine Lösung geben. Es gab immer eine Lösung. Er konnte nicht zulassen, dass ihm in einer Nacht Vater und Mutter genommen wurden.

Am liebsten hätte er das Zimmer erst frisch geduscht verlassen, aber das ging nicht. Er musste, um zum Badezimmer zu kommen, die Treppe hoch, an Küche und Wohnzimmer vorbei und dann in die zweite Tür links.

Er hörte jemanden mit Geschirr klappern. Er erwartete, Maik zu sehen, aber der war nicht da, sondern Ulla Fischer räumte in der Küche herum. Leon sah nur ihren Rücken.

Er huschte ins Bad.

Das heiße Wasser tat gut. Er reinigte sich intensiver als sonst. Er fühlte sich beschmutzt. Dieser ganze Mist klebte irgendwie an ihm. Er schwitzte ständig Angst und Schuldgefühle aus. Es war, als würde alles mit dem Schaum durch den Abfluss gespült werden, aber sobald sich der Dreck auf dem Weg in die Kanalisation befand, wuchs in Leon alles aufs Neue an. Am liebsten hätte er das Shampoo getrunken, um sich auch von innen zu reinigen.

Dann fand er kein frisches Handtuch. Er nahm einfach das blaue, das an der Tür hing. Es roch ein bisschen nach Ben.

Wie Nebelschwaden hing der Wasserdampf im Raum. Leon öffnete ein Fenster.

Als er sich die rote Haut abrubbelte, hörte er Stimmen. Da war also außer Frau Fischer noch jemand, aber das war nicht die tiefe, sonore Stimme von Maik, sondern eine helle, unangenehme, wie eine Kreissäge.

Er wollte sich eigentlich die Haare trocken föhnen, aber darauf verzichtete er jetzt, stattdessen lauschte er an der Tür.

Er zog sich an. Das Badezimmerfenster war klein, aber er hätte es schaffen können, da hindurch nach draußen zu fliehen. Es gab auch durchaus eine Stimme in ihm, die ihn dazu aufforderte, aber er wollte nicht schon wieder abhauen.

Wohin auch? Er würde diesen Platz hier verteidigen.

Jeder Mensch braucht einen Ort, an dem er sein kann. Er würde um den hier kämpfen.

Vielleicht war das ja eine Freundin von Ulla Fischer und nicht die Polizistin Schiller oder Goethe oder wie die hieß.

Leon versuchte, so normal wie möglich an der Küche vorbeizugehen. Er war ein Freund des Hauses. Er durfte hier sein, sagte er sich selbst, atmete tief durch und trat fest auf, aber er kam nicht an der Küche vorbei. Frau Fischer rief eine Spur zu freundlich: »Hallo, Leon! Komm doch zu uns rein!«

Damit kündigte sich das Unheil für Leon drohend an. Das hier würde bestimmt kein Smalltalk werden. Diese Frau war nur gekommen, weil er hier war. Frau Fischer lockte ihn in die Arme der Fängerin.

Frau Diplom-Psychologin Müller-Felsenburg lächelte Leon breit an.

Strahlten ihre Augen wie die einer verliebten Frau oder eher wie die eines Raubtiers, das sein Opfer fixierte? Da war Leon sich nicht sicher.

Sie stand auf und hielt ihm die Hand hin. »Schön, dich zu sehen, Leon. Ich darf doch du sagen, oder?«

Leon nahm die Hand nicht. Er nickte nur. »Moin.«

Sie zog ihre Hand wieder zurück und fingerte – fast ein bisschen verlegen – in ihrer Handtasche herum. Sie fischte eine Visitenkarte heraus.

Dipl.-Psychologin Marianne Müller-Felsenburg, Bremerhaven, Karolingerstraße.

»Das war gestern ein schwerer, ein schrecklicher Tag für dich, Leon. Ich möchte dir mein ehrlich empfundenes Beileid aussprechen. Wir werden dich in dieser Situation nicht allein lassen. Du hast Anspruch auf jede erdenkliche Hilfe …«

Leon hörte nicht mehr zu. Die Stimme wurde zu einem Rauschen oder besser zu einem Sägen für ihn. Er empfand das Ganze als Verrat. Er hatte sich den Fischers anvertraut und irgendwer – vermutlich Frau Fischer – hatte ihn ans Jugendamt verpfiffen.

Beide Frauen spürten, wie die Wut in ihm aufstieg. Er hatte Mühe, nicht loszuschreien. Vorsichtshalber sagte er erst mal gar nichts, denn er befürchtete, auszuflippen.

Frau Müller-Felsenburgs Stimme erstarb, als hätte jemand der Säge den Strom abgestellt. In die Stille hinein sagte Frau Fischer: »Mit Frau Müller-Felsenburg können wir gemeinsam einen Hilfeplan für dich erarbeiten. Du brauchst nicht zu erschrecken. Ich weiß, das kommt alles sehr überraschend für dich, aber …«

»Soll ich in ein Heim, oder was?«, fragte Leon hart.

Frau Fischer starrte die Kaffeetasse an, als ob sie von dort eine Antwort erwartete.

Frau Müller-Felsenburg räusperte sich: »Nein, das ist keineswegs so. Die Fischers haben sich bereit erklärt, dich vorläufig aufzunehmen, bis die Situation geklärt ist.«

Jetzt schaffte Frau Fischer es, von ihrer Kaffeetasse aufzuschauen und Leon anzusehen. Sie nickte ihm zu.

Leon sah ihr an, dass es nicht ihre Idee gewesen war. Zum Glück kam in dem Moment Maik von der Nachtschicht zurück. Er sah müde aus, aber sein freundliches Lächeln tat Leon gut.

Maik murmelte etwas von: »… war eine harte Schicht. Es laufen so viele Verrückte in der Stadt rum …« Er klopfte Leon auf die Schultern und begrüßte erst Ulla, dann Frau Müller-Felsenburg.

»Wir werden schon klarkommen miteinander, was, Leon?«, sagte er. »Heute Nacht haben ein paar Jugendliche die Alarmanlage im Haus ihrer Eltern abgeschaltet, damit ihre Freunde den Vater bestehlen konnten. Wir haben sie trotzdem erwischt.« Er grinste. »Die Kameras liefen die ganze Zeit. Wenn man es mit solchen Kids zu tun hat, dann lernt man so nette junge Leute wie unseren Leon und Ben und Johanna erst wirklich zu schätzen.«

Kann ich nicht einfach zurück in unsere Wohnung …, wollte Leon fragen, aber er schluckte die Worte hinunter. Ihm war durchaus klar, dass er nicht wirklich dort bleiben konnte – selbst wenn die Kripo mit der Spurensicherung fertig war. Er fragte sich, ob er jemals wieder dort ein Auge würde zumachen können, wo seine Mutter ermordet worden war.

Er fühlte eine Welle der Dankbarkeit in sich aufsteigen. Hier bei den Fischers war er sicher, und es wurde für ihn gesorgt.

»Du musst auch fürs Erste nicht zur Schule gehen … Aber …« Frau Müller-Felsenburg blickte von Maik zu Frau Fischer. »Aber es kann ganz hilfreich sein, sich wieder in die Normalität des Alltags einzugliedern. Das hilft bei der Bewältigung …« Dann wandte sie sich wieder an Leon. »Wir können auch gerne allein miteinander sprechen, wenn du magst.«

Leon sagte nichts dazu. Sie fuhr unbeirrt fort: »Ich leite übrigens eine Trauergruppe für Menschen, die einen Angehörigen verloren haben … Da ist auch Platz für dich. Wir haben viele Hilfsangebote.«

»Kann ich mit meinem Vater sprechen?«

Maik antwortete für Frau Müller-Felsenburg: »Aber sicher kannst du das. Wer will einem Jungen denn verbieten, seinen Vater zu sehen? Das wäre ja geradezu lächerlich …«

Frau Müller-Felsenburg machte keinen optimistischen Eindruck, aber sie widersprach auch nicht. Leon beschlich das unbestimmte Gefühl, dass hier einiges verschwiegen wurde. Die wichtigsten Dinge blieben ungesagt. Entweder, weil sie so furchtbar waren oder weil die Anwesenden selbst nicht genau Bescheid wussten.

18

Leon hatte noch nie eine Haftanstalt besucht und war froh, dass Maik ihn begleitete. Jetzt hörte Leon zum ersten Mal Maiks richtigen Namen: Michael Homburger. Irgendwie passte das nicht zu ihm, dachte Leon kurz. Es klang irgendwie zu spießig, zu deutsch. Maik sah aus wie jemand mit englischem oder spanischem Nachnamen. Wie King, Don, Wood, Gonzalez oder wenigstens Smith.

Maik guckte Leon mit einem schrägen Blick an, als sei es ihm peinlich, Michael Homburger zu heißen.

Der Justizvollzugsbeamte prüfte beide Ausweise lange. Er ließ sich extra viel Zeit, so als machte es ihm Spaß, die beiden zappeln zu lassen.

Sie mussten ihre Taschen leeren. Misstrauisch betrachtete der Uniformierte Leons Füller. Offensichtlich kam ihm etwas daran verdächtig vor. Er lächelte überlegen, so als hätte er Leon überführt.

»Was ist das?«, fragte er.

»Ein Füller?«, fragte Leon zurück.

Der Beamte lächelte. »Und was willst du damit?«

Leon kratzte sich demonstrativ am Kopf und stellte wieder eine Gegenfrage. »Schreiben?«

Maik trommelte mit den Fingern einen nervösen Takt auf die Theke und sagte: »War es das jetzt?«

Aber der Beamte kümmerte sich nicht um ihn. Stattdessen schraubte er den Füller auf. Es war eine kurze Patrone drin. Damit hatte er scheinbar nicht gerechnet. Er sah richtig enttäuscht aus.

»Tja«, sagte Leon, »eine Patrone. Wer hätte das gedacht?«

Der Beamte verzog den Mund. Sein Magen knurrte. Er war mit dem Ergebnis ganz und gar nicht zufrieden. Er suchte die Reservepatrone. Sie klemmte oder klebte fest, deshalb klopfte er den Schaft auf die Platte der Theke. Dabei brach ein Stück von dem Plastikschraubverschluss ab, aber die Patrone kam nicht raus. Doch der Beamte gab nicht auf. Er hielt den Füller hoch und versuchte, hineinzugucken, ob sich nicht vielleicht statt einer Patrone ein anderer, verbotener Gegenstand darin befand. Er schüttelte den Schaft. Die Patrone löste sich und fiel in sein neugieriges linkes Auge.

Maik unterdrückte mühsam ein Lachen. Leon machte sich nun Sorgen, ob der Beamte in seiner Wut vielleicht das Treffen mit seinem Vater noch verhindern könnte. Er fühlte sich plötzlich seiner Willkür total ausgeliefert.

Der Beamte rieb sich sein Auge. Er hatte sich nicht weh getan, nur erschrocken, doch mit einer unbedachten Bewegung hatte er die andere Füllerhälfte mit der Feder von der Theke auf den Boden gefegt. Jetzt bückte er sich, um sie aufzuheben. Dabei verschwand er völlig aus Leons und Maiks Sichtfeld.

»Tja«, sagte Maik, »wir würden uns ja wirklich gerne noch länger mit Ihnen unterhalten, aber leider haben wir einen Termin.«

»Das Mistding ist unter den Schrank gerollt«, stöhnte der Beamte und kroch wie ein Hund, der Witterung aufgenommen hat, auf dem Boden herum.

Maik zog die Augenbrauen hoch. Leon hatte das Gefühl, sich mit Maik auch ohne Worte zu verstehen. Er nickte.

Maik sagte: »Wissen Sie was, Herr Wachtmeister? Wir schenken Ihnen den Füller. Können wir jetzt gehen?«

Augenblicklich stand der Beamte wieder auf den Beinen und keifte: »Bitte sagen Sie nie wieder Wachtmeister zu mir! Und Geschenke nehme ich nicht an! Glauben Sie, ich bin blöd genug, mich einer Bestechung schuldig zu machen?«

»Bestechung? Mit einem kaputten Füller?«

Ein zweiter Beamter betrat den Raum. Erst bei genauem Hinsehen erkannte Leon, dass es eine Frau war. Sie trug einen Stoppelhaarschnitt und bewegte sich merkwürdig zackig. Aber sie veränderte die Situation sofort zu Leons Gunsten. Sie fragte kurz und knapp: »Leon Schwarz und Michael Homburger?«

»Ja«, sagten Maik und Leon gleichzeitig.

»Kommen Sie bitte mit.«

Die beiden sahen sich an. Der Vollzugsbeamte hinter der Theke reckte sein Kinn hoch.

Die Frau mit dem Bürstenkopf ging voran. Ohne sich

noch einmal umzudrehen kommandierte sie: »Folgen Sie mir.«

Holger Schwarz hatte einen Verband am rechten Handgelenk und ein breites Pflaster auf dem Handrücken. Statt seiner gegelten Elvistolle trug er einen Mittelscheitel. Die Haare hingen herab und verdeckten einen Teil seiner Stirn. Sein rechtes Auge war blaugrün umrahmt und seine Nase geschwollen.

Er hatte sofort Tränen in den Augen. Er wollte so gerne stark sein, aber jetzt, da er seinen Sohn sah, brach er innerlich zusammen. Die beiden flogen sich in die Arme und hielten sich fest umklammert. Ihnen fehlten die Worte, aber ihre Körper sprachen eine deutliche Sprache.

Der harte Gesichtsausdruck der Beamtin mit den Stoppelhaaren veränderte sich. Er wurde weicher, weiblicher. Sie konnte den Blick nicht von den beiden wenden. Maik sah es ihr an: sie dachte an ihren eigenen Vater.

Eigentlich war es einem Untersuchungshäftling nicht erlaubt, seinen Besuch zu umarmen, denn jede Berührung war verboten, damit keine Papiere übergeben werden konnten. Aber die sonst so schneidige Vollzugsbeamtin schaffte es nicht, die beiden zurechtzuweisen.

»Geht es dir gut, Junge?«, fragte Holger Schwarz seinen Sohn mit trockenem Mund.

»Ja, Papa. Ich bin okay. Aber was ist mit dir? Du bist verletzt worden? Was ist mit deinen Haaren?«

Holger Schwarz spielte die Angelegenheit herunter. »Ein kleiner Streit unter Gefangenen.«

Sie schwiegen eine Weile, dann fragte Holger Schwarz: »Kommst du klar?«

»Ja, Papa. Ich wohne bei Fischers.«

Erleichtert blickte Holger Schwarz Maik Homburger an. »Danke«, sagte er. »Danke, dass Sie sich um meinen Sohn kümmern. Danke.«

Leon hatte so viele Fragen. Er wollte sich eigentlich Notizen machen. Er hatte vor, alles zu sammeln, was für die Unschuld seines Vaters sprach. Aber jetzt war sein Kopf leer wie eine ausgeräumte Lagerhalle. Das Gespräch rauschte an ihm vorbei wie ein Wasserfall, der in einen reißenden Fluss prasselt. Er hörte nur noch Geräusche, in denen die Worte versanken. Es ging um Geld, eine *Kontovollmacht* und das Wort *Erziehungshilfe* fiel. Mehrmals war von einem Anwalt die Rede.

Maik wollte die Adresse aufschreiben, aber sie hatten keinen Stift mehr.

Kaum draußen, fielen Leon alle drängenden Fragen wieder ein. Er hörte jedes einzelne Geräusch ganz genau. Die Vögel, einen Lkw, und jemand schimpfte über die Scheiß-Mülltonnen, die im Sommer viel zu selten geleert würden.

Der Wind streichelte Leons Gesicht. Da merkte er, dass es tränennass war. Seine Gedanken wurden wieder klar. Er fragte Maik nach der Adresse des Anwaltes und was überhaupt genau besprochen worden sei.

Maik nahm Leon in den Arm. »Mach dir keine Sorgen, mein Freund. Dein Vater ist ein tapferer Mann. Er wird das alles durchstehen.«

»Sie haben ihn verhauen«, empörte sich Leon. »Richtig zusammengeschlagen …«

»Ein Knast ist kein Streichelzoo«, sagte Maik trocken.

19

Der Rechtsanwalt Rolf Summerer machte einen guten Eindruck auf Leon. Er war freundlich und hatte eine zupackende Art, die Leon Mut machte. Er strahlte einen grundsätzlichen Optimismus aus, auch wenn seine Sachaussagen wenig Anlass zur Freude gaben.

Er saß hinter einem aufgeräumten Schreibtisch und guckte gebannt auf seinen Laptop, aber er stand sofort auf, als seine Sekretärin Leon und Maik in den Raum brachte. Er bat sie, an einem runden Tisch Platz zu nehmen, auf dem Kekse standen. Er bot Kaffee und Mineralwasser an, dann erklärte er: »Dein Vater befindet sich in Untersuchungshaft, Leon. Das hört sich schlimmer an als es ist. Erst wenn das Gericht die Klage der Staatsanwaltschaft zulässt, kommt es zu einem Hauptverfahren. Im Moment steht dein Vater laut Staatsanwalt unter dringendem Mordverdacht. Dein Vater bestreitet die Schuld. Erhärtet sich der Verdacht nicht, wird das Ermittlungsverfahren eingestellt und dein Vater freigelassen. Ihm steht dann eine Haftentschädigung von 15 Euro pro Tag zu.« Summerer strahlte Leon an, als sei das eine total tolle Botschaft.

»Und wie lange«, fragte Leon, »kann man meinen Vater so ohne Urteil festhalten?«

Summerer nahm sich einen Schokokeks und betrachtete ihn, als ob es daran etwas sehr Besonderes zu entdecken gäbe. Er sah Leon nicht an, als er antwortete: »Eine U-Haft ist keine Strafe. Man hält einen Verdächtigen nur in Untersuchungshaft, wenn Flucht- oder Verdunkelungsgefahr bestehen. Die U-Haft dauert höchstens sechs Monate, kann sich aber bis zu zwei Jahren verlängern.«

»Zwei Jahre?!« Leon sprang auf. »Die können meinen Vater doch nicht zwei Jahre einsperren, nur weil er seine Unschuld nicht beweisen kann!«

Maik nahm sich auch einen Keks, aß ihn aber, ohne ihn auch nur anzusehen. Er kaute laut. Der Keks krachte zwischen seinen Zähnen.

»Er muss seine Unschuld nicht beweisen. Im Gegenteil: Der Staatsanwalt muss seine Schuld beweisen. Sonst gilt der Grundsatz *Im Zweifel für den Angeklagten*.«

»Na klasse. Das heißt, wenn es dem Staatsanwalt nicht gelingt, die Schuld meines Vaters zu beweisen, kann er ihn trotzdem zwei Jahre lang festhalten?«

»So kann man es sehen. Aber nichts wird so heiß gegessen, wie es gekocht wird, Leon. Wir werden Haftbeschwerde einreichen, und glaub mir, ich tue alles, was in meiner Macht steht, um …«

»Was kann ich tun?«, wollte Leon wissen.

»Gar nichts. Du überlässt das alles den Erwachsenen. Das ist kein Spiel. Wir sind Profis. Du hast aber auch eine Aufgabe, mein Lieber. Du gehst regelmäßig zur Schule, machst ordentlich deine Hausaufgaben und …«

»Mein Vater kommt aber nicht frei, wenn ich in Mathe eine Eins schreibe!«, schrie Leon. Er fühlte sich plötzlich nicht mehr ernst genommen. Er wollte sich nicht so behandeln lassen. Gleichzeitig fand er es dumm, sich mit Summerer anzulegen. Vielleicht war der Anwalt der letzte Bündnispartner, den er im Kampf um die Freiheit seines Vaters noch hatte.

»Ich … ich will noch einmal mit meinem Vater sprechen. Ich war viel zu aufgeregt, als wir dort waren …«

Rolf Summerer nickte verständnisvoll. »Dein Vater kann alle vierzehn Tage Besucher empfangen. Allerdings nur für dreißig Minuten.«

Leon guckte hilfesuchend zu Maik. Der zuckte mit den Schultern.

»Das ist unfair!«, beschwerte Leon sich.

»Ja, vielleicht. Aber ich bin sein Anwalt, und ich kann jederzeit zu ihm und ihm Nachrichten von dir überbringen. Also, ein Kontakt über mich ist problemlos möglich.«

»Ich glaube«, sagte Maik und legte eine Hand auf Leons Arm, »ich glaube, wir gehen jetzt besser. Es war ein harter Tag für uns alle, Leon.«

Maik stand auf, aber Leon hielt sich an der Tischkante fest. Seine Knöchel wurden weiß. Er sah aus, als könnte er jeden Moment auf Summerer losgehen. Maiks Griff um Leons Arm wurde härter.

Jetzt erhob sich auch der Anwalt. Es sah zunächst so aus, als ob er sich vor einem Angriff von Leon vorsichtshalber in Sicherheit bringen wollte, doch dann ging er nur zum Schreibtisch und holte ein paar Papiere.

»Herr Schwarz hat mir eine Kontovollmacht unterschrieben. Es soll Leon an nichts fehlen. Wenn Sie also Ausgaben haben, dann …«

Maik winkte ab: »Wo vier satt werden, reicht es auch für fünf.«

Summerer lächelte: »Unser Leon ist kein Bittsteller. Herr Schwarz möchte, dass es ihm an nichts fehlt.« Dann wendete er sich an Leon, der sich immer noch am Tisch festhielt wie an einem Rettungsring: »Ich soll dir dein Taschengeld auszahlen. Dein Vater möchte nicht, dass du irgendwem …«

Leon unterbrach ihn: »Sie … Sie haben doch Akteneinsicht, oder?«

»Ja, natürlich, als Verteidiger deines Vaters habe ich das Recht, ja die Pflicht, alle Akten zu kennen.«

»Dann möchte ich die Akten sehen.«

»Ich weiß nicht, ob das so eine gute Idee ist, Leon.«

»Warum nicht?«

»Nun, ich glaube, naja, du solltest dich nicht damit belasten.«

Leons Faust krachte auf den Tisch. Die Kekse hopsten auf dem Teller.

»Behandeln Sie mich nicht wie ein kleines Kind, Herr Summerer. Ich habe meine tote Mutter in ihrem blutüberströmten Bett gesehen und gerade meinen zusammengeschlagenen Vater im Gefängnis besucht. Glauben Sie verdammt nochmal nicht, diese Scheißakten seien zu viel für mich. Sie brauchen mich nicht zu beschützen! Beschützen Sie lieber meinen Vater!«

Summerer trat einen Schritt zurück. Maik stellte sich zwischen Leon und den Anwalt. Leon knirschte unwillkürlich mit den Zähnen. Am liebsten hätte er wie ein Tier um sich gebissen. Eine unbändige Wut machte ihn fast verrückt.

Summerer brachte den Schreibtisch zwischen sich und die Gefahr. Dann sagte er: »Ich habe gleich einen Termin. Wir müssen das Gespräch jetzt leider beenden. Ich werde deinen Vater fragen, wie er das sieht, Leon. Wenn er damit einverstanden ist, bekommst du Akteneinsicht. Sonst nicht.«

Maik zog den widerspenstigen Leon zur Tür. »Danke, Herr Summerer, dass Sie sich Zeit für uns genommen haben.«

20

Leon machte einen Plan. Er ging davon aus, dass diese Kommissare, Büscher und Schiller, nicht gerade die hellsten Polizisten waren. Er wollte auf eigene Faust Ermittlungen anstellen, um seinen Vater aus dem Gefängnis herauszuholen. Es war gar keine Frage, sein Vater war unschuldig, und er würde es beweisen. Das war er seinem Vater und seiner toten Mutter schuldig.

Johanna hatte eine Freundin zu Besuch, und er war froh, sich zurückziehen zu können. Er hockte auf dem Sofa in Maiks Hobbyraum und schrieb die nächsten Schritte auf:

1. Akteneinsicht. Alles genau lesen. Was spricht für meinen Vater, was gegen ihn?

2. Zeugen suchen. Oma Schröder befragen. Vielleicht haben auch Kai Olschewski und seine Freundin was gehört oder gesehen. Papa muss an ihren Türen vorbei nach oben gegangen sein, als er zurückkam.

Leon fiel ein, dass sein Vater besonders schöne Fänge gerne herumzeigte. Ja, er gab mit seinem Anglerkönnen ganz schön an. Er hatte Frau Schröder schon mit Räucheraal versorgt, und sie war immer dankbar, wenn er ihr ein paar Weißfische, die für die Pfanne nicht taugten, für ihre Katzen mitbrachte.

Kai Olschewski hatte schon ein paar Forellen genommen für eine Grillparty. Wenn Leon sich nicht täuschte, war Kai sogar mal mit seinem Vater zum Nachtangeln rausgefahren. Das war aber noch, bevor er Kim kennengelernt und das Fitnessstudio eröffnet hatte.

Leon erhoffte sich viel von den Gesprächen. Sie waren gute Nachbarn. Wenn sich einer von ihnen an etwas erinnerte, so würde er es erfahren. Vielleicht hatten sie Beobachtungen gemacht, deren Bedeutung ihnen gar nicht klar war.

Leon beschloss, am nächsten Morgen noch nicht zur Schule zu gehen, sondern zuerst zu Oma Schröder und dann zu Kai Olschewski. Das Fitnessstudio öffnete erst um elf. Wie er Kai kannte, schlief der mindestens bis neun, denn das Studio schloss abends erst um dreiundzwanzig Uhr. Vor Mitternacht war Kai Olschewski selten zu Hause.

Es tat gut, einen Plan zu machen. Die einzelnen Schritte auf dem Papier nachlesen zu können, stimmte Leon zuversichtlich. Er brauchte etwas, woran er sich festhalten konnte, und er schuf es sich in diesem Chaos selber. Er fühlte sich dadurch nicht mehr so sehr als Spielball der Ereignisse, sondern er wurde selbst zum aktiven Mitspieler und konnte die Dinge in seinem Interesse beeinflussen.

Leon stand auf, weil er zur Toilette musste. Im Flur sah er Maik auf allen vieren vor der Badezimmertür knien.

»Was ist?«, fragte Leon und Maik zuckte erschrocken

zusammen, wie ein Mensch, der damit rechnet, allein zu sein.

»Ich … ich habe eine Kontaktlinse verloren«, sagte Maik. Leon kniete sich sofort zu ihm, um beim Suchen zu helfen.

»Vorsicht. Die gehen leicht kaputt. Sie muss hier irgendwo sein …«

In dem Moment ging die Tür auf und Johannas Freundin guckte verwundert auf die beiden Männer, die vor ihr auf dem Boden herumkrochen.

»Wir knien vor dir, Prinzessin!«, lachte Maik.

Sie lief sofort rot an. Es war ihr peinlich, und sie wusste nicht, wie sie reagieren sollte. Sie verschwand rasch wieder in Johannas Zimmer.

Leon sah hinter ihr her.

»Na bitte«, sagte Maik, »da ist sie ja.«

Leon stieg praktisch über ihn hinweg und ging zur Toilette. Dort fiel ihm glühend heiß etwas ein. Wenn der Täter keinen Türschlüssel gehabt hatte und es keine Einbruchsspuren gab, dann musste er auch die Möglichkeit in Betracht ziehen, dass seine Mutter ihrem Mörder die Tür geöffnet hatte.

Vielleicht kannte sie ihn? Ganz sicher hätte sie nachts – im Pyjama – keinem Fremden geöffnet. Sie musste ihn sogar in ihr Schlafzimmer gelassen haben. Es gab keine Kampfspuren im Flur. Sie war auf ihrem Bett erstochen worden.

Wen kannte seine Mutter so gut? Vielleicht eine Freundin? Wer sagte eigentlich, dass es ein Mann gewesen sein musste … Eine Frau konnte genauso gut in Wut geraten, zustechen und töten. Aber das bedeutete, er musste im Freundes- und Bekanntenkreis seiner Mutter suchen.

Er verließ das Badezimmer und machte sich weitere Notizen:

3. *Alle Freunde und Bekannten von Mama sind verdächtig.*

Er unterstrich das Wort *alle*. Damit wurde ihm gleichzeitig klar, dass er ab jetzt den alten Freunden der Familie nicht mehr trauen konnte. Jeder war der mögliche Mörder. Jeder konnte es gewesen sein.

21

Leon ging mit Ben in Richtung Edith-Stein-Schule, bis sie außer Sichtweite waren, dann sagte er: »Ich kann nicht mit, Ben. Ich habe noch etwas anderes vor.«

»Schon klar. Brauchst du mich?«

Leon schüttelte den Kopf. Das mochte er an Ben. Sein Freund war nicht zu neugierig. Er bot Hilfe an, fragte ihn aber nicht unnötig aus. Auf eine angenehme Art war er verschwiegen und zurückhaltend. Leon musste ihn nicht darum bitten, zu Hause darüber den Mund zu halten. Es war einfach klar zwischen ihnen. Vielleicht würde es irgendwann herauskommen, aber dann ganz sicher nicht, weil Ben gepetzt hatte.

Oma Schröder hatte eine Katzenluke unten in der Tür. Dort verschwand gerade der rostrote Schwanz ihrer Lieblingskatze Ludmilla.

Leon musste nicht klingeln. Frau Schröder hatte ihn kommen sehen und öffnete sofort. Sie war gleich rührend bemüht um ihn und bat ihn, Platz zu nehmen. Das war leichter gesagt als getan. Auf jedem Sessel ruhte zusammengerollt eine Katze, und auf der Rückenlehne des Sofas thronte Ludmilla und sah nicht so aus, als ob sie bereit sei, ihren Platz kampflos zu räumen.

Molli war auch da. Sie strich freudig um Leons Beine.

Oma Schröder rührte einen Kakao für Leon an, obwohl er Kakao zweimal abgelehnt hatte. Für Oma Schröder würde er immer »ihr kleiner Junge« bleiben, weil sie, als er klein war, manchmal auf ihn aufgepasst hatte.

Er kam gar nicht dazu, ihr seine Fragen zu stellen. Sie hatte selbst so viele.

Wie es seinem Vater gehe, wollte sie wissen, und wie er selbst mit der Sache fertig werde. Für sie war völlig klar, dass Holger Schwarz unmöglich der Mörder seiner Frau sein konnte. Sie beschwor Leon, ja nicht so einen Unfug zu glauben. Sein Vater sei ein guter, rechtschaffener Mann. Wörtlich sagte sie: »Wenn es mehr solcher Menschen gäbe wie deinen Vater, sähe die Welt besser aus! Das habe ich auch diesem schrecklichen Kommissar erzählt. Der ist verdorben worden vom Unheil der Welt. Wer so viel Verderbtheit und Verbrechen gesehen hat wie der, der kann nicht mehr an das Gute im Menschen glauben.«

Ihr zuliebe trank Leon den viel zu süßen Kakao. Eine Tasse Kaffee wäre ihm bedeutend lieber gewesen. Er kraulte mit einer Hand Molli und hielt in der anderen die Kakaotasse. Ludmilla näherte sich in feindseliger Absicht.

»Ihre Meinung in allen Ehren, Frau Schröder, aber meinem Vater helfen nur handfeste Zeugenaussagen. Wer ihn hat kommen sehen, zum Beispiel …«

Sein Satz hing in der Luft wie ein rettendes Seilende.

Für einen Moment sah es aus, als ob sie es ergreifen würde, aber dann zuckte sie mit den Schultern und verzog traurig den Mund.

»Wem hilft es, wenn ich lüge? Glaub mir, Leon, ich würde gerne für deinen Vater etwas Entlastendes aussagen, aber das kann ich nicht. Ich habe nichts gesehen. Ich bin gegen zehn Uhr abends von einer Betreuung nach Hause gekommen. Ich war bei Frau Weber. Ihre Schwiegertochter hat mir frische Leber für meine kleinen Lieblinge mitgegeben. Ich habe sie also noch gefüttert, obwohl es dafür eigentlich schon zu spät war. Molli, der kleine Feinschmecker, hat es wohl gerochen und ist auch noch gekommen. Molli und Ludmilla haben sich gezankt, obwohl wahrlich genug für alle da war.«

»Haben Sie irgendetwas Außergewöhnliches gesehen oder gehört? Ist noch Besuch gekommen?«

Sie hob Ludmilla hoch und streichelte die eifersüchtige Katze.

»Manchmal sitzen Sie doch hinter dem Fenster. Vielleicht haben Sie ja gesehen, wer meine Mutter besucht hat … Es muss sie jemand besucht haben.«

»Wer denn?«

»Der Mörder. Meine Mutter muss ihm geöffnet haben. Im Schlafanzug. Spät nachts.«

»Nein, tut mir leid. Ich habe niemanden gesehen. Ich würde dir ja gerne helfen, aber ich bin früh ins Bett gegangen. Es ging mir nicht so gut. Die Besuche bei Frau Weber machen mir immer viel zu schaffen …« Sie winkte ab. »Aber warte mal. Ich bin noch einmal wach geworden. Molli und Ludmilla haben sich gezankt. Sie gaben keine Ruhe. Es war ein heftiger Lärm. Der Lampenschirm ist umgefallen. Erst wollte ich ja Molli rauswerfen, aber du weißt ja, wie ich bin. Ich kann kein Tier abweisen. Deshalb habe ich die beiden einfach nur getrennt. Ludmilla hat dann bei mir am Fußende geschlafen …«

Diese ewigen Katzengeschichten von Frau Schröder hatten Leon schon gelangweilt, als er noch ein kleiner Junge war, aber heute hatte er Mühe, die gute Frau nicht einfach zu unterbrechen. Ungeduldig ließ er sie ausreden.

»Und, haben Sie dann etwas gesehen oder gehört?«

»Nein. Es war alles ruhig. Nur die Katzen haben Lärm gemacht.«

»Wann sind Sie denn aufgewacht, Frau Schröder?«

Leon vermutete, dass dieses Gespräch nur Zeitverschwendung war, aber er konnte auch nicht so abrupt gehen.

»Keine Ahnung. Ich habe nicht auf die Uhr gesehen. Ich denke, es war so zwischen zwei und drei Uhr. Es war draußen stockfinster. Molli ist bis zum Frühstück geblieben. Merkwürdig, dachte ich noch. Meist verzieht sie sich irgendwann nachts, wenn sie bei uns zu Besuch war, und schläft dann im eigenen Bett.«

Vielleicht, dachte Leon, hat sie sich nicht mehr zurückgetraut. Der Blutgeruch hat sie abgeschreckt. Aber das sagte er nicht, um die alte Dame nicht unnötig zu erschrecken.

Er bedankte sich für den Kakao. Am liebsten hätte er sich den Mund ausgespült, der süße Kakao ließ seine Zunge fast am Gaumen festkleben.

Kai Olschewski war nicht zu Hause. Bevor Leon ins Fitnessstudio ging, um ihn zu besuchen, stieg er eine Etage höher zur Wohnung seiner Eltern. Es fiel ihm schwer, die letzten Treppenstufen zu nehmen, er wollte nach dem Rechten sehen und hatte Angst davor.

Die Tür war wieder versiegelt. Leon öffnete sie nicht, obwohl es ein Leichtes für ihn gewesen wäre. Aber er drehte abrupt um und rannte aus dem Haus wie ein Flüchtling, hinter dem Verfolger her waren.

Wieder tat die Luft draußen gut. Leon japste richtig, als er auf der Straße angekommen war.

Er lief zu Olschewskis Studio. Die Stadt kam ihm merkwürdig fremd vor. Die Gesichter der Menschen schienen unecht, als seien sie maskiert.

Der Eisverkäufer lächelte so verschlagen.

Der Vertreter da mit der schwarzen Aktentasche hatte etwas Schmieriges an sich, und der nette kleine Junge sah aus, als würde er heimlich Tiere quälen.

Leon schüttelte sich, um sich gegen die Bilder, die vor seinem inneren Auge erschienen, zu wehren. Der Junge riss Spinnen und Käfern die Beine aus. Er hielt die Tiere in Marmeladengläsern gefangen. Die Bilder waren echt für Leon. Wahrer als die Wirklichkeit. Klar und überhaupt nicht verschwommen. Es war, als könnte er plötzlich hinter die Fassade sehen, als würde das Eigentliche sichtbar. Die schreckliche Wahrheit, wie Menschen wirklich waren.

Das Fitnessstudio war schon offen. Kai Olschewski mixte hinter der Theke im Muskelshirt Eiweißdrinks. Er hatte einen blauen Fleck am Hals von dem Faustschlag, den Leon ihm verpasst hatte, aber er nahm ihm das offensichtlich nicht krumm.

Es war eine hektische Ausnahmesituation gewesen, am Morgen nach dem Mord, und ein Junge, dessen Mutter ermordet worden war, konnte schon mal durchdrehen. So sah Kai Olschewski das.

Kim wies gerade einen Neukunden in die Geheimnisse des Rückentrainings ein. Sie saß aufrecht an der Latissimusmaschine, drückte ihre beeindruckende Brust heraus und zog mit beiden Armen in einer gleichmäßigen Gleitbewegung ein Dreißig-Kilo-Gewicht hoch. Dabei war das Muskelspiel an Schulter und Rücken schön zu beobachten, und der Anfänger sah genau hin.

»So, jetzt Sie«, sagte Kim und stand auf.

Der Neuling bemühte sich, eine gute Figur abzugeben. Leon durchschaute ihn sofort. Dieser Mann war völlig fasziniert von Kims Körperlichkeit, von ihrer Verliebtheit in Muskelabläufe. Er würde alles ganz genau so machen, wie sie es ihm empfahl, und natürlich würde er später – nach dem Probetraining – einen Zweijahresvertrag unterschreiben. Er war bereit, sein ganzes Leben umzukrempeln und alles zu tun, um so zu werden wie diese Menschen hier: Schön, stark, lebensfroh, potent.

Aber Leon sah es ihm an: Er würde es nie schaffen. Nie. Egal, wie sehr er sich auch abmühte, er würde immer das bleiben, was er war: Ein Bürohengst, der Angst vor seinem Abteilungsleiter hatte, und in den Augen seiner Frau und seiner Kinder ein Versager war. Daran konnten auch ein paar antrainierte Muskeln nichts ändern, und eine Frau wie Kim bekam er sowieso nicht ins Bett. Für die war er nichts weiter als ein armseliger Kerl, den sie mühelos manipulieren konnte.

Leon erschrak über seine Gedanken. Was ist los mit mir, fragte er sich. Ich weiß doch nicht einmal, ob der überhaupt verheiratet ist und Kinder hat. Vielleicht arbeitet er gar nicht in einem Büro, sondern … Ich kenne den Mann doch gar nicht. Wieso glaube ich plötzlich, in die Abgründe seiner Sehnsüchte und Ängste blicken zu können? Entdecke ich gerade eine neue Fähigkeit in mir, eine Art Hellsichtigkeit, oder werde ich größenwahnsinnig und fange an zu spinnen?

Kai Olschewski probierte einen Eiweißdrink mit Vanillegeschmack und entdeckte Leon. Er winkte ihm: »Hey, Leon! Schön, dich zu sehen. Schon gefrühstückt?«

Ein weißer Rand klebte über seiner Oberlippe wie ein Vanillebärtchen. Ungefragt stellte er einen Becher vor Leon auf die Theke. Dann entdeckte er in seinem Spiegelbild die Spur, die der Eiweißdrink in seinem Gesicht hinterlassen hatte, und wischte sie mit dem Handrücken weg.

»Nur Eiweiß, Vitamine und Mineralien. Ohne das

geht es nicht. Ein Muskelaufbau ohne Eiweiß funktioniert nicht.«

Weil er sein Mixgetränk so anpries, nahm Leon ihm zuliebe einen Schluck. Das Zeug pappte im Mund wie Oma Schröders Kakao, und Leon wünschte sich ein Glas mit kaltem, klaren Wasser, um den ganzen Mist wegspülen zu können.

Kais Oberarme waren dicker als Leons Oberschenkel, und mit völliger Gewissheit wusste Leon jetzt, dass Kai nicht nur harmlose Eiweißdrinks schluckte, um seine Muskeln aufzupumpen, sondern garantiert auch Tabletten. Leon hätte jede Wette gehalten, dass es hier einen ganzen Schrank voller verbotener Pillen gab. Testosteron war dabei vermutlich noch das harmloseste Mittel.

Aber Leon war nicht gekommen, um einen Fall von Doping in Bremerhaven öffentlich zu machen. Er fragte ganz direkt: »Ich suche den Mörder meiner Mutter. Kannst du mir helfen? Hast du in dieser Nacht etwas gesehen oder gehört?«

»Ist das nicht eigentlich die Aufgabe der Polizei?«, fragte Kai vorsichtig.

Leon verzog den Mund: »Die bringen es nicht. Mein Vater sitzt im Knast, und die drehen Däumchen.«

»Unterschätz den Büscher nicht«, sagte Kai Olschewski und schnitt einen Tetrapack Milch auf. »Der wirkt zwar wie ein Trottel – ist aber keiner.«

»Kennst du ihn näher?«

»Nicht persönlich. Aber ich weiß von einem Mordfall

in Bremen, den hat er trotz vieler Stolpersteine gelöst. Da hingen ganz hohe Herren aus der Politik mit drin. Der hat den Laden rücksichtslos ausgeräuchert und ist dann vermutlich nach Bremerhaven strafversetzt worden.«

Leon hatte keine Lust, sich Geschichten über Büscher anzuhören. Er brauchte konkrete Hinweise. »Ich gehe davon aus, dass meine Mutter ihren Mörder persönlich reingelassen hat.«

»Hm.« Kai Olschewski nickte nachdenklich und schielte zu Kim hinüber, die ihm komplizenhaft zuzwinkerte. Leon registrierte den Blick und vermutete, das hieß: *Ich habe einen Neukunden an der Angel.*

»Kannst du mir weiterhelfen?«, fragte Leon.

»Also … ich will ja keinen Menschen beschuldigen, aber …«

Die Worte ließen einen Schauer über Leons Rücken rieseln. Es war wie die Ankündigung der Erlösung für ihn. Gleich würde der Name des Mörders fallen. Er spürte, dass sein Vater der Freiheit schon ganz nahe war.

Aber Kai Olschewski sprach nicht weiter, er wischte stattdessen mit einem Tuch über die Theke.

Leon ermunterte ihn, weiterzureden.

»Man spricht nicht gerne über Kunden …«

Er hatte also einen Vertrag im Fitnessstudio, folgerte Leon und kam damit in seiner Vorstellung der Lösung noch ein Stück näher. Immerhin hieß das, Name und Adresse waren bekannt. Er trat nervös von einem Fuß auf den anderen. »Also, an wen denkst du?«

»Naja«, druckste Kai herum, »ich hoffe natürlich nicht, dass er etwas damit zu tun hat. Ich will das auch um Gottes willen nicht behaupten. Aber …«

»Ja. Bitte, Kai, spann mich nicht länger auf die Folter!«

Kim hielt jetzt dem Anfänger einen Vertrag hin, und er unterschrieb. Statt ihn zu lesen, starrte er auf ihren Busen, als sie sich vorbeugte und ihm die Papiere zur Unterschrift vorlegte.

Kai Olschewski flüsterte: »Also, wenn deine Mutter ihren Mörder nachts, als dein Vater weg war, hereingelassen hat, dann …«

»Ja? Was dann?«

»Dann kann es im Prinzip … ich meine, du warst ja auch nicht da, soviel ich weiß, also dann wird es wohl … ihr Lover gewesen sein.«

Leon hatte schon oft diesen Ausdruck gehört: *Mich trifft der Schlag.* Jetzt wusste er, was damit gemeint war. In der Tat zuckte er zusammen, als hätte er von hinten eine Ohrfeige erhalten. Ihm wurde heiß und kalt.

»Ihr was?«

»Nicht so laut, Junge!«

»Hast du ›ihr Lover‹ gesagt?«

Kai Olschewski lächelte zu dem Neukunden hinüber, aber der interessierte sich natürlich mehr für Kim als für den Rest der Welt.

»Sag bloß, du hattest keine Ahnung.«

»Nein, hatte ich nicht. Meine Mutter soll einen … Geliebten gehabt haben? Das ist nicht dein Ernst!«

Kai Olschewski zuckte bedauernd mit den dicken Schultern.

Leon spürte, dass Kai keine blöden Witze auf Kosten seiner Mutter machte. Der glaubte, was er sagte, und es war ihm unangenehm, darüber zu reden.

»Wer wusste noch davon?«

»Du meinst, außer dir?«

»Ja. Wer noch?«

»Praktisch jeder.«

»Häh? Was? Willst du mich verarschen?«

»Glaub mir, Kleiner, nichts liegt mir ferner …«

»Das heißt: Mein Vater wusste es auch?«

Kai Olschewski hob die Hände, als wolle er sich ergeben, dann ließ er sie auf die Arbeitsplatte fallen. »Ein Mann merkt so etwas immer. Es gibt viele Arten, eine Ehe zu leben. Die beiden hatten ihre. Jeder hat im Grunde sein Leben gelebt. Was ist dabei?«

Er zeigte mit dem Finger auf Leon. Der hielt sich krampfhaft an der Theke fest, als hätte er Angst, gleich könne der Boden unter ihm wegbrechen und er durch einen tiefen Riss in der Welt ins Innere der Erde fallen. In den Höllenschlund.

Leon war blass. Er schwankte.

Kai redete weiter: »Es steht dir nicht zu, darüber zu urteilen. Dir nicht und auch sonst niemandem.«

»Wenn es jeder wusste, wieso dann ich nicht?«

»Naja, vielleicht war es ihr peinlich, weil er ja doch viel jünger ist als sie … äh, war.«

»Wie heißt er?«

»Jörg Parks.«

Leon stieß sich von der Theke ab. Er hatte jetzt wieder festen Stand. Es war, als sei durch die Nennung des Namens ein Fluch gebrochen worden, der ihn bislang in seinem Bann gehabt hatte. Zwei Wörter reichten als Erlösungsritual aus: Jörg Parks.

Kai Olschewski ahnte genau, was Leon jetzt dachte. Er winkte ab: »Der muss keineswegs der Mörder deiner Mutter sein, Junge. Bitte, denk das nicht. Aber ich kann mir vorstellen, dass sie den reingelassen hat, wenn dein Vater zum Nachtangeln war, und auch du etwas Besseres zu tun hattest. Wer weiß, wie lange die beiden sich auf eine sturmfreie Bude gefreut haben …«

Einerseits war Leon froh darüber, jemanden zu haben, der offen mit ihm sprach, andererseits hatte er das dringende Bedürfnis, seine Mutter zu verteidigen. Es gab in ihm aber auch durchaus den Wunsch, den Vanilledrink in Kai Olschewskis Gesicht zu schütten, aber es war nicht nur seine muskulöse Statur, die Leon daran hinderte, diese Dummheit zu begehen. Er hatte auch Angst, Kai dann als Informanten zu verlieren. Aber jetzt, da das Wichtigste raus war, sprach Kai Olschewski ungeniert weiter: »Also, dieser Jörg Parks und deine Mutter, die haben sich quasi hier kennengelernt. Ich war schuld, wenn du so willst. Ich habe deiner Mutter doch zum Vierzigsten ein Probetraining geschenkt, weil sie mich doch immer unterstützt hat in der schweren Zeit. War ein Pfundskerl, deine Mutter! Ja, und hier hat sie dann den Jörg kennengelernt. Der hat damals als

Aushilfskraft bei mir gearbeitet, auf Vierhundert-Euro-Basis. Eigentlich hat der nämlich noch Sport studiert.«

Meine Mutter und ein Sportstudent?, dachte Leon. Er brachte das Bild, das er von ihr in seinem Herzen trug, nicht damit überein, dass sie mit einem jungen Mann herummachte oder überhaupt mit einem fremden Mann. Es fiel ihm sogar schwer, sich vorzustellen, dass sie Sex mit seinem Vater gehabt hatte.

»Erzähl mir alles über diesen Jörg Parks, was du weißt.«

»Ja, viel gibt es da nicht zu erzählen. Er ist handwerklich sehr begabt. Er hat mir geholfen, die Sauna zu bauen und immer, wenn mal was war, dann …«

Leon unterbrach Kai. »Wann hat er meine Mutter kennengelernt?«

»Du meinst, wie lange das schon lief mit den beiden? Seit Sommer letzten Jahres – also praktisch, seit sie zum ersten Mal hier war. Einen Vertrag hat sie ja nicht gemacht, das Training war nichts für sie, hat sie behauptet, aber das stimmte nicht. Ich glaube, sie wollte einfach jeden Kontakt zu Jörg vermeiden. Die haben sich immer nur heimlich getroffen.«

»Woher weißt du das?«

»Von ihm. Er fand das spannend und herrlich verkorkst.«

»Aber wenn mein Vater alles wusste, wieso dann diese Geheimhaltung?«

Kai Olschewski kam hinter der Theke hervor. Er legte seinen starken, nackten Arm um Leons Schultern und zog ihn fest an sich. »Machen wir uns nichts vor. Es ging um dich. Ich glaube, die beiden wollten nur noch solange zusammenbleiben, bis du alt genug sein würdest und aus dem Haus gehst.«

Leon protestierte. Er versuchte, sich von Kai zu lösen, was ihm aber nicht gelang.

»Das stimmt nicht! Das ist doch Quatsch! Du lügst!«

»Du hast mich was gefragt, und ich habe dir geantwortet«, sagte Kai, und es klang beleidigt.

Er ließ Leon los. Der rannte sofort zum Ausgang. Es kam ihm vor, als ob er vor sich selbst davonlaufen würde. Er wollte nicht, dass seine Eltern ihn belogen hatten.

Warum? Das gab doch alles gar keinen Sinn.

Und doch hatte das Ganze etwas Realistisches. Vermutlich hatte seine Mutter Schluss mit Jörg Parks gemacht. Der ertrug das nicht, wollte das Ruder noch einmal herumreißen, es war zum Streit gekommen. Jörg Parks war durchgedreht und hatte sie umgebracht. Als der Vater vom Angeln zurückkam, fand er seine tote Frau. Er versuchte, sie zu retten, natürlich fasste er sie an, und so waren hinterher seine Kleidung und seine Hände voller Blut.

Leon war schon auf der Straße, gut hundert Meter vom Studio entfernt, als er abrupt stehenblieb und wieder umkehrte.

Er riss die Tür des Fitnessstudios auf und rief schon von dort aus quer durch den Raum: »Wo wohnt er?«

»Bredenweg!«

Leon hob warnend den Zeigefinger: »Wehe, du warnst ihn!«

Kai Olschewski atmete heftig aus. Er fand es geradezu lächerlich, dass dieser Hänfling ihm drohte.

»Keine Sorge«, sagte er leise und wollte sich eigentlich dem Trainingsplan der nächsten Woche widmen, aber dann wandte er sich noch einmal Leon zu und winkte ihn heran.

Leon bewegte sich aber keinen Meter in seine Richtung.

Kai verließ die Theke, hinter der er sich so gerne aufhielt und so wichtig fühlte, und ging zu Leon. Er umfasste seinen Kopf mit den Händen und zog ihn zu sich.

Die Bewegung lähmte Leon, denn er kannte das nur von seiner Mutter. Sie hatte ihn so zu sich herangezogen, wenn sie ihn küssen wollte. Wann hatte sie es zum letzten Mal getan? Leon erinnerte sich daran. Es war vor dem Schulhof gewesen. Er hatte sich dafür geschämt und es als unangenehm empfunden.

Kai Olschewski küsste ihn nicht. Er zog ihn nur zu sich und sagte: »Pass gut auf dich auf, Kleiner.«

»Ja«, versprach Leon und lief wieder los. Kai rief hinter ihm her: »Mach keinen Scheiß! Der ist durchtrainiert! Der macht dich platt, Junge. Soll ich mitkommen?«

Leon war schon beim Überqueren der Straße. Er drehte sich noch einmal um und winkte. »Keine Sorge!«

Ein BMW bog um die Ecke. Die Fahrerin hörte Schlager auf NDR 1. Guildo Horn sang, und sie war bester Laune. Sie machte eine Vollbremsung und brachte den Wagen nur wenige Zentimeter vor Leon zum Stehen. Ein Fiat Uno krachte ihr hinten rein.

Leon lief so schnell er konnte. Einmal drehte er sich um und sah die BMW-Fahrerin im Streit mit dem Fiat-Fahrer.

Wegen mir hat die ganze Welt nur Probleme, dachte er und rannte weiter.

22

Entweder bin ich völlig verblödet, dachte Johanna, oder das hier ist eine echt Freud'sche Fehlleistung. Es ist völlig egal, ob ich meine Mathe-Hausaufgaben mache oder nicht. Ich verliere das Heft nämlich einfach. Ich erledige den Kram und vergesse ihn sofort wieder. Das Heft landet dann irgendwo. Manchmal werfe ich es richtig weg. Das geschieht natürlich nicht bewusst.

Mein Gott, wo habe ich meine Matheklamotten nicht schon überall gefunden!

In der Tiefkühltruhe neben der Spinatpizza.

Zwischen den Handtüchern im Bad.

Im Schuhschrank.

Im Biomüll.

Das war besonders peinlich. Maik hatte das Buch mit der Bemerkung herausgefischt, wenn überhaupt, dann gehöre so etwas in den Papiermüll.

Ich trickse mich manchmal selber aus, als ob ich auf keinen Fall versetzt werden wollte. Meine Mutter, die blöde Kuh, sagt, das sei meine Weigerung, erwachsen zu werden, weil ich im Grunde nur Angst hätte, nach einem bestandenen Abi ausziehen zu müssen …

Dabei würde ich nichts lieber tun.

Sie kniete in der Küche auf dem Boden und suchte das Heft in dem Zeitungsstapel. Da, zwischen alten Nordseezeitungen, hatte sie ihre Hausaufgaben schon einmal wiedergefunden. Aber diesmal war es nicht so einfach.

Sie kam sich zwar dämlich dabei vor, aber sie sah auch im Kühlschrank nach, zwischen den Handtüchern im Bad, und dann lief sie in das ehemalige Zimmer von Maik, wo jetzt Leon Unterschlupf gefunden hatte. Es war möglich, ja sogar sehr wahrscheinlich, dass sie ihr Matheheft hier hatte liegen lassen.

War sie mit einer Frage zu Leon gekommen? Hatte er ihr geholfen oder sie abblitzen lassen?

Ihre Erinnerung war löchrig wie ein Emmentaler Käse.

Und dann fand sie zwar nicht, was sie suchte, dafür aber einen goldenen Ohrring mit einer dicken weißen Perle. Der Schmuck sah alt aus und war echt.

Hatte Leon hier Mädchenbesuch gehabt? Zu welcher Tussi passte denn dieser Oma-Ohrring?

Jessy hatte ihn garantiert nicht hier verloren. Die trug billigen Modeschmuck, leicht und silbern glänzend. Niemals Gold.

Aber eine Frau musste das Teil hier verloren haben, garantiert kein Mann. Männer trugen Creolen oder Stecker mit Glitzersteinen, aber nicht so eine Perle.

Während sie das Stück noch betrachtete, stand plötzlich Maik hinter ihr. Sie hatte ihn nicht kommen hören. Sie hasste seine Art, sich manchmal völlig geräuschlos durch die Wohnung zu bewegen. Sie erschreckte sich jedes Mal, wenn er plötzlich wie eine Erscheinung vor ihr stand und sie angrinste.

»Du hast den Ohrring gefunden! Das ist ja super. Den suche ich schon seit Tagen.«

Johanna brauchte noch einen Moment, bis sie sich wieder gefangen hatte, dann zischte sie: »Mensch, ich erschreck mich noch mal zu Tode, wenn du dich so anpirschst!«

»Ich pirsche mich nicht an. Ich gehe bewusst und bewege mich nicht wie ein Elefant im Porzellanladen.«

Er nahm ihr den Ohrring ab und pustete ihn an, als müsse er von Staub gereinigt werden. Das Schmuckstück glänzte aber.

»Soll das ein Geschenk für Mama werden?«, fragte Johanna, und in ihrer Stimme klang Spott mit. Ihre Mutter würde so ein gediegenes Teil garantiert nicht tragen. Außerdem hatte sie eine Goldallergie.

Maik lächelte verschmitzt. »Aber Johanna … Deine Mutter würde mich auslachen. Das ist alter Familienschmuck von meiner verstorbenen Tante Hedi-Mona-Elisabeth. Ja, sie hieß tatsächlich so. Sie hat mir einen ganzen Schuhkarton voll Glitzerkram hinterlassen. Das Zeug hat mir nie etwas bedeutet, aber bei dem Goldpreis heutzutage … Ich habe schon fast alles verkauft. Hat fast viertausend Euro gebracht, nur der eine Ohrring fehlte. Muss mir wohl runtergefallen sein.«

Damit war die Sache für Johanna erledigt. Ihr reichte es schon zu wissen, dass Leon keine heimliche, Goldschmuck tragende Freundin hatte. Sie überlegte schon, ob sie Maik nach ihrer Mathehausaufgabe fragen sollte. Er hatte immerhin ihr Matheheft schon zweimal gefunden. Einmal neben der Toilette, und einmal in der Garage bei den Fahrrädern.

Aber Maik hörte gar nicht auf, über diesen Ohrring zu reden. »Bitte sag Ulla nichts. Sie weiß nicht, dass ich das Familiengold verkauft habe. Es soll eine Überraschung werden. Ich will sie doch an unserem Kennenlerntag einladen. Ein Wochenende in Venedig.«

»Ja«, sagte Johanna, »da wird sich Mama aber freuen. Venedig. Wie romantisch. Ich verrate nichts, keine Sorge. Ich bin doch keine Spielverderberin.«

Dann dachte sie: Die Garage, na klar, da habe ich noch nicht gesucht. Unsere wuselige, unaufgeräumte Garage ist ein idealer Ort für Leute, die ihre Mathehausaufgaben wegwerfen wollen.

23

Leon besuchte keineswegs, wie Kai Olschewski befürchtete, Jörg Parks, um den zur Rede zu stellen. Leon begab sich auf dem schnellsten Weg in die Polizeiinspektion. Er wollte Büscher sprechen und ihn über die neuen Fakten in der Mordsache aufklären. Er hoffte, seinen Vater noch heute Abend frei zu haben. Stattdessen würde der richtige Mörder im Gefängnis sitzen und hoffentlich nie, nie wieder freikommen.

Zunächst wollte man Leon gar nicht durchlassen. Er sollte erst einmal sein Anliegen vortragen, dann wollte der diensthabende Beamte entscheiden, ob er Leon überhaupt zu Büscher lassen würde oder nicht.

Leon fand es unmöglich, dass ein uniformierter Polizist aus Bremerhaven nicht sofort wusste, worum es ging, wenn er den Namen Leon Schwarz hörte.

Für Leon war dies der wichtigste Kriminalfall der Welt. Und es machte ihn zornig, wenn ein Polizist so vollkommen ahnungslos war.

Hinter ihm erschien in diesem Moment Kommissarin Schiller, die gerade vom Markt kam, wo sie kernlose Weintrauben geholt hatte.

Eigentlich aß sie nie ungewaschene Weintrauben,

aber jetzt zupfte sie zwei ab und schob sie sich in den Mund. Der Geschmack hatte etwas Beglückendes an sich, fand sie und naschte gleich noch zwei.

Sie wünschte sich ein Haus im Süden. Eine Terrasse mit Blick aufs Meer, und Weintrauben sollten an der Hauswand hochwachsen. Morgens wollte sie frische Trauben ernten und zum Frühstück essen. Immer wieder glitt sie kurz in solche Tagträume ab. Sie schöpfte Kraft daraus.

Sie räusperte sich und sagte: »Hallo, Leon. Gut, dass du uns mal besuchst. Komm doch mit in mein Büro.«

Er fuhr bei der Nennung seines Namens erschrocken herum.

Birte Schiller bot ihm Weintrauben an. Er lehnte ab.

»Ich weiß jetzt, wer der Mörder meiner Mutter ist!«

Sie nickte dem uniformierten Kollegen von der Schutzpolizei zu und nahm Leon mit in ihr Büro. Sie zeigte auf die drei Schreibtische. »Das ist meiner. Der gehört Kommissar Büscher, den hast du ja schon kennengelernt, und da sollte eigentlich ein Kollege arbeiten und unsere Abteilung unterstützen, aber darauf warten wir schon so lange ich hier bin …«

»Das ist ja alles ganz interessant, aber ich bin gekommen, um eine Aussage zu machen. Mein Vater ist unschuldig. Der Mörder heißt Jörg Parks. Er hatte ein Verhältnis mit meiner Mutter.«

Sie wusch die Weintrauben und füllte den Wasserkocher. »Magst du einen Tee?«

Es nervte ihn unendlich, dass ihm jeder etwas zu essen oder zu trinken anbot, aber scheinbar niemand richtig zuhörte.

»Ich sagte: Ich kenne den Mörder meiner Mutter!«

»Ja, ich weiß. Ich habe es gehört. Jörg Parks. Dein Vater hat ihn auch schon verdächtigt. Er hat übrigens keine Ahnung, dass du von der Beziehung der beiden weißt. Er wollte auch nicht, dass wir dir das erzählen. Es ist für ihn wohl sehr wichtig, dass deine Mutter für dich … ja, wie soll ich sagen …«

»Und? Warum sitzt mein Vater dann noch? Haben Sie Jörg Parks nicht verhaftet?«

»Nein, das war nicht möglich.« Kommissarin Schiller stopfte sich eine Handvoll Weintrauben in den Mund, während das Wasser im Kocher zu blubbern begann.

»Warum nicht? Ist er auf der Flucht?«

»Nein. Er hat ein bombensicheres Alibi.«

Der Wasserkocher schaltete sich mit einem Plopp selbsttätig aus.

»Er war auf der silbernen Hochzeit seiner Eltern. Mindestens ein Dutzend solider Zeugen. Er hat sogar einmal mit deiner Mutter telefoniert. So gegen dreiundzwanzig Uhr. Wir haben auch das überprüft. Seine Angaben sind in jeder Hinsicht korrekt. Wäre diese Familienfeier nicht gewesen, hätten er und deine Mutter garantiert den Abend miteinander verbracht. Vielleicht würde sie sogar jetzt noch leben. Aber leider …« Sie goss sich Tee auf. »Leider konnte er die silberne Hochzeit seiner Eltern schlecht schwänzen.«

In Leon stiegen Wut und Verzweiflung auf. Er ballte die Fäuste. Er hörte wieder das Eis knirschen. Aber er brach nicht ein. Seine Wut hielt ihn in der Welt. Seine Enttäuschung war zu groß. Er machte einen verzweifelten Versuch, das Ruder herumzureißen: »Das ist alles gelogen! Er hat die Hochzeit besucht, um sich ein Alibi zu verschaffen. Die waren doch alle nach Mitternacht besoffen oder haben gepennt. Die Chance hat er dann genutzt und sich heimlich ...«

Kommissarin Schiller pustete in ihre Teetasse und sah den selbstgemachten Wellen zu. »Nein. So war es nicht, Leon.«

»Wie war es dann?«, fauchte Leon.

»Eigentlich darf ich dir das gar nicht erzählen, aber ... ich verstehe natürlich, dass du ein besonderes Interesse an der Aufklärung der Tat hast.« Sie nahm mit spitzen Lippen einen Schluck, verzog aber den Mund, weil der Tee noch zu heiß war. Dann fuhr sie fort: »Deine Mutter war nicht seine einzige Freundin. Er hat die Silberhochzeit mit einer anderen Frau besucht. Nele Bruchhausen. Sie haben in dem Gasthof die Nacht miteinander verbracht. In einem Zimmer. Im Westerwald. Gut 450 Kilometer von Bremerhaven entfernt. In der Pension, in der seine Eltern sich damals kennengelernt haben.«

»Er hat meine Mutter betrogen?«, schimpfte Leon und kam sich im gleichen Moment lächerlich vor.

»Ja, so sieht es wohl aus, und er kann es nicht gewesen

sein, Leon. Womit leider wieder alles auf deinen Vater hinausläuft.«

»Aber überlegen Sie doch mal, warum hätte mein Vater das tun sollen?«

Sie ging mit ihrer Tasse auf und ab. Der Tee dampfte, und das Wasser beschlug die Gläser ihrer Brille. »Aus Eifersucht zum Beispiel«, sagte sie und suchte Blickkontakt zu Leon, was aber an den milchig-feuchten Brillengläsern scheiterte.

Leon versuchte, jede Aggression aus der Stimme zu nehmen, und flötete geradezu: »Mein Vater wollte nicht einmal, dass ich davon erfahre, haben Sie gesagt.«

»Ja«, stimmte sie zu. »Er hütet ihr Ansehen wie ein Heiligenbildchen. Er hatte offensichtlich Angst, ihr Nimbus könnte beschmutzt werden.« In ihrer Stimme schwang fast etwas Spott mit, als sie sagte: »Die Heilige Familie …«

»Und da glauben Sie, er hat sie umgebracht? Das ist doch unlogisch.«

Sie wog den Kopf hin und her. »Einerseits ja und andererseits auch wieder nicht. Verbrechen haben ihre eigene Logik, Leon, und ihre eigene Dynamik.« Sie stellte die Teetasse auf dem Schreibtisch ab und wollte Leon berühren. Er tat ihr leid und weckte Mutterinstinkte in ihr.

Aber Leon machte einen Schritt zurück. »Mein Vater war es nicht«, sagte er hart. »Wenn Sie besser arbeiten würden, wäre er längst wieder auf freiem Fuß und der richtige Mörder im Knast.«

»Danke«, erwiderte sie beleidigt. »Danke für die Blumen.«

Er tippte sich an die Stirn und spottete: »Silberne Hochzeit! Lächerlich!«

24

Rechtsanwalt Summerer war auf eine sehr geschäftige Art gutgelaunt. Er trug eine locker gebundene, farbenfrohe Krawatte, die an Uniformen französischer Zugbegleiter erinnerte. Leon entdeckte darauf einen satten Fettfleck. Er wies den Anwalt aber nicht darauf hin.

Der hatte die fotokopierte Akte in einem Nebenraum auf den Tisch gelegt. Es stand ein Glas Wasser dabei. Auf dem Fensterbrett in einer Vase verkümmerten fünf Tulpenstängel. Die Blätter vertrockneten rund um die Vase herum und auf der Heizung unter dem Fenster. Das Bild hatte für Leon etwas an sich, das ihn sehr bewegte. Für einen Moment interessierte es ihn mehr als die Akte.

Anwalt Summerer klopfte auf den Deckel. »Dein Vater hat schweren Herzens zugestimmt. Das hast du der Psychologin vom Jugendamt zu verdanken. Müller-Meier-Felsenbrecher oder so ähnlich. Sie war der Meinung, man könne dir die Auseinandersetzung mit dem Tod deiner Mutter nicht verbieten, sie wollte allerdings eigentlich dabei sein.«

Der Rechtsanwalt sah auf seine Armbanduhr. Es war eine Rolex. Leon fand die Uhr zu protzig für einen seriösen Anwalt. Sie passte besser zu einem Vorstadtzuhälter. Sein Vater hätte niemals so eine Uhr getragen. Der stand mehr auf Understatement. Mehr sein als scheinen war seine Devise.

»Vielleicht kommt sie ja noch«, fügte Summerer hinzu.

»Nicht nötig«, sagte Leon. »Ich bin lieber allein damit.«

»Ja, das verstehe ich. Wenn du Hilfe brauchst oder Fragen hast, meine Sekretärin ist nebenan. Ich selbst habe jetzt eine Besprechung, aber ich schätze, in ein, zwei Stunden bin ich mit dem Gröbsten durch. Dann können wir uns gerne noch einmal sehen.«

Er reichte Leon einen Briefumschlag. Darin befanden sich vier Fünfzigeuroscheine. »Das ist von deinem Vater für dich. Du musst mir den Erhalt natürlich quittieren.«

Leon tat es, dann ließ Rolf Summerer ihn mit der Akte allein. Als er die Tür schwungvoll schloss, wehte der Windstoß zwei Blütenblätter von der Heizung auf den Boden und eines von der Fensterbank auf die Heizung. Leon bückte sich nach den beiden Blättern. Sie waren früher einmal dunkellila gewesen, mit einem gelben Streifen. Zwischen seinen Fingerkuppen fühlten sie sich an wie menschliche Haut.

Während Leon mit der linken Hand in den Akten blätterte, spielten die Finger seiner rechten Hand mit den verwelkten Blüten.

Die Fotos waren schlimm. Sie brachten die Erinnerung an das Erlebte zurück. Sofort hatte er wieder den Geruch in der Nase. Seine Augen wurden feucht, die

Bilder verschwammen. Er zerrieb unbewusst die Tulpenblätter zwischen seinen Fingerkuppen zu Brei.

Ich muss das ganz nüchtern betrachten, dachte er. So ein Kriminalfall ist wie eine Mathematikaufgabe. Eine Gleichung mit mehreren Unbekannten.

Es gilt, den Täter zu ermitteln.

Wer hatte ein Motiv?

Wer die Möglichkeit?

Leon überblätterte die Fotos. Er las den Tatortbericht. Besonders die Tatsache, dass keine Einbruchsspuren gefunden worden waren, belastete seinen Vater. Hier stand: Der Täter muss zu den Tatortberechtigten gehört haben. Er hatte einen Schlüssel, oder er wurde hereingelassen. Zwei Fenster waren gekippt, Haus- und Balkontür geschlossen.

Verdammt, dachte Leon. Wie kann der Täter hereingekommen sein, wenn es nicht Jörg Parks war?

Er las die Aussage seines Vaters. Sofort wusste Leon, dass Rechtsanwalt Summerer versuchte, ihn hereinzulegen. Es fehlten Seiten. Hier endete der Satz unten auf der Seite unvollendet, und oben auf der nächsten Seite ging es mitten in einem anderen Satz weiter. Es musste wenigstens eine Seite fehlen, vermutlich waren es sogar mehrere. Die Kopien waren nicht sehr gut. Die Seiten hatten so auf dem Kopiergerät gelegen, dass die unteren Teile abgeschnitten waren. Die Seitenzahlen fehlten. Leon begriff, das war kein Zufall. Er sollte hinters Licht geführt werden.

Er riss die Tür auf. Die Sekretärin saß mit dem Rücken zu Leon. Sie hatte ein Headset auf und tippte ein Diktat. Ihre langen braunen Haare wirkten wie der Schweif eines Ponys. Rechts neben ihrem Computer stand ein Becher Kaffee mit der Aufschrift: *Die Welt wird von Dummheit regiert, und hier ist die Zentrale.*

Links daneben lagen zwei Müsliriegel. Einer davon, der mit Haselnuss, war angebissen.

Sie bemerkte Leon nicht, sie war ganz auf ihre Arbeit konzentriert, doch als Leon an ihr vorbei in Summerers Büro stürmen wollte, sprang sie auf, riss dabei mit dem Kabel vom Headset ein Abspielgerät vom Tisch und fegte den Kaffeetopf auf den Boden.

Sie war flink. Sie trainierte in einem Judoverein und war stolze Trägerin des grünen Gürtels, und genau das bekam Leon jetzt zu spüren. Sie stoppte ihn, bevor er die Tür zum Besprechungszimmer erreicht hatte. Mit einem Lächeln und einem unangestrengten Gesichtsausdruck verdrehte sie Leons Arm so, dass der Schmerz seine Wirbelsäule glühen ließ. Er wagte nicht, sich auch nur einen Zentimeter zu bewegen, weil er befürchtete, dadurch seinen Schmerz nur zu vergrößern.

»Nicht so eilig, junger Mann. Herr Summerer hat Klientenbesuch.«

»Lassen Sie mich los! Sie tun mir weh.«

»Das glaube ich gerne, aber ich habe dafür zu sorgen, dass Herr Summerer seine Gespräche ungestört führen kann. Das heißt, ich erledige die Post für ihn, fange Anrufer ab und manchmal eben auch ungestüme Besucher.«

Sie erhöhte kurz den Druck, was Leon aufheulen ließ. Diese zierliche Frau war eine wahre Kampfmaschine.

»Du kannst mir sagen, was du zu sagen hast. Herrn Summerer musst du in Ruhe lassen.«

Ohne weitere Vorwarnung ließ sie Leon los. Fast wäre er gestürzt, so sehr brachte die plötzliche Erlösung von der Starre ihn aus dem Gleichgewicht. Er suchte den größtmöglichen Abstand zu ihr im Raum und zupfte seine Kleidung zurecht.

»Es fehlen die wichtigsten Seiten in den Akten. Was soll das? Halten Sie mich für bescheuert? Wer will mich warum reinlegen?«

Sie hob das Diktiergerät auf, riss Papier von einer Haushaltsrolle und wischte den verschütteten Kaffee auf. »Sieh nur, was du angerichtet hast. Herr Summerer wollte dir helfen, hat mit allen geredet, damit du Akteneinsicht bekommst … und du …«

Leon wiederholte seine Frage eindringlich: »Wer will mich warum reinlegen? Und wieso spielt der Anwalt meines Vaters da mit?«

Sie räusperte sich und sprach leise weiter: »Dein Vater wollte es so. Aber mehr darf ich darüber nicht sagen. Ich habe die Seiten rausnehmen müssen, auf denen … naja, die eben nicht für deine Augen bestimmt sind.«

Leon schimpfte los: »Meine Mutter wurde umgebracht! Ich habe ein Recht, die Wahrheit zu erfahren!«

»Mehr darf ich dir wirklich nicht sagen. Alles andere musst du mit Herrn Summerer besprechen.«

»Ja, Sie lassen mich doch nicht zu ihm!«

»Im Moment auf jeden Fall nicht. Später … wenn er seine Termine erledigt hat, gerne.«

Kopfschüttelnd käute Leon den Satz wieder: »Mein Vater wollte es so?«

»Also«, sagte sie zaghaft und sah gar nicht mehr wie eine durchtrainierte Kampfmaschine aus, »also, ich verstehe sehr gut, dass Eltern nicht alle intimen Details ihres Ehelebens vor ihren Kindern ausbreiten wollen.«

Leon fasste sich an den Kopf und stöhnte: »Ach, geht es um diesen Jörg Parks?«

Die Sekretärin verzog keine Miene.

»Das wusste ich doch längst, ich war sogar schon bei der Polizei deswegen.«

Ihm wurde klar, dass er seinen Vater dringend noch einmal sprechen musste. Er machte ein freundliches Gesicht und fragte, ob sie nicht einen neuen Besuchstermin heraushandeln könnte.

»Es gibt immer irgendwelche Sonderregelungen. Es ist praktisch nichts unmöglich. Aber auch das musst du mit Herrn Summerer besprechen.«

Leon entschuldigte sich für seinen ungestümen Auftritt und zog sich wieder in das kleine Zimmer zu den Akten zurück.

Er sah vor dem Fenster eine getigerte Katze, die wegsprang, als sie sein Kommen bemerkte, und in der Sekunde durchschoss ihn ein Gedanke wie eine Gewehrkugel: Natürlich! Der Täter war durch die Balkontür gekommen!

Die Aussage in den Akten, die Tür sei geschlossen gewesen, war falsch. Ein Irrtum, mehr nicht. Die Tür musste offen gewesen sein, und er konnte das sogar beweisen.

Geduldig wartete er auf Rechtsanwalt Summerer. Er hatte eine Information für ihn, die alles in neuem Licht erscheinen ließ.

Bald bist du wieder frei, Papa, dachte Leon. Dann beerdigen wir Mama anständig und dann … ja dann … versuchen wir, irgendwie klarzukommen. Aber das Wichtigste ist erst mal, ich hol dich aus dem Knast, so wie du mich damals aus dem Eis gerettet hast.

25

Irgendjemand musste Rechtsanwalt Summerer auf den Fleck, der seine Krawatte zierte, aufmerksam gemacht haben. Jedenfalls trug er jetzt eine neue. Hellblau mit Silberfäden durchzogen. Leon fragte sich, ob Summerer irgendwo in diesem Büro einen Schrank mit frischen Hemden und Krawatten hatte.

Der Anwalt löffelte einen Joghurtbecher aus, während er Leon zuhörte. Immer wieder rührte er mit dem Löffel darin herum und fischte nach Erdbeerstückchen. Er sah Leon nicht an. Er sprach mit vollem Mund und machte dabei Schmatzgeräusche.

»So, du behauptest also, die Balkontür sei offen gewesen. In den Akten steht aber, sie war zu.«

»Nein, da steht nur, dass sie keinerlei Einbruchsspuren aufwies.«

»Das läuft auf das Gleiche hinaus.«

»Herr Summerer, die Tür kann nicht von innen geschlossen gewesen sein.«

»Warum nicht?«

Leon lächelte und präsentierte stolz seinen Trumpf: »Wegen Molli.«

»Molli?«

»Ja, das ist unsere Katze. Oma Schröder hat mir erzählt, Molli habe sich mit Ludmilla ums Essen gezankt. Ludmilla ist eine Katze von Oma Schröder.«

Rolf Summerer hielt das alles offensichtlich für belanglosen Blödsinn und hörte nur zu, weil Leon ihm leid tat. Er löffelte weiter Erdbeerjoghurt und dachte schon über den nächsten Termin nach. Eine Grundstücksangelegenheit. Es war kompliziert, aber er rechnete sich ein üppiges Honorar aus.

Leon machte eine bedeutungsvolle Pause und fuhr dann fort: »Meine Mutter hat die Balkontür selbst im Winter immer erst dann geschlossen, wenn Molli zurück war. Molli schlief normalerweise an ihrem Fußende. Auf jeden Fall aber in ihrem Zimmer.«

»Ja, das ist alles ja ganz rührend, aber was soll damit bewiesen werden?«

»Oma Schröder sagt, dass Molli bei ihr war. So etwas passierte öfters, dann blieb Molli die ganze Nacht weg, und niemals hätte meine Mutter dann die Balkontür geschlossen. Sie sagte immer, Katzen sind häuslich, brauchen aber ihre Freiheit. Sie kommen immer wieder zurück, wenn man sie laufen lässt.«

Leon sah Rechtsanwalt Summerer erwartungsvoll an. Summerer richtete schwungvoll den Löffel wie eine Waffe auf Leon. Dabei fiel ein Joghurttropfen auf sein Hemd und ein anderer auf seine Krawatte. Hektisch stellte er den Becher auf dem Tisch ab, wischte an der Krawatte herum, was den Fleck nur vergrößerte, und rief: »Silvia!«

Offensichtlich hörte sie ihn trotz Headset sofort und erschien augenblicklich. Sie wusste gleich, was zu tun war. Leon wurde Zeuge, wie sie mit zwei Handgriffen den Knoten der Krawatte löste und gleichzeitig den Hemdkragen von Summerer hochklappte. Sie tänzelte zu einem Schrank, öffnete ihn, und vor ihr hing eine Auswahl von gut fünfzig Krawatten, farblich geordnet wie ein Regenbogen. Sie suchte den neuen Schlips aus.

Rolf Summerer fragte Leon: »Und damit soll ich jetzt einen Haftprüfungstermin beantragen? Der Richter lacht mich aus, Leon. Für den zählt nur, was in den Akten steht. Und wenn die Tür offen gewesen wäre, dann hätten die Kriminaltechniker das garantiert …«

»Die haben doch den Scheiß gebaut!«, schrie Leon viel zu heftig.

Silvia wollte Summerer den neuen Schlips umbinden, entdeckte dann aber den Fleck auf dem Hemd und knöpfte es auf, während Summerer mit einem Blick auf den Bildschirm seine E-Mails checkte.

»Leon, das sind nicht irgendwelche blöden Bullen. Kriminaltechniker, das sind die Besten der Besten. Fast alle haben eine volle akademische Ausbildung. Biologen, Chemiker …«

Leon unterbrach den Anwalt und ereiferte sich: »So ein Quatsch! Ich habe selber gesehen, wie der eine sich den Schweiß von der Stirn gewischt hat, und dann hat er eine Probe angefasst. Klasse DNA-Spur! Sehr profimäßig, das Ganze! Herzlichen Glückwunsch zu dem Fachpersonal!«

Ohne es anzuschauen, schlüpfte Summerer in das gebügelte und gestärkte Oberhemd, das seine Sekretärin ihm hinhielt. Er warf einen Blick auf die Uhr. Das Näherrücken des nächsten Termins machte ihn nervös. Es ging für ihn um viel Geld.

»Die Zeit drängt, Leon. Ich muss.«

»Sie glauben mir also nicht?«, fragte Leon empört.

»Doch, klar glaube ich, dass die Katze – wie hieß sie?«

»Molli.«

»Ja, eben, dass Molli bei Frau Schröder übernachtet hat. Aber wahrscheinlich ist es deiner Mutter schlicht zu kalt geworden, und sie hat die Tür geschlossen, obwohl Miezi noch nicht im Haus war.«

»Molli! Sie heißt Molli!«.

»Ja, eben, meine ich ja.«

»Und es war eine warme Sommernacht. Meine Mutter war eine Frischluftfanatikerin. Sie hat die Balkontür garantiert nicht geschlossen! Außerdem wehte von draußen der Duft ihrer frischen Kräuter rein. Das hat sie geliebt.«

Geschickt band Silvia ihrem Chef die Krawatte.

»Ja, tut mir leid, Leon, aber ich habe jetzt einen wichtigen Termin. Silvia wird dich nach draußen begleiten.«

»Sie haben ja überhaupt keine Zeit für meinen Vater! Sie ziehen hier Ihre Modenschau durch und machen Geschäfte, während mein Pa im Knast sitzt und von Kriminellen verprügelt wird!«

»Auf Wiedersehen!«, erwiderte Summerer knapp. Er hatte nicht vor, sich zu rechtfertigen.

Leon ging resigniert mit Silvia mit. Im Vorraum sagte sie: »Er kann nicht so einfach einen Haftprüfungstermin beantragen. Wenn er damit scheitert, geht das erst wieder in drei Monaten. Deshalb ist er so vorsichtig. Glaub mir, er ist ein guter Jurist. Wenn einer deinem Vater helfen kann, dann er.«

Leon winkte unwirsch ab. So wie sie redete, war sie wahrscheinlich verliebt in Summerer, dachte er. Aber in der Tür hielt sie ihn noch einmal kurz auf: »Habt ihr zu Hause keine Katzenklappe?«

Leon schüttelte den Kopf. »Nein, haben wir nicht. Oma Schröder hat eine. Wir lassen für Molli immer einfach die Balkontür auf.«

»Und wie kommt sie da hoch?«

»Über die Garage, und dann sind da so Mauervorsprünge. Das ist überhaupt kein Problem für Molli.«

»Ich werde es ihm später noch einmal sagen. Jetzt hat er andere Sorgen. Mach's gut, Leon.«

26

Kommissarin Birte Schiller studierte den Laborbericht. Er gefiel ihr nicht.

Kommissar Büscher hatte einen kleinen Rasierspiegel auf seinem Computer aufgebaut. Darin betrachtete er sein blaues Auge. Er fand es im Grunde weniger schlimm, mit dem Veilchen herumzulaufen als mit der vielen Schminke im Gesicht.

»Na, was schreiben die Laborratten?«, fragte er.

Kommissarin Schiller mochte es nicht, wenn er so abfällig über die Kollegen redete, und sie ahnte, dass ihm das Ergebnis nicht gefallen würde.

»Also, die schreiben, dass sowohl auf der Kleidung des Sohnes als auch an der des Vaters Blutspuren der Mutter nachweisbar sind.«

»Dafür hätten wir sie nicht gebraucht. Das wussten wir auch schon, aber wir freuen uns natürlich, dass die es jetzt auch schon mitgekriegt haben.«

»Bei dem Jungen sind es nur wenige Tropfen. Wahrscheinlich, weil er in der Wohnung zusammengebrochen ist. Die Spuren sind auf der Rückseite vom Hemd und an der Hose. Er kann sie unmöglich erstochen haben. Dann wären Blutspuren vorne auf dem Hemd und auf den Ärmeln.«

Büscher hob den Zeigefinger und ergänzte: »Er kann sie also unmöglich in dem Hemd ermordet haben, wenn er sich aber umgezogen hat, dann …«

»Ja, ja, ja, ich weiß, aber Leon Schwarz ist ja nicht unser Hauptverdächtiger, sondern sein Vater.«

»Sehr richtig.« Kommissar Büscher klatschte sich Rasierwasser ins Gesicht. Er hatte das Gefühl, weiblich zu riechen, nach Puder und Tagescreme.

»Aber nun schreibt das Labor, die Blutflecken an der Kleidung von Holger Schwarz können nicht vom Mord stammen. Sie sind zwar eindeutig von seiner Frau, aber …«

Kommissar Büscher entriss ihr die Akte, um selbst weiterzulesen.

»Die Verletzung lebenswichtiger Organe und das Durchtrennen einer Halsschlagader haben zu einer Art Blutregen geführt, der sich in feinen Tröpfchen auf Bettdecke, Teppich und Tapete niedergeschlagen hat. Die Kleidung des Täters müsste folglich in gleicher Weise gezeichnet worden sein. Dem ist nicht so. Die vorliegende Untersuchung spricht dafür, dass Holger Schwarz die Leiche erst nach der Tat berührt und seine Kleidung dabei großflächig mit Blut beschmutzt hat. Ebenso ist es denkbar, dass er der verletzten Frau helfen wollte. Es ist unwahrscheinlich, dass er unmittelbar an der Tat beteiligt war.«

Büscher knallte die Akte fast angewidert auf Schillers Schreibtisch zurück.

»Das ist von Dr. Stahlbauer. Ein absoluter Fachmann

auf dem Gebiet. Ich habe mal bei einer Fortbildung einen Vortrag von ihm gehört. Blutspuren sind seine Spezialität. Er wird auch ironisch ›Der Bluthund‹ genannt.«

Kommissar Büscher verzog das Gesicht. »Ja. Ich kenne ihn. Für ihn sind wir alle Idioten. Der gehört eigentlich gar nicht hierher, sondern nach L. A. oder Miami.«

Kommissarin Schiller deutete auf die Akte. »Wir können das nicht ignorieren!«

»Nein. Aber wer sagt uns, dass der Herr, nachdem er seine Frau umgebracht hat, nicht ganz in Ruhe seine Kleidung in die Waschmaschine gestopft hat und sich dann frisch angezogen ans Telefon gesetzt hat, um uns zu informieren?«

»An seiner Kleidung sind Spuren von Fischblut und Schleim nachgewiesen worden … das spricht dafür, dass er …«

»… sich mit dem toten Zander einmal kurz auf die Brust geklopft hat.«

Kommissarin Schiller schwieg eine Weile und dachte mit geschlossenen Augen nach. Sie drückte ihre Fingerspitzen gegeneinander. Das half ihr, sich zu konzentrieren. Dann stellte sie fest: »Du bist sehr überzeugt von seiner Schuld.«

»Ja. Bin ich.«

»So sehr, dass du andere Möglichkeiten außer Acht lässt?«

»Welche?« Er machte eine weit ausholende Geste.

»Jeder Laborbericht mit seinen ach so wissenschaftlich untermauerten Fakten ist doch am Ende auch nur eine Frage der Interpretation. Ich gehe davon aus, dass wir den Richtigen eingelocht haben. Und jetzt ist es unsere Aufgabe, ihm das hieb- und stichfest nachzuweisen.« Stolz schwellte sich seine Brust. »Weißt du, wie hoch die Quote meiner Verurteilungen ist?«

Sie nickte. »Ja. Jeder hier weiß das.«

»Eben. Einhundert Prozent.« Er zeigte zum Fenster. »Da draußen laufen jede Menge Mörder frei herum. Wir wissen alle, dass sie es waren. Aber die Gerichte mussten sie freisprechen, weil die Beweislage zu dünn war, weil deren Anwälte mit klugen Anträgen und raffinierten Fragen Kollegen wie dich und mich vor Gericht als Deppen vorführen. Und …« Er steckte sein Rasierwasser wieder ein, »und weil die Kollegen es mit sich machen lassen. Mir hat noch kein Täter im Gerichtssaal eine lange Nase gedreht. Ich habe sie alle an den Hammelbeinen gekriegt.«

Kommissarin Schiller war sich nicht ganz im Klaren darüber, was Kommissar Büscher damit sagen wollte. Vorsichtshalber hakte sie nach: »Heißt das etwa, wir werden diesen Bericht ignorieren?«

Kommissar Büscher lächelte. »Ganz sicher nicht. Wir arbeiten korrekt. Aber wir werten den Bericht eben anders. Das steht uns frei.«

27

Als Leon zum Haus der Familie Fischer zurückkehrte, war sein Schlafzimmer belegt. Er hörte Bens Stimme schon von weitem. Der lachte sein unverschämt fröhliches Lachen, und ein Mädchen kicherte.

Leon wusste erst gar nicht, wie er sich verhalten sollte. Immerhin war er nur zu Gast in der Familie. Er hatte das Gefühl, zu stören.

Warum geht Ben mit seiner Freundin nicht in sein Zimmer, sondern in Maiks Hobbyraum, fragte Leon sich.

Er hörte das Klicken und Surren eines Fotoapparats.

Es war großzügig von Maik, ihn dort schlafen zu lassen, er wollte jetzt nicht so ungebeten in eine Fotosession hineinplatzen. Gleichzeitig war er unglaublich neugierig und verspürte den Drang, alles, was er erlebt und erfahren hatte, zu erzählen.

Doch erst einmal ging er in die Küche, holte aus dem Kühlschrank einen Erdbeerjoghurt und löffelte den Becher gierig leer.

Die Tür des Hobbyraums wurde ungestüm geöffnet. Leon zuckte zusammen. Schnell warf er den Joghurtbecher in den Müll. Er fühlte sich erwischt. Was zu Hause ganz selbstverständlich für ihn war, wurde hier nun plötzlich anders. Vermutlich hätte er erst jemanden der Familie fragen müssen, dachte er.

Klar hätte garantiert jeder »Ja« gesagt, aber trotzdem. Man geht nicht so einfach an fremder Leute Kühlschrank …

Schritte kamen näher. Der Gang hörte sich nach Johanna an. Auf jeden Fall eine weibliche Person, bildete er sich ein. Rasch öffnete er den Mülleimer noch einmal und nahm den Becher wieder heraus. Der gehörte in den Plastik- und nicht in den Biomüll. Er hatte keine Lust, sich von Johanna oder Frau Fischer belehren zu lassen.

Aber dann erschien niemand in der Küche. Es tippelte nur jemand zur Toilette. Wenige Sekunden später ging schon die Spülung.

Leon trank Wasser aus dem Hahn. Dann ging er aufrecht, mit erhobenem Haupt – wenn auch sehr aufgeregt – in Maiks Hobbyraum. Leon wollte erst klopfen, tat es dann aber bewusst nicht. Wenn er hier wohnen durfte, dann war das, wenn auch nur auf Zeit, sein Zimmer.

Das gleißende Licht der Scheinwerfer blendete ihn zunächst. Er hob schützend die Hände vor seine Augen.

»Och nö! Was will der denn hier?«, motzte Jessy.

»Hallo, Leon, komm rein!«, rief Ben.

Leon blieb erst einmal einfach stehen und versuchte, sich zurechtzufinden. Ben fasste ihn an der Hand und führte ihn zum Sofa wie einen plötzlich Erblindeten.

Leon ließ sich darauffallen, wollte dann aber nicht so hingefläzt herumhängen und setzte sich aufrecht hin.

Langsam gewöhnten sich seine Augen an die Helligkeit, und er nahm erste Dinge wahr. Quer durch den Raum war eine Wäscheleine gespannt, daran hing ein weißes Bettlaken. Dahinter stand Jessy mit neuer Frisur. Ihre Haare standen wie elektrisch ab. Ihre Augen wirkten größer auf Leon und irgendwie glänzten sie, als würde sie von innen heraus strahlen.

»Na, wie gefällt dir unser Engel mit den toupierten Haaren? Sieht sie nicht aus, als ob sie gerade vom Himmel auf die Erde gefallen wäre?«, scherzte Ben.

Er kniete auf dem Boden vor dem Bettlaken und fotografierte Jessy, die hinter dem Laken stand.

»Ja! Ja! So, und jetzt guck nach unten! Nein, nicht als ob du mich fressen wolltest. Guck unschuldig. Ja, so. Als ob wir nicht da wären«, forderte Ben und klang auf eine erstaunliche Art professionell.

Ben war vollständig konzentriert. Er richtete einen Scheinwerfer neu aus.

»Ja, genau so!«, freute Ben sich. »Mit den Bildern disqualifizierst du jedes Starmodel in jeder Agentur!«

Aber Jessy drehte ihren Kopf abrupt weg.

»He, was ist los, Jessy? Lass uns weitermachen. Jetzt bist du gerade warmgeschossen.«

»Ich kann das nicht, wenn er dabei ist!« Jessy regte sich auf und zeigte mit dem Finger auf Leon. »Er soll abhauen, verdammt!«

»Ja, klasse! Bleib so! Sieht irre authentisch aus, wenn du so trotzig und wütend guckst!«, feuerte Ben sie an.

»Ich will das aber nicht! Er soll verschwinden!«

Leon wollte aufstehen und sich verziehen, aber Ben drückte ihn mit links zurück aufs Sofa und fotografierte mit rechts weiter. »Bleib, Alter. Du siehst doch, du hilfst ihr unheimlich, so richtig wütend zu werden.«

»Ich habe gesagt, er soll abhauen!«, schimpfte Jessy.

»Genau so!«, freute Ben sich. »Wir brauchen Emotion. Wahre, unverfälschte Emotion! Das macht die Menschen an. Den ganzen künstlichen Dreck sind die Leute schon lange leid.«

Wenn Leon sich nicht täuschte, war Jessy hinter dem Laken nackt. Er konnte es nicht wirklich sehen, es war mehr eine Ahnung, aber er fragte sich, warum sie hinter einem Bettlaken stand, wenn es um Nacktfotos ging. Er ahnte, dass das alles einen anderen Sinn hatte, auch wenn er ihn nicht verstand. Er fühlte sich denkbar unwohl und wollte nur noch weg.

»Bleib, Leon. Es ist eine gute Übung für Jessy. Später, wenn sie profimäßig vor der Kamera steht, dann wuseln auch zig Leute um sie herum. Da kann sie auch nicht zickig werden und sagen: Nein, tut mir leid, wenn der zweite Beleuchter da so doof grinst, dann kann ich nicht …«

»Ich … ich wollte echt nicht stören …«, sagte Leon. »Ich glaub, ich geh wirklich besser.«

»Ja, hau endlich ab, du Vollpfosten!«, kreischte Jessy und funkelte Leon zornig an.

In dem Moment fotografierte Ben und lachte triumphierend. »Ja! Wahnsinn! Mehr davon! Der Engel wird zum Raubtier!«

Jessy bückte sich und war hinter dem Bettlaken nicht mehr zu sehen.

Ben stieß Leon zurück aufs Sofa. Er raunte in Leons Ohr: »Halt durch, Alter. Nur noch einen Moment. Bleib einfach, damit diese Spannung im Raum gehalten werden kann. Ich steh darauf. Das gibt die besten Bilder.«

Da tauchte Jessy hinter dem Laken wieder auf. Sie hatte einen Turnschuh in der Hand. Weiß, mit roten und goldenen Streifen, die den Schuh wie Blitze umgaben. Sie warf ihn in Richtung Leon, traf aber Ben. Der nahm es gelassen. Weil Jessy zu heftig ausholte, riss sie das Laken herunter und jetzt sah Leon, dass er recht gehabt hatte. Sie war tatsächlich nackt.

Sie zog das Betttuch nun an ihren Körper und fluchte: »Das ist alles nur seine Schuld! Schmeiß den Gaffer endlich raus! Wenn er nicht abhaut, geh ich!«

Aber Leon war schon aufgesprungen. Mit drei Schritten hechtete er zur Tür. Da flog der zweite Schuh heran. Der traf Leon.

»Raaauus!«, brüllte Jessy.

»Ja! Super!«, freute sich Ben und knipste ihren Gefühlsausbruch.

Als die Tür sich hinter Leon schloss, hörte er Jessy noch schreien: »Boah, äi, ich hab so einen Hals! Ich kann Spanner nicht ausstehen!«

»Na, dann solltest du dir aber noch mal überlegen, ob du wirklich Schauspielerin werden willst. Mit den Bildern, die wir jetzt haben, kannst du es jedenfalls schaffen. Daran wird es nicht scheitern.«

Dann floh auch Ben aus dem Raum. Etwas krachte hinter ihm gegen die Tür.

Ben ging zu Leon in die Küche.

»Wo ist Johanna?«, fragte Leon, um überhaupt etwas zu sagen.

Ben grinste breit. »Die wollte keiner von uns dabeihaben. Die ist bei ihrer Freundin. Wenn ich Fotosessions mache, achte ich immer darauf, dass sie weg ist, die Spaßbremse.«

Ben setzte Kaffee auf. Er füllte die Filtertüte so bedächtig, als sei es eine intellektuelle Herausforderung, die höchster Konzentration bedurfte.

»Warum«, fragte Leon, »hat Jessy hinter dem Vorhang nichts an?«

»Wenn man nackt ist, dann ist der Gesichtsausdruck natürlicher.«

Leon sah Ben groß an. »Im Ernst?«

»Ja. Klar.«

Ben zwinkerte Leon komplizenhaft zu. Er lachte und trommelte mit den Fingern einen Takt auf die Kaffeemaschine, so, als wolle er sie damit zu schnellerer Tätigkeit ermuntern. Dabei grinste er Leon an: »Ich wusste gar nicht, dass du so ein Spießer bist. Kannst meiner kleinen Schwester die Hand geben, die regt sich auch gerne über alles auf, was Spaß macht.«

»Ich reg mich doch gar nicht auf. Ich wundere mich nur.«

Die Maschine dampfte und spuckte Kaffee in die Kanne.

»Gehst du jetzt mit Jessy?«, fragte Leon.

Ben stellte eine Gegenfrage: »Eifersüchtig?«

Leon schüttelte nur den Kopf.

»Warum ist sie so sauer auf dich?«, wollte Ben wissen.

Wieder sagte Leon nichts.

Im Hobbyraum fiel etwas um. Glas zerbrach.

Ein ganz merkwürdiges Gefühl beschlich Leon. Eines, gegen das er sich wehrte. So, als sei er Zeuge von etwas Verbotenem geworden.

Er kaute auf der Unterlippe herum, ohne es zu bemerken.

Da Ben keine Antwort auf seine Frage erhielt, stieß er Leons Oberarm an. »Mensch, sie will Schauspielerin werden, oder wenigstens Model, und sie ist verdammt gut. Sie braucht Fotos für eine Präsentation, sie will sich bewerben.«

»Hm.«

»Guck nicht so. Gute, aussagekräftige Bilder sind für die wie für uns ein Einserabitur.«

Maik erschien in der Küche. Er trug durchgeschwitzte Joggingklamotten und war gutgelaunt. »Kaffee?! Gute Idee, Jungs. Den können wir jetzt gebrauchen.«

Er schien zu spüren, was geschehen war. »Ist hier dicke Luft?«, fragte er. »Habt ihr Fotos gemacht?«

Leon winkte ab.

»Darf ich sie sehen?«

Immer noch barfuß, aber sonst vollständig bekleidet, tauchte Jessy hinter Maik auf. »Komm ruhig mit«, sagte sie zu Leon. »Ben hat ja recht. Ich muss das einfach lernen und cooler werden.«

Ben streichelte über Jessys Wange. »So«, sagte er, »jetzt Fotoshow, und dann machen wir hier schnell wieder reinen Tisch, bevor Ulla und Johanna zurückkommen.«

»Besser ist das!«, grinste Maik und nahm für jeden eine Kaffeetasse mit.

28

Kommissar Büscher fasste sich an den Kopf, als hätten die Sätze seiner Kollegin Schiller einen Migräneanfall bei ihm ausgelöst.

»Ach, Löckchen. Das ist doch Unfug. Klar verdächtigt der Junge den Geliebten der Mutter. Er verdächtigt jeden, Hauptsache, sein Vater kommt frei. Ist ja auch ein gruseliger Gedanke, dass der Vater die Mutter …«

Kommissarin Schiller saß vor ihrem Laptop. Die eingescannten Unterlagen sprachen für sich. Sie genoss es einen Moment lang, mehr zu wissen als ihr ach so kluger Kollege Büscher. Sie spielte ihre Karte fast triumphierend aus: »Mein Vorschlag, Jörg Parks noch einmal genauer zu überprüfen, hat nichts mit der Aussage von Leon Schwarz zu tun.«

Sie rümpfte die Nase. Büscher hatte gleich das Gefühl, unangenehm zu riechen. Er träufelte sich ein paar Tropfen von seinem Rasierwasser ins Gesicht. Jetzt roch das Büro im Kommissariat wie eine katholische Kirche beim Hochamt.

Birte Schiller atmete tief durch die Nase ein. Sie begann, diesen Weihrauchduft an Büscher zu mögen, oder besser gesagt, sie fand sich damit ab, obwohl sie es andererseits schrecklich fand, so als würde er versuchen, sich eine heilige Aura zu geben.

»Frau Schwarz«, erklärte sie mit Blick auf den Bildschirm, »hat knapp zwei Monate vor ihrem Tod verfügt, dass ihre Lebensversicherung zur Hälfte ihrem Sohn zugute kommen soll …«

Büscher nickte. Das fand er ganz normal. Aber dann kam der Hammer.

»… und zur anderen Hälfte Jörg Parks.«

Büscher pfiff durch die Zähne. »Das heißt, ihr Göttergatte geht leer aus?«

»Sieht ganz so aus.«

»Und dann hat er sie nachts vor Wut umgebracht«, sagte Büscher und malte mit den Händen in der Luft Bilder, wie er sich die Szene vorstellte. »Schwarz war garantiert stocksauer, als er davon erfahren hat. Er grübelt beim Fischen darüber nach. Vielleicht unterhält er sich gar mit Angelfreunden, und dann, nach ein paar Bierchen, packt ihn ein mörderischer Zorn. Er fährt zurück, um mit seiner Frau zu reden, doch die bleibt stur. In seiner Enttäuschung droht er mit dem Küchenmesser. Dann sticht er zu. Handlung im Affekt. Mildernde Umstände. Bei guter Führung ist er in zehn, zwölf Jahren wieder draußen, wenn er gesteht und bereut …«

»Es kann«, sagte Kommissarin Schiller, »aber auch ganz anders gelaufen sein.«

Ihre Beine waren müde und schwer. Da sie mit Büscher alleine im Büro war, legte sie sie hoch. »Ich stelle mir das so vor: Parks lernt Kirsten Schwarz im Fitnessstudio kennen. Vielleicht spricht er sie sogar gezielt an. Ein Sportstudent, der auf Vierhundert-Euro-Basis jobbt. Aus seiner Perspektive ist sie eine leichte Beute. Er umwirbt sie, erzählt ihr, wie toll sie ist, und am Ende überschreibt sie ihm fünfzig Prozent ihrer Lebensversicherung. Er hat aber noch mehr Freundinnen. Sie wird ihm langsam lästig. Er weiß, wenn er sich trennt, wird sie ihn enterben. Nichts leichter als das. Wenn er also an das Geld will, muss sie sterben …«

»Du meinst, ein kaltblütig geplanter Mord aus Habgier?«

»Es ist genauso logisch wie die Tat aus Eifersucht …«

Büscher wog den Kopf hin und her. »Du hast recht, aber vergiss nicht, er hat ein Alibi.«

Sie lächelte. »Von seiner Geliebten. Wer sagt uns denn, dass die beiden nicht unter einer Decke stecken? Er hätte es locker schaffen können, hin und wieder zurück zu fahren …«

»Wenn da was dran ist, dann …« Aber sofort winkte Büscher ab. »Parks hat sie um dreiundzwanzig Uhr vom Hotel aus angerufen. Da hätte er längst im Auto sitzen müssen, um …«

Birte Schiller verzog den Mund. »Ich hätte nicht gedacht, dass du dich so einfach bluffen lässt. Wenn seine Freundin mit drin hängt, dann hat sie vielleicht den Anruf für ihn getätigt, um ihn zu entlasten.«

Büscher hätte jetzt zu gerne eine geraucht oder wenigstens auf etwas herumgekaut. Er erinnerte sich an eine alte Fernsehserie, die er mal sehr gemocht hatte, mit Telly Savalas als Kojak, der ständig auf einem Lolli herumkaute.

»Du meinst, ein abgekartetes Spiel?«

»Um an fünfzigtausend Euro zu kommen. Nicht schlecht.«

In dem Moment öffnete ein junges Mädchen die Tür. Sie war verunsichert und schüchtern. Sie betrat zum ersten Mal in ihrem Leben eine Polizeistation.

Es fiel ihr schwer zu sprechen. Sie hatte ein süßes Gesicht, das auf Büscher pfiffig wirkte. Hier hatte er es ganz sicher mit einer klugen Person zu tun. Helle, wache Augen, die gut beobachten konnten, und ein Mund, der vermutlich gern die Wahrheit sprach. Büscher schätzte in Bruchteilen von Sekunden ein, ob er einem Menschen trauen konnte oder nicht. Und diese Stefanie Rother hatte sofort einen Vertrauensvorschuss bei ihm.

Sie zeigte eine Serviette vor. Auf der einen Seite stand: »Ich liebe dich«, auf der anderen war eine Frau gemalt, mit einem Messer in der Brust.

»Ich … Ich dachte«, stammelte Stefanie, »ich sollte Ihnen das besser mal zeigen. Es sieht für mich aus wie … ein Hilferuf.«

»Woher hast du das?«, fragte Büscher.

»Es ist von einem jungen Mann. Ich war mit meiner Freundin im TIF … – also im Café vom TIF.«

»Wie sah der junge Mann denn aus?«, fragte Büscher und wippte neugierig auf den Zehen auf und ab.

»Schnuckelig.« Stefanie erschrak selbst über das viel zu schnell und unbedacht ausgesprochene Wort.

Büscher grinste. »Ja, das ist als Beschreibung noch ausbaufähig. Was verstehst du denn unter schnuckelig?«

»Er trug eine schwarze Lederjacke, die ihm super stand, obwohl sie ihm eigentlich viel zu groß war. Er hatte eine Sporttasche bei sich und war strubbelig.«

»Leon Schwarz«, sagte Kommissarin Schiller und fing sich dafür von Büscher einen missbilligenden Blick ein. Sie gab mal wieder mehr Informationen, als sie erhielt. Getroffen schlug sie die Augen nieder. Sie wusste, dass Büscher in diesem Fall leider recht hatte.

»Hat er dir die Serviette zugesteckt?«, wollte Büscher wissen.

Er bot Stefanie Rother keinen Platz an, sondern ließ sie stehen wie bestellt und nicht abgeholt. Kommissarin Schiller fiel so etwas schwer, aber sie wusste genau, warum Büscher das tat. Die Körperhaltung von Menschen verriet viel. Stefanie Rother stand völlig ungeschützt im Raum. So würden die Kommissare jede noch so kleine Unsicherheit bemerken.

Stefanies rechtes Bein zitterte vor Aufregung. Sie hatte ihr Gewicht voll auf das linke verlagert. Es sah aus, als würde sie in ihrer Kleidung hängen. Sie schien zur Seite zu kippen und nur durch Jeans und Sweatshirt stabilisiert zu werden.

»Nein«, sagte Stefanie, »er hat die Serviette auf dem Tisch liegen lassen.«

Der Satz hing irgendwie in der Luft, als müsse ihm noch etwas folgen.

»Ach, und dann hast du sie dir genommen?«

»Hm.« Sie biss sich nervös auf die Unterlippe. Sie schämte sich.

»Warum?«

»Weil …« Sie schaffte es nicht, den Kommissar anzusehen, es fiel ihr leichter, kurz Blickkontakt mit Birte Schiller aufzunehmen. »Weil ich dachte, er hätte mir seine Telefonnummer aufgeschrieben.«

Kommissar Büscher schaute zur Decke.

Schiller versuchte, Leichtigkeit ins Gespräch zu bringen. »Ihr habt geflirtet?«

»Ja, mit den Augen. Er saß ein paar Tische weiter.«

»Und«, hakte Büscher nach, »hast du mit ihm geredet? Hat er dir etwas erzählt, was du uns mitteilen möchtest?«

Kommissarin Schiller sah es Büscher an. Er glaubte, ja, er hoffte, dass Leon der Schülerin sein Herz ausgeschüttet hatte. Wahrscheinlich wusste der Junge viel mehr, als er zugab. Vielleicht hatte er Stefanie gegenüber eine Vermutung geäußert oder gar ein Geständnis gemacht.

»Nein, Herr Kommissar, ich habe kein Wort mit ihm gesprochen. Alles, was ich habe, ist diese Serviette.«

»Und du bist zu uns gekommen, weil du dir Sorgen um ihn machst?«, fragte Birte Schiller freundlich.

Stefanie Rother nickte stumm und verlagerte ihr Gewicht aufs andere Bein. Gleich begann das linke zu zittern. Die Aufregung musste irgendwo raus.

»Oder dachtest du, es sei eine Drohung? Die Ankündigung einer Tat?«

Die Frage ließ Stefanie zusammenzucken. »Nein! Natürlich nicht! Ich mache mir nur Sorgen. Ich dachte …«

Kommissarin Schiller schüttelte missbilligend den Kopf, als Büscher sie ansah. Sie fand seine Frage völlig abwegig.

»Vielleicht«, sagte Stefanie, »vielleicht braucht er ja Hilfe.«

»Wir kennen ihn. Nett, dass du uns informiert hast.«

Wieder warf Büscher seiner Kollegin einen Blick zu, der wie eine Rüge wirkte oder ein Eintrag in die Personalakte.

29

Jessy war wie ausgewechselt. Gemeinsam tranken sie viel zu starken Kaffee, der Leon sofort den Schweiß auf die Stirn trieb. Jessy lachte ihn aufgeräumt freundlich an und prostete ihm mit der Kaffeetasse zu, als sei ihr Wutausbruch von vorhin einfach vergessen.

Sie luden die Fotos auf Maiks PC mit dem extra großen Bildschirm. Ben, Maik und Jessy drängten die Köpfe dicht zusammen. Maik zog Leon dazu.

Jetzt begriff Leon, warum Jessy plötzlich so nett war. Sie waren so etwas wie ihr Testpublikum. Ihre Meinung war wichtig. Maik und er waren nicht an der Herstellung der Aufnahmen beteiligt gewesen, damit kam ihrem Urteil eine große Bedeutung zu.

Er erschrak fast, als er Jessys Gesicht auf dem Display sah. Ihr Kopf war größer als in Wirklichkeit. Die Farben brillant. Das Bild schien zu leben. Jessy strahlte den Betrachter auf eine entwaffnende Art an. Man musste dieses Gesicht einfach mögen, fand Leon.

Ben klatschte vor Freude in die Hände.

Das nächste Foto zeigte Jessy schon in Wut.

Ben hatte recht behalten. Die zornige Jessy war wunderschön. Sie sprühte geradezu vor Energie. Leon wollte sagen, wie schön er Jessy fand, aber etwas hinderte ihn. Hörte sich das nicht nach blöder Anmache an?

Da stupste Ben ihn an. »Ist sie nicht phantastisch?«

Leon nickte nur. Etwas anderes verblüffte ihn noch mehr als Jessys Schönheit. Es war die Tatsache, dass Ben tatsächlich immer nur Jessys Gesicht fotografiert hatte, nie ihren Körper. Kein Betrachter dieser Bilder wäre je auf die Idee gekommen, dass das Fotomodell nackt hinter einem Bettlaken gestanden hatte.

Ein paar Aufnahmen, die Ben und Leon großartig fanden, wollte Maik aussortieren. Sie protestierten, und Jessy wollte wissen, was mit den Fotos nicht stimmte.

»Guck ich blöd? Bin ich nicht ausdrucksstark genug?«

»Nein«, beruhigte Maik sie. »Du bist perfekt. Aber schau genau hin. Hier ist eine Unschärfe, die aus der Bewegung heraus kommt. Hier macht der zweite Scheinwerfer eine Reflexion auf deiner Stirn.«

Tatsächlich glänzte die Haut ein bisschen.

»Aber deshalb muss man das Bild doch nicht löschen«, protestierte Leon, als Maik die Löschtaste drückte.

»Von tausend Fotos bleiben meist nur zwei, drei übrig«, sagte Maik, und es klang mehr stolz als traurig.

»Ja«, bestätigte Ben. »Er ist sehr kritisch. Ich habe verdammt viel von ihm gelernt. Vor seinen Augen hat nicht viel Bestand.«

Jessy bettelte: »Bitte nicht löschen, Maik! Kann ich die nicht wenigstens haben? So tolle Bilder hat noch nie jemand von mir gemacht.«

Maik zerbröselte das nächste Foto in seine Pixel.

»Bitte, Maik! Nicht!«, rief Jessy.

Er lächelte. »Wir suchen die besten aus. Das hier ist nicht gut.« Er tippte auf den Bildschirm. »Hier, das sieht aus, als hättest du unreine Haut.«

»Kann man das nicht bearbeiten?«, fragte Ben.

Schon verschwand auch dieses Foto.

Das nächste zeigte Jessy mitten in der Bewegung. Sie warf den Schuh, aber das konnte man nicht sehen, denn Ben hatte nur ihr Gesicht fotografiert, keine Arme, keine Schultern. Trotzdem hatte diese Aufnahme etwas ganz Besonderes. Jessy total konzentriert auf einen für den Betrachter unsichtbaren Punkt. In ihrem Blick lagen Erschrecken und Hass zugleich.

»Die junge Kriegerin«, sagte Ben bewundernd. »Das ist es. Damit stichst du alle Mitbewerberinnen aus, Jessy. Die völlige Präsenz. Wenn Regisseure oder Produzenten das nicht zu schätzen wissen, dann kannst du diese Flaschen sowieso vergessen. Man muss ein Talent auch erkennen können, und das hier ist eins. Ob auf dem Laufsteg oder in einer Fernsehserie – mit der Authentizität haust du sie alle um.«

Jessy küsste Ben für seine Worte auf die Wange.

»Bedank dich lieber bei Leon«, sagte Ben, »auf den warst du doch so sauer, und er hat das aus dir rausgekitzelt.«

Jessy zögerte einen Moment. Ben nickte ihr aufmunternd zu. Dann hauchte sie einen schnellen Kuss auf Leons rechte Wange.

30

In der Nacht wachte Leon schweißgebadet auf. Er schreckte aus einem düsteren Traum hoch. Eine dunkle Gestalt ging in die Garage. Leon konnte das Gesicht nicht sehen. Nur die Füße und den Rücken. Es war ein Mann. Er roch nach Gülle oder Verwesung. Er leuchtete mit einer Taschenlampe den Raum ab, bis der Lichtkegel den Blumentopf gefunden hatte. Er wusste genau, wo er suchen musste. Er fischte den Türschlüssel heraus und ging über den Hof zum Wohnhaus. Er machte das Licht im Flur nicht an. Vielleicht hatte er Angst, das Klacken könnte ihn verraten. Es gab jedes Mal ein unangenehmes mechanisches Geräusch. Jeweils nach zwei Minuten knallte es noch einmal, wenn das Licht sich automatisch wieder ausschaltete. Es war kein Bewegungsmelder, sondern eine Zeitschaltuhr.

Leon sah den Mann die Treppe hochgehen, vorbei an der Wohnungstür von Oma Schröder mit ihren Katzen. Das Maunzen war zu hören. Dann weiter, vorbei an der Tür von Kai Olschewski und Kim.

Er suchte zielsicher die Wohnung der Familie Schwarz. Er schob den Schlüssel ins Schloss und öffnete leise, fast lautlos.

Leons Mutter saß mit einem Kissen im Rücken im Bett und las Stieg Larsson.

Der Mann ging in die Küche und holte sich ein Messer aus dem Messerblock. Eines, das Leon dort vorher noch nie gesehen hatte.

Leon wollte schreien und seine Mutter warnen. Vielleicht tat er es sogar. Jedenfalls wachte er mit Herzrasen auf.

Ihm war sofort klar, dass selbst wenn seine Mutter die Tür nicht geöffnet hätte, der Täter ein sehr intimes Wissen gehabt haben musste. Schließlich hatten sie nie rumerzählt, wo ihr Reserveschlüssel versteckt war. Hatte seine Mutter es ihrem Lover verraten? Warum? Aus Versehen? In einer unbedachten Minute, als Anekdote über die Trotteligkeit ihres Mannes?

Leon beschloss, sich diesen Jörg Parks anzusehen. Aber etwas anderes irritierte ihn noch mehr. Er stellte sich jetzt die Frage, warum der Täter, wenn er vorhatte, einen Mord zu begehen, nicht selbst ein Messer mitgebracht hatte. Wieso hatte er erst eines aus dem Messerblock geholt und später wieder dahin zurückgesteckt?

In seinem Traum hatte Leon genau gewusst, dass etwas mit dem Messer nicht stimmte. Er kannte es nicht, und eins war sicher: Er hatte jedes Messer im Haushalt in der Hand gehabt, und die Fischmesser seines Vaters dazu. Er hatte schon als Zehn-, Elfjähriger seinem Vater dabei geholfen, die Messer zu schleifen.

»Messer«, hatte sein Vater gern gesagt, »müssen scharf sein, sonst sind sie gefährlich.«

Sein Pa verstand etwas von Klingen, und ein richtig gutes Herbertz oder Böker konnte ihn begeistern.

Je länger Leon darüber nachdachte, umso mysteriöser wurde das alles für ihn.

Er stand auf und trank ein Glas Leitungswasser. Dann zog er die nassen Klamotten aus. Am liebsten hätte er geduscht, aber er befürchtete, Ben, Johanna oder Ulla zu wecken. Er wollte jetzt mit niemandem reden. Er war froh, mit sich allein zu sein.

Leon plante den nächsten Schritt für morgen. Er wollte Parks besuchen und zur Rede stellen. Dann legte er sich wieder hin, aber er hatte Herzklopfen wie bei einem Dauerlauf. Er lag ganz ruhig, sah zur Decke und hörte auf seinen eigenen Atem. Sein Herz raste immer schneller. Er konnte es jetzt nicht länger im Dunkeln aushalten. Er musste genau sehen, wo er war, denn er spürte eine schleichende Angst kommen. Sie ergriff Besitz von ihm. Er wehrte sich dagegen, denn er befürchtete, gleich wieder ins Eis einzubrechen. Seine Hände krampften sich ins Sofa. Er suchte einen festen Punkt, auf den er sich konzentrieren konnte. Er brauchte Halt.

Da sah er etwas hinten an der Wand. Einen kleinen Fleck. Er bekam seine Atmung nicht unter Kontrolle, sie wurde immer schneller. Er saugte die Luft heftig ein und presste sie dann wieder aus. Er fragte sich, ob er kurz davor war, einen Herzinfarkt zu bekommen. Obwohl er sich nicht bewegte, jagte sein Herz noch schneller. Eine Unruhe packte ihn, die es ihm unmöglich machte, liegen zu bleiben.

Leon stand auf und tigerte im Raum herum wie ein gefangenes Raubtier. Er konnte nichts gegen diese Unruhe tun. Etwas in ihm trieb ihn an, sich zu bewegen. Es war, als würden die Beine von alleine laufen, wie selbständige, nur zufällig mit seinem Körper verbundene Wesen.

Er hatte Angst, alle zu wecken.

Um nicht laut loszubrüllen, hielt er sich den Mund zu. Verdammt, dachte er, ich habe mich selbst nicht mehr im Griff.

Warum sollte er warten? Er zog sich an. Er konnte sich Parks auch jetzt vorknöpfen. Vielleicht würde es ihm danach besser gehen.

Es schien ihm sicherer, aus dem Fenster zu klettern, als die Tür zu nehmen. Er wollte nicht erwischt und nicht angesprochen werden.

31

Leon pirschte durch die Stadt wie eine Raubkatze, die Witterung aufgenommen hat. Er kam sich vor wie ein fremdes Wesen, den Blicken der Menschen versuchte er auszuweichen. Er nutzte jedes Versteck, huschte von einem Häusereingang zur nächsten Deckung hinter einem Auto. Er schien mit der Umwelt zu verschmelzen. Noch nie im Leben hatte er sich so merkwürdig benommen. Er musste an einen Film über Ninjakrieger denken. Damals, als er ihn gesehen hatte, fand er ihn doof. Jetzt erschienen ihm diese fast unsichtbaren Krieger wie eine Offenbarung. Ja, so wollte er sein, er musste vielleicht sogar so sein, um den Mörder seiner Mutter zu überführen und seinen Vater aus dem Gefängnis zu holen.

Parks wohnte in einem Einfamilienhaus mit gepflegtem Vorgarten im Bredenweg. Kletterrosen rankten an der Wand hoch bis zum Dach. Es roch nach Vanille, und da war ein Geräusch wie eine schlecht geölte Tür, die vom Wind ständig geöffnet und wieder geschlossen wird.

In einem Kirschbaum entdeckte Leon ein altes Baumhaus. Er stieg über den Jägerzaun und schlich einmal ums Gebäude. Hinten im Garten saß ein Mann auf einer quietschenden Hollywoodschaukel und wippte pfeiferauchend hin und her.

Aha, dachte Leon, daher kommen der Duft und das Geräusch.

Die Haustür zum Garten stand offen. Der rüstige Opa da konnte doch unmöglich der Liebhaber seiner Mutter sein! Der sah auch nicht gerade aus wie ein Sportstudent, der in Kai Olschewskis Fitnessstudio trainierte. Leon folgerte daraus, dass Jörg Parks noch bei seinen Eltern wohnte.

Na klasse, dachte Leon, meine Mutter hatte einen Lover, der sich von seiner Mutter noch die Hemden bügeln lässt.

Aus dem Haus ertönte eine weibliche Stimme: »Hermann! Du sollst doch nicht so viel rauchen! Dein Herz! Denk an dein Herz!«

»Ich warte nur auf Jörg!«, antwortete Hermann Parks, dem offensichtlich jede Lüge recht war, um noch ein bisschen Zeit allein mit seiner Meerschaumpfeife im Garten zu verbringen.

Leon wog ab, was dagegen sprach, einfach durch die offene Tür ins Haus zu huschen. Er wusste nicht, was er suchte, er suchte einfach. Kolumbus, dachte er, hat Amerika auch nicht gesucht und trotzdem entdeckt.

Er sammelte Beweise für die Schuld von Jörg Parks, und er hatte das Gefühl, ganz nah dran zu sein. Wenn Hermann Parks auf seinen Sohn wartete, dann war der ja offensichtlich noch nicht zu Hause.

Leon schlich zum Vordereingang und klingelte. Frau

Parks sah erst durch den Spion, dann öffnete sie vorsichtig einen Spalt. Die Tür war noch mit einer Kette gesichert.

»Ja?«

»Guten Abend. Ich heiße …« Leon entschied sich, einer plötzlichen Eingebung folgend, seinen richtigen Namen zu nennen. »Leon Schwarz. Ich möchte gerne Jörg Parks sprechen.«

»Es ist schon spät.«

»Ich weiß.«

»Mein Sohn ist nicht zu Hause. Er müsste aber bald kommen. Er wollte eigentlich längst zurück sein.«

Die Frau schien seinen Namen zu kennen, oder etwas anderes stimmte sie milde, jedenfalls entriegelte sie die Kette und öffnete die Tür ein Stückchen weiter. Offensichtlich wusste sie nicht, ob sie Leon duzen oder siezen sollte. Er kannte dieses unsichere Verhalten schon. Noch vor einem Jahr war das anders gewesen, und jeder hatte ihn geduzt. Diese Zeit ging dem Ende entgegen.

»Wir kennen uns aus dem Bodyfit-Center. Wir sind Sportfreunde«, log Leon.

Frau Parks lächelte. »Wenn Sie wollen«, sagte sie zögerlich, »können Sie drinnen auf ihn warten.«

Leon konnte es kaum glauben. Sie führte ihn tatsächlich durch die Wohnung in Jörg Parks Zimmer.

Hermann rief von draußen: »Wer ist da, Hilde?«

»Niemand«, antwortete sie laut, als ginge das Ganze ihn einfach nichts an. Sie gab Leon mit einem Blick zu verstehen, dass ihr Mann zwar alles essen, aber nicht alles wissen dürfe.

»Sie müssen entschuldigen, dass es hier so aussieht. Gucken Sie sich am besten gar nicht um. Meine Putzfrau hat sich das Bein gebrochen und …« Sie winkte ab. Der Rest war sowieso klar.

Natürlich sah Leon sich sehr wohl um. Schließlich war er deshalb gekommen. Er hatte selten eine so klinisch saubere und penibel aufgeräumte Wohnung gesehen.

Jörg Parks Zimmer verstörte Leon für einen Moment. Das hier war bis vor kurzem ein Jugendzimmer gewesen. Die Möbel in grün-weiß gestrichen. Die Tapete ebenfalls, es war eine Raufasertapete, nur notdürftig mit weiß überpinselt, aber die Vereinsfarben von Werder Bremen schimmerten durch. So sahen die Zimmer von Fußballfans aus, die jünger waren als Leon.

Leon musste sich selbst eingestehen, dass er schockiert war. Seine Mutter war auf einen Mann reingefallen, der in seinem ehemaligen Kinderzimmer wohnte? Hatte sie das gewusst? Stimmte das alles überhaupt? Klar, Leon wusste von Kai Olschewski, dass Jörg Parks deutlich jünger war als seine Mutter. Aber plötzlich wurde das alles so konkret …

Leon setzte sich auf das Bett. Er überlegte, ob es wirklich sinnvoll war, auf Parks zu warten. Plötzlich wusste er nicht einmal mehr, was er ihn eigentlich fragen wollte. Leons Gehirn war mit einem Schlag wie leergefegt.

Er sah sich das Bücherregal an. Bildbände über Fitness, Bodybuilding, Golf und Tennis. Außerdem Reiseprospekte über Tunesien, Südafrika und die Kanaren.

Komisch, dachte Leon, mit so einem kam meine Mutter klar? Worüber haben sie geredet?

Seine Mutter liebte Krimis. Schwedische. Isländische. Ostfriesische. Sie war sehr auf Skandinavien und Norddeutschland orientiert, Kriminalliteratur und gutes Essen, Gewürze und Nutzpflanzen. Las der angebliche Student gar keine Bücher? Und wieso Golf? Leon brachte Golf mit Geld in Verbindung. Vielleicht war das ja ein blödes Vorurteil. Aber dieses Zimmer hier sah nicht gerade aus, als ob es einem Mann gehören würde, der es im Leben zu etwas gebracht hatte, Golf und Tennis spielte und im Urlaub nach Südafrika und auf die Kanaren reiste.

Etwas stimmte mit diesem Jörg Parks nicht. War er eine Art Heiratsschwindler? Machte er sich an ältere Frauen heran und nahm sie dann aus?

Zunehmend begann Leon, seine Mutter als Opfer zu sehen. In jeder Hinsicht. Erst hatte Jörg Parks sie verführt, dann abgekocht und schließlich umgebracht.

Die Bücher wurden von einer silbernen Keksdose aus Metall abgestützt. Die Dose stand offen. Darin lagen Briefe.

Leon griff ohne zu zögern zu. Er kannte das hellblaue Briefpapier. Es gehörte seiner Mutter.

Ja, seine Mutter hatte noch richtige Briefe geschrieben, keine E-Mails oder Postkarten an Freunde und Verwandte aus dem Urlaub. Er hielt sie in der Hand wie einen wertvollen Schatz, auf dem ein tödlicher Fluch lag. Briefe von seiner Mutter an Jörg Parks. Liebesbriefe vermutlich.

Er wollte sie sofort lesen. Er erhoffte sich Erkenntnisse, vielleicht sogar Beweise. Kurz, ganz kurz, flammte das schlechte Gewissen in ihm auf.

Durfte er das? War das nicht Diebstahl? Aber dann verwarf er alle Bedenken. Seine Mutter war ermordet worden, vermutlich sogar von Jörg Parks. Sein Vater saß unschuldig im Gefängnis, da konnte er sich wenig Rücksichtnahme und Gefühlsduseleien erlauben. Er musste handeln, und zwar rasch.

Er hatte jetzt mehr, als jedes Gespräch mit Parks bringen konnte.

Leon stellte die Dose wieder so ins Regal, dass nicht auffiel, dass sie leer war. Aber sie hielt die Bücher nicht. Sie war zu leicht geworden, oder er hatte sie nicht im richtigen Winkel hingestellt, jedenfalls fielen die Bildbände um. Wie Dominosteine klappte ein Buch gegen das andere. Zwei segelten aus dem Regal, der dicke Fotoband »Golfspielen für Anfänger« schob die Keksdose über den Rand des Regals. Sie schepperte auf den Boden. Blitzschnell bückte Leon sich und sammelte die Sachen wieder ein.

Hoffentlich kommt Frau Parks jetzt nicht rein, dachte er, oder schlimmer noch: Jörg Parks persönlich.

Zettel flatterten aus einem Buch und verteilten sich unterm Bett. Leon kroch fast auf dem Bauch, um sie zu ergattern. Da krachte der Band »Die schönsten Golfplätze der Welt« wie ein Ziegelstein in seinen Rücken. Er presste die Zähne aufeinander, um ein Aufstöhnen zu unterdrücken.

Dann erhob er sich und bog erst einmal sein Kreuz durch. Die Wirbelsäule schmerzte. Bevor Leon die Tür öffnete, sah er noch einmal ins Zimmer zurück. Er schüttelte sich. Das durfte doch alles gar nicht wahr sein.

Die Briefe glühten geradezu in seiner Jacke, direkt über seinem Herzen, als Leon in den Flur trat.

Frau Parks kam ihm gerade mit einem Glas entgegen. »Ich habe Ihnen ein Glas Apfelschorle gemacht. Äpfel aus dem eigenen Garten. Ich mache unsere Säfte ja immer noch selber. Mein Mann lacht darüber, der sagt, Apfelsaft gibt es für ein paar Cent in jedem Supermarkt, und ich soll mir die sinnlose Arbeit nicht machen. Aber ich finde, der schmeckt, einfach anders. Besser. Viel besser. Probieren Sie mal.«

Hatte die vorhin auch so eine nervtötende Stimme gehabt, fragte Leon sich. Außerdem redete sie plötzlich wie ein Wasserfall.

Hatte sie inzwischen mit ihrem Sohn telefoniert?

Wusste sie jetzt, wer Leon Schwarz war?

Hatte sie ihm irgendwelche K. o.-Tropfen in den trüben Saft gemischt?

Wieso hatte sie ihm vorhin ein Glas Wasser angeboten und kam jetzt mit Saft?

Er würde das Zeug auf keinen Fall trinken. Bissig sagte er: »Nein, danke!«

Die offene Aggressivität in Leons Haltung und Stimme ließ Frau Parks zurückzucken. »Ich wollte doch nur nett sein. Ich dachte, Sie sind ein Freund von Jörg.«

Leon drängte sich in dem schmalen Flur an ihr vorbei. Das Glas in ihrer Hand wackelte. Saft schwappte heraus. Seine Hose wurde feucht.

»Sie sind gar kein Freund von Jörg!«, sagte sie und stampfte mit dem rechten Fuß auf. Dann rief sie: »Heeermann! Heeermann!«

Sie wollte Leon festhalten, aber der riss sich los und stieß sie zurück. Das Glas fiel auf den Boden. Leon rannte zur Haustür. Er bekam sie nicht sofort auf.

Verdammt, hatte sie abgeschlossen? Sogar die Kette war wieder eingehakt.

Hermann Parks, der rüstige Rentner, stürmte heran. Leon sah seinen zittrigen Fingern zu, wie sie an der Kette herumrasselten.

»Das ist der Junge, der seine Mutter umgebracht hat!«, rief Frau Parks aufgebracht.

Endlich hatte Leon die Kette los. Die Tür flog auf, und Leon sprang nach draußen. Er öffnete das Gartentor nicht, er sprang darüber. Bei den Bundesjugendspielen hätte er für seine sportliche Leistung vermutlich eine Ehrenmedaille bekommen. Er rannte, bis er sicher war, von niemandem mehr verfolgt zu werden. Dann lehnte er sich kraftlos an eine Laterne und kämpfte mit den Tränen, während er um Luft rang.

32

Der Anruf erreichte Kommissar Büscher über sein privates Handy. Er wunderte sich, die Stimme der Frau kam ihm unbekannt vor. Sie behauptete aber, sie sei eine alte Freundin von ihm. Da er mit ihrem Namen zunächst nichts anzufangen wusste, war sie ein bisschen beleidigt. Trotzdem wollte sie lieber mit ihm als mit irgendeinem anderen Polizisten reden.

Sie behauptete, ein Mann würde sie beobachten. »Halten Sie mich bitte nicht für überkandidelt, Herr Büscher! Aber ich bilde mir das bestimmt nicht ein. Vor ein paar Tagen, als ich in der Badewanne lag, hatte ich zum ersten Mal so ein komisches Gefühl. Sie kennen das doch sicher, man merkt, dass man angestarrt wird …«

Büscher unterbrach die aufgeregte Frau: »Ja, äh … Frau …«

»Leineweber.«

»Ja, Frau Leineweber … Es ist jetzt …«, Büscher sah auf die Leuchtziffern seiner Armbanduhr, »kurz nach Mitternacht …«

»Ich weiß, wie spät es ist. Wenn wir uns nicht kennen würden, hätte ich ja auch gar nicht angerufen. Ich habe den Mann gerade wieder gesehen. Ein Spanner. Er stand bei mir auf dem Balkon. Er hat von dort in mein Schlafzimmer geguckt.«

»Dann rufen Sie am besten meine Kollegen an, Frau …«

»Leineweber.«

»Ja, meine ich ja. Ich habe nämlich genau genommen seit achtzehn Uhr Feierabend.«

»Sie wissen gar nicht, wer ich bin, nicht wahr?«, fuhr sie ihn an, und er antwortete vorsichtshalber nicht darauf, obwohl er sich zu der Stimme kein Gesicht vorstellen konnte. Es war eine Frau, ganz klar. Zwischen dreißig und höchstens vierzig Jahren alt.

»Sie waren bei mir im Anti-Raucher-Training. Freies Leben ohne Qualm.«

»Ach ja, klar. Ich habe Sie natürlich sofort an der Stimme erkannt.«

»Nein, haben Sie nicht.«

»Habe ich doch.«

»Und, haben Sie durchgehalten?«

»Hm.«

»Glaube ich nicht. Sie sind nicht mehr gekommen. Achtzig Prozent aller Kursabbrecher fangen mit ihrer Sucht wieder an.«

»Ich nicht.«

»Kommen Sie denn jetzt – oder nicht?«

»Ist er denn noch auf dem Balkon?«

»Nein, natürlich nicht. Als ich ihn sah, habe ich geschrien, und da ist er geflüchtet.«

Büscher richtete sich auf. Er war im Wohnzimmer vor dem Fernseher eingenickt.

Er suchte die Fernbedienung und schaltete aus.

»Ich arbeite gerade an einem komplizierten Mordfall. Ihre Sache ist etwas für die Kollegen von der Sitte.«

»Das sagen Sie nur, weil es Ihnen peinlich ist, mich zu sehen.«

Büscher stöhnte: »Warum sollte mir das peinlich sein?«

»Na, weil Sie wieder angefangen haben zu rauchen!«

»Hab ich nicht, sagte ich bereits.«

»Und warum kommen Sie dann nicht?«

Büscher ging mit dem Handy zum Kühlschrank und suchte nach einer Erfrischung. Im Tiefkühlfach fand er eine angebrochene Packung Spinat und Erdbeereis, das dort seit dem letzten Sommer vor sich hin kümmerte und längst das Verfallsdatum überschritten hatte. Er fischte das Eis heraus und trug es zum Tisch. Während er mit links das Handy ans Ohr drückte, versuchte er, mit rechts die Packung zu öffnen, was ihm nicht gelang. Er drückte jetzt den Ellenbogen der Linken noch auf die Eisbox, um sie auf dem Tisch festzuklemmen, trotzdem schaffte er es nicht, den Plastikdeckel anzuheben. Er war von einer dicken Eisschicht aus weißen Kristallen umrandet.

»Ich will aber nicht bei Ihren Kollegen von der Sitte anrufen«, beschwerte sich Frau Leineweber.

»Warum nicht? Die Jungs sind schwer in Ordnung.«

»Nein!«, schimpfte sie. »Die halten mich doch nur für eine hysterische Kuh mit Verfolgungswahn!«

»Wie kommen Sie denn darauf, Frau … äh …«

»Ich habe da so meine Erfahrungen …«, sagte sie bedeutungsschwanger.

»Was soll das denn heißen?«

Es gelang Büscher, Teile vom Eisrand abzuknibbeln. Jetzt schob er zwei Spitzen einer Gabel unter das Plastik und versuchte, den Deckel aufzuhebeln.

»Vor zwei Jahren ist einer Freundin von mir aus Surheide etwas Ähnliches passiert. Die stand hinterher da wie eine Verrückte, die sich nur interessant machen wollte, weil sie einsam ist. Die sah keine andere Möglichkeit mehr für sich und ist weggezogen.«

»Weil ihr das so peinlich war?«

»Nein, um diesen … diesen … naja, wie nennt man das, ein Stalker war es ja nicht, er hat sie schließlich nicht angerufen oder sonstwie belästigt. Er hat sie nur betrachtet … Also, um diesem Mann zu entkommen, ist sie umgezogen. Am liebsten wäre sie weit weg geflüchtet, aber das ging nicht wegen ihrer Arbeitsstelle im Zollamt. Wer gibt heutzutage schon einen festen Arbeitsplatz auf? Aber sie war kurz davor.«

Der Plastikdeckel zischte mit einem »Plopp« hoch und knallte Büscher gegen die Stirn. Ein paar Eisbrocken klatschten in sein Gesicht. Ein Stück flog in sein rechtes Auge.

Er versuchte, sich nichts anmerken zu lassen.

»Was ist? Hat es Ihnen jetzt die Sprache verschlagen?«, fragte Frau Leineweber.

»Nein … ich … ähm … Und Sie glauben also jetzt,

dass dieser Mann inzwischen nicht mehr Ihre Freundin beobachtet, sondern Sie?«

»Nein, verdammt, das denke ich nicht!«

»Nicht?«

»Nein. Ich kenne den Mann doch gar nicht. Ich glaube, dass es irgendein anderer Verstörter ist. Ich wollte bloß nicht die gleiche demütigende Erfahrung bei der Polizei machen wie meine Freundin. Deshalb rufe ich Sie an.«

Büscher rieb sich das Auge. Dann stocherte er mit der Gabel ins Erdbeereis hinein. Es war von weißen Kristallen überzogen. Das rote Eis wirkte verglichen mit dem Bild auf der Packung blass, merkwürdig kraft- und geschmacklos. Die Erdbeeren sahen auf der Packung unwiderstehlich saftig aus. Im Eis glichen sie eher verschrumpelten Rosinen.

Er probierte davon, aber es schmeckte schon fad, bevor es überhaupt seine Lippen berührte. Er warf die ganze Packung in den Müll.

»Bitte, was erwarten Sie von mir, Frau Wollenweber?«

»Leineweber.«

»Ja, dann eben Leineweber. Also, was erwarten Sie? Soll ich mich bei Ihnen im Badezimmer auf die Lauer legen, und wenn er das nächste Mal kommt, um Ihnen beim Baden zuzuschauen, dann verhafte ich ihn – oder wie denken Sie sich das?«, maulte Büscher schlechtgelaunt.

»Na, das ist doch endlich mal ein Vorschlag!«, giftete sie zurück.

Sie atmete schwer. Es war ein asthmatisches Stöhnen. Dann versuchte sie es noch einmal: »Er … er beobachtet mich nicht nur. Ich glaube, er war auch in meiner Wohnung.«

»Sie glauben …«

»Ja. Also, ich bin mir inzwischen sicher. Er hat etwas gestohlen.«

»Was denn?«

»Schmuck. Ich dachte erst, ich hätte das alles einfach nur verloren. Ich meine, verlegt. Meine Tante Jutta hat mir, als sie starb, ihren Goldschmuck vererbt. Nichts besonders Wertvolles. Ein Armband mit so Gliederketten aus Gold. Mir persönlich viel zu protzig und zu schwer am Arm. Drei Paar goldene Ohrringe und …«

»Kann es nicht wirklich sein, dass Sie alles nur verlegt haben? Man wird vergesslich mit den Jahren …«

»Sie glauben mir kein Wort.«

»Hm. Stimmt.«

Büscher fragte sich, ob sie nicht vielleicht wirklich einfach eine einsame Frau war, die nur Kontakt zu ihm suchte. Plötzlich tat es ihm leid, so abweisend gewesen zu sein.

Bevor er sich entschuldigen konnte, fragte sie: »Warum sind Sie eigentlich so gemein? Ich hatte Sie als netten Menschen in Erinnerung.«

»Ich … Verzeihen Sie … Ich wollte …« Er ärgerte sich, dass seine Erkenntnis mal wieder zu spät gekommen war. »Ich wollte nicht gemein sein. Wirklich nicht.

Ich bin nur entnervt von einem schwierigen Tag und müde und …«

»Ja, ja, schon gut. Ich habe kapiert, dass Sie mir nicht helfen wollen oder können. Ich habe es ja auch nicht geschafft, Ihnen zu helfen.«

»Mir? Wieso? Brauche ich Hilfe?«

»Na, ich denke schon. Mehr als ich. Ich werde nur von einem Spinner beobachtet, aber Sie bringen sich mit Ihren Glimmstängeln um.«

»Ich sagte doch, ich rauche nicht mehr.«

»Sehen Sie, da haben wir schon wieder was gemeinsam.«

»Häh? Was denn?«

»Nun, ich glaube Ihnen genauso wenig wie Sie mir.«

33

Leon kletterte durchs Fenster wieder in die Wohnung. Er wurde dabei von Frau Kilian beobachtet, die nicht schlafen konnte. Sie hielt ihn für einen Einbrecher und rief erst bei Fischers an, und, als dort nicht sofort jemand abhob, die Polizei. Sie glaubte, das Richtige zu tun.

Leon verkroch sich regelrecht auf dem Sofa. Er zog die Beine eng an den Körper und begann, den ersten Brief zu lesen, den seine Mutter an Jörg Parks geschrieben hatte.

Schon die ersten Worte trieben ihm die Tränen in die Augen. *Geliebter Schmusebär* stand da. Er konnte kaum glauben, dass seine Mutter das wirklich geschrieben hatte, und doch wusste er: Genau so war es.

Mein Sohn schläft. Wo Holger ist, weiß ich nicht. Er treibt sich vermutlich mit seinen Angelfreunden herum, falls er nicht bei seiner Freundin ist.

Mein Vater hatte also auch eine Affäre? Nee, Mama, das glaube ich dir nicht. Das schreibst du nur, damit dein neuer Typ denkt, dass zwischen dir und Papa nichts mehr läuft. Oder um dich selber besser zu fühlen.

Einerseits wollte Leon um jeden Preis weiterlesen, andererseits hielt er es kaum aus. Er fragte sich, in was für einer Familie er die ganzen Jahre gelebt hatte. War das alles nur eine riesige, große Lüge gewesen? Kannte er seine Eltern überhaupt?

Er sah vom Brief hoch zur Wand. Er fixierte wieder diesen Fleck an der Tapete, aber diesmal – verschwommen durch seine Tränen – kam ihm etwas daran komisch vor. Vielleicht wollte er sich nur ablenken, jedenfalls stand er auf und sah ihn sich genauer an.

Da war ein Loch in der Wand. Nicht größer als für einen Dübel, es steckte etwas drin in der Tapete. Leon befingerte eine glatte Fläche. Da war etwas, das konnte er mit den Fingernägeln drehen und schließlich herausziehen aus der Wand wie einen langen Nagel.

Ungläubig betrachtete Leon das Teil. Er wusste augenblicklich, was er da in der Hand hielt. Es war eine winzige Kamera.

Er erschrak, denn in diesem Moment klingelte es an der Haustür, und gleichzeitig klopfte jemand von außen an das Fenster, durch das Leon wieder ins Haus gestiegen war. Rasch steckte er die Kamera ein, wie ein Beweisstück, das schnell beseitigt werden musste.

Leon hörte die Stimme von Ulla Fischer, hell, fast hysterisch. Sie sprach mit einem Mann, der eine dunkle Whiskystimme hatte und sich anhörte wie jemand, der an einer schweren Sommergrippe litt und eigentlich ins Bett gehörte.

Leon ahnte, dass die Polizei gekommen war, um ihn zu holen. Für einen kurzen Moment war er in Versuchung, den Brief seiner Mutter einfach aufzuessen, aber da er noch so viele in der Jacke hatte, war ihm klar, dass er sie unmöglich alle essen konnte. Am liebsten hätte Leon sich versteckt, aber wo?

Ohne zu klopfen, trat Frau Fischer ein. Hinter ihr stand Fritz Brille, der heisere uniformierte Polizist. Er war dicklich, mit viel Hüftspeck, und wirkte auf den ersten Blick unbeholfen. Gegen ihn war Frau Fischer klein und zierlich.

Fritz Brille zog den Kopf ein, als er unter dem Türbalken stand.

Frau Fischer fragte: »Bist du gerade durchs Fenster reingeklettert, Leon?«

In ihrer Stimme lag ein Zittern. Offensichtlich bebte sie vor Wut.

Leon sah für sich keine Chance zu leugnen. »Ja. Ich bin gerade durchs Fenster hereingekommen.«

Frau Fischer stöhnte. »Du treibst dich nachts auf der Straße herum? Ich dachte, wir könnten dir vertrauen! Wir tragen doch die Verantwortung für dich! Wie kannst du uns nur so hintergehen?«

Johanna kam aus ihrem Zimmer. Sie sah verpennt aus, strubbelig und hatte Kissenfalten im Gesicht. Sie versuchte, hinter Fritz Brille einen Blick auf Leon und die Situation zu erhaschen, aber die Körperfülle des Beamten machte es ihr unmöglich.

»Dann haben wir es also nicht mit einem Einbruch zu tun«, stellte Brille fest.

»Nein, ein Einbruch war es nicht. Aber ein umso größerer Vertrauensbruch«, klagte Ulla Fischer.

»Äi, was ist denn los?«, fragte Johanna.

Fritz Brille drehte sich langsam zu ihr um und sah auf Johanna herunter.

»Geh wieder schlafen«, sagte Ulla Fischer zu ihrer Tochter. »Du schreibst morgen eine Mathearbeit.«

»Übermorgen!«, konterte Johanna.

»Warum nimmst du nicht die Tür?«, fragte Fritz Brille in Leons Richtung.

»Ich … Ich wollte niemanden wecken, damit sich keiner Sorgen macht.«

»Na, damit warst du ja nicht sonderlich erfolgreich. Wo hast du dich denn rumgetrieben? Was war denn so wichtig?«

»Ich … ich bin nur so rumgetigert.«

»Rumgetigert?«

»Ja. Ich konnte nicht schlafen.«

Frau Fischer verschränkte abweisend die Arme vor der Brust. »Ich könnte auch nicht schlafen, wenn ich draußen auf der Straße herumlaufen würde. Zum Schlafen geht man ins Bett.«

Fritz Brille suchte Blickkontakt zu Leon. Der Polizist fand Frau Fischers Sätze wenig hilfreich.

»Ich würde gern kurz allein mit ihm sprechen«, sagte er, aber Frau Fischer machte keine Anstalten, den Raum zu verlassen.

Zu allem Überfluss drängte sich jetzt auch noch Johanna ins Zimmer. Sie lächelte verlegen, und ihre Zahnspange blitzte. Da niemand die diskrete Aufforderung des Polizisten ernst nahm und er genau wusste, dass er kein Recht hatte, Leon alleine zu befragen, sagte Fritz Brille: »Wir haben gerade eine Anzeige aus Lehe bekommen. Hast du dir dort Zugang zu einem Wohnhaus erschlichen und etwas gestohlen?«

Leon wollte den Kopf schütteln, aber er schaffte es nicht. Er stand in Bewegungslosigkeit erstarrt, wie eine Gipsfigur. Er konnte nicht einmal Luft holen. Er hörte das Eis knirschen und erwartete jeden Moment, einzubrechen.

»Ist an der Sache etwas dran?«, wollte Fritz Brille wissen.

Wenn Maik wenigstens da wäre, dachte Leon. Der würde jetzt versuchen, mich herauszuhauen. Dem würde bestimmt etwas einfallen. Aber bis der von der Arbeit zurückkam, würden noch Stunden vergehen.

»Die Leute haben Anzeige erstattet. Was hast du in dem Zimmer gestohlen?«

Dann gelang es Leon zu sprechen. Er hörte sich sagen: »Ich habe nichts gestohlen. Das sind die Briefe meiner Mutter. Ich habe sie mir geholt.«

»Parks behauptet, es sind seine Briefe.«

Mit jedem Wort, das Leon über die Lippen brachte, wurde das Eis für ihn sicherer. »Jörg Parks hat meine Mutter umgebracht. Die Briefe gehören ihm nicht. Sie sind …«

»Oh doch!«, donnerte Fritz Brille, »sie gehören ihm! Sie sind an ihn adressiert worden. Du kannst nicht einfach die Briefe, die deine Mutter an andere Menschen geschrieben hat, stehlen.«

Etwas wandelte sich für Ulla Fischer, vielleicht weil ihre Tochter sagte: »Mama!«

»Bitte, Herr Wachtmeister, Sie müssen das verstehen. Der Junge hat es bestimmt nicht böse gemeint. Er hat viel mitgemacht in den letzten Tagen …«

»Ich muss die Briefe sicherstellen. Sie sind rein juristisch betrachtet Diebesgut.«

Leon schnappte seine Jacke und rannte zum Fenster. Er riss es auf, und versuchte, zu entkommen. Eine Kraft zerrte an seiner Kleidung und riss ihn zurück. In seiner Vorstellung war es der schwere Polizist mit seinen großen, fleischigen Händen, aber in Wirklichkeit krallte sich Frau Fischer in Leons Rücken fest und hinderte ihn an der Flucht.

Gemeinsam fielen sie hin. Dabei verlor Leon die Briefe. Sie verteilten sich auf dem Boden. Leon lag auf Frau Fischer. Sie umklammerte ihn von hinten.

Fritz Brille bückte sich nach den Briefen und sammelte sie vom Boden auf.

»Das sind meine Briefe!«, behauptete Leon trotzig und raffte sich auf. Er griff sich einige Umschläge. Fritz Brille nahm sie ihm ab und presste Leon fest an sich.

Leon hatte Tränen in den Augen. Da sah er, wie Johanna einen Brief mit der Fußspitze unters Sofa schob. Dann rief sie empört: »Lassen Sie ihn!«

Johanna ging jetzt auf Fritz Brille los. Sie versuchte, Leon zu befreien. Aber gegen Brilles festen Griff kamen sie beide nicht an.

Ulla Fischer erhob sich und strich ihre Kleidung glatt.

Schwer atmend sagte sie: »Wenn das so ist, Leon, dann müssen wir ernsthaft darüber nachdenken, ob du bei uns bleiben kannst. Wir haben Regeln hier in der Familie. Keine Lügen. Keine Gewalt. Keine Diebstähle. Und …«, sie brüllte ihn jetzt an, »niemand steigt durchs Fenster ein und aus! Wir benutzen die Türen.«

Johanna wollte Fritz Brille beißen, aber der ließ Leon los. »Haltet die Bälle flach, Kinder. Wir wollen doch alle nicht, dass daraus noch Widerstand gegen die Staatsgewalt wird, oder?«

Leon stand ganz ruhig. Er fragte sich, was in Johanna gefahren war.

»Ich werde – wenn du jetzt vernünftig bist – die Briefe mitnehmen und gehen. Den Rest können wir in Ruhe in den nächsten Tagen auf dem Präsidium besprechen.«

Der Polizist wirkte jetzt gemütlich, ja freundlich auf Leon. Viel verständnisvoller als Frau Fischer. Der Zweizentnermann wandte sich jetzt an sie: »Ich muss natürlich das Jugendamt informieren.«

Sie zuckte mit den Schultern, als sei ihr das völlig gleichgültig, aber ihr Gesichtsausdruck verriet, dass ihr das gar nicht passte.

Leon räusperte sich, schielte kurz zu Johanna und sagte dann mit fester Stimme zu dem Uniformierten: »Ich verstehe, dass Sie die Briefe beschlagnahmen müssen. Es sind Beweisstücke in einem Mordfall. Ich wollte sie nur sicherstellen. Ihre Kollegen haben sie offenbar bei der Hausdurchsuchung übersehen.«

Leon kam sich sehr schlau vor, als er das sagte. Vielleicht zahlte sich jetzt aus, dass er wie seine Mutter so manchen Krimi gelesen hatte.

»Was für eine Hausdurchsuchung?«, fragte Fritz Brille.

»Heißt das, Sie haben versäumt, bei dem Hauptverdächtigen die Wohnung zu durchsuchen?«

Leon sah, wie nachdenklich der Beamte wurde. Er hatte keine Ahnung, wovon Leon sprach, aber Leon setzte ihn auf die richtige Fährte an. Der Polizist merkte nicht einmal, wie sehr Leon ihn manipulierte, oder er tat so, als ob er es nicht bemerken würde.

»Hat Kommissar Büscher denn alles falsch gemacht?«, empörte Leon sich.

Fritz Brille registrierte den Namen. Natürlich kannte er Büscher von der Mordkommission, und ganz sicher würde er ihm jetzt die Briefe übergeben und nicht Jörg Parks.

Frau Fischer musste eine Quittung unterschreiben, und Fritz Brille verabschiedete sich. Er blickte Frau Fischer noch einmal sorgenvoll an und fragte: »Kann ich den Jungen wirklich hierlassen? Wir haben für solche Fälle Möglichkeiten der Unterbringung.«

Frau Fischer winkte ab. »Nein, nicht nötig. Ich will das erst mit meinem Lebensgefährten besprechen.«

»Und wo ist der jetzt?«

»Auf der Arbeit. Nachtschicht.«

Fritz Brille verabschiedete sich.

34

Ulla Fischer sah aus, als ob sie einem Nervenzusammenbruch nahe wäre. Von wegen, »total coole Mutter«, dachte Leon. Seine Eltern wären vermutlich mit der Situation viel gelassener umgegangen. Solange seine Ma noch lebte, schienen Fischers immer irgendwie die besseren Eltern zu sein. Ben und Johanna hatten viele Freiheiten. Partys. Übernachten bei Freunden. Urlaubstrips.

Jetzt stellte Leon sich vor, seine Mutter würde noch leben. Sie, die belesene Krimiexpertin, hätte Fritz Brille vermutlich zunächst nach einem richterlichen Hausdurchsuchungsbeschluss gefragt.

»Hattest du Schiss, dass sie eure Kiffe finden, oder warum machst du hier so auf hysterisch?«, fauchte Johanna ihre Mutter an, als der schwergewichtige Polizist das Haus verlassen hatte.

Ulla Fischer öffnete den Mund stumm, wie ein an Land geworfener Fisch, der nach Luft schnappte.

Leon wusste, dass Ulla und Maik ab und zu einen Joint durchzogen. Johanna war total dagegen und fand es peinlich, kiffende Eltern zu haben. Ben fand es cool. Er sagte dazu manchmal: »Wir haben halt holländische Vorfahren.«

Leon wunderte sich, dass Ben immer noch schlief. Hatte er von dem ganzen Lärm nichts mitgekriegt, oder kam er nur nicht aus seinem Zimmer, weil er nicht wusste, wie er sich verhalten sollte?

»Was habe ich nur in der Erziehung falsch gemacht, dass ich so eine spießige Tochter großgezogen habe?«, konterte Ulla Fischer.

Johanna warf ihre Haare nach hinten. Sie sah sehr streng aus. »Du hast dich Leon gegenüber total scheiße benommen, Mama!«, schimpfte sie.

»Ach, jetzt habe ich hier den Schwarzen Peter? Wer hat ihn denn bitteschön aufgenommen? Und wer war dagegen? Wer holt uns die Polizei ins Haus? Er oder ich?«

Immer noch lag der Brief unter dem Sofa. Leon wollte sich danach bücken, aber Johanna gab ihm mit einem Blick zu verstehen, dass er besser warten sollte.

Ulla schickte jetzt mit scharfen Worten und großen Gesten ihre Tochter ins Bett. Johanna zog maulend ab. Dann zeigte Ulla Fischer auf Leon und drohte: »Wir zwei sprechen uns morgen!«

Sie schloss die Tür hinter sich, und Leon war wieder allein. Fast kam ihm das, was er gerade erlebt hatte, unwirklich vor. Aber da war der Brief, den Johanna für ihn gerettet hatte, und in seiner Tasche spürte er die winzige Kamera, die er aus der Wand gezogen hatte. Es war also tatsächlich passiert.

Er setzte sich nicht auf das Sofa, sondern in einer Ecke des Zimmers auf den Boden. Er zog die Knie an den Körper und fummelte den Brief aus dem Umschlag.

Mein Sonnenschein! Wieder neigt sich ein quälend langes Wochenende ohne dich dem Ende entgegen. Der Mensch, der sich mein Mann nennt, kommt mir merkwürdig fremd vor. Obwohl ich dich noch gar nicht so lange kenne, spüre ich doch: Du weißt viel mehr von mir als er. Du bist mir näher. Vertrauter. Aber sosehr ich dich auch liebe, ich kann Holger jetzt noch nicht verlassen. Ich will Leon ein Nest geben, bis er flügge geworden ist. Er soll erst in Ruhe Abitur machen, und dann, wenn er aus dem Haus ist, können wir ganz neu planen. Ich denke, Holger hält auch nur noch wegen Leon durch. Er interessiert sich schon lange nicht mehr für mich.

Sie sind nur wegen mir zusammengeblieben?

Leon wehrte sich gegen diese Schlussfolgerung. Es kam ihm fast vor wie eine Schuldzuweisung. Er wollte das nicht! Es war, als würde sein Leben und das seiner Eltern plötzlich umgelogen.

Er wurde sehr wütend auf seine Mutter. Er konnte sich nicht daran erinnern, jemals – zu ihren Lebzeiten – so sauer auf sie gewesen zu sein. Er erschrak über die Heftigkeit seiner eigenen Gefühle.

Da öffnete sich ganz vorsichtig die Tür. Johanna schwebte fast in den Raum, so leise war sie. Ihre Füße schienen den Boden kaum zu berühren. Sie hatte sich angezogen. Jeans und T-Shirt. Sie war barfuß. Sie machte kein Geräusch, aber Leon konnte ihre bettwarme Haut riechen. Sie setzte sich ungefragt zu ihm auf den Boden.

»Danke, dass du mir den Brief gerettet hast«, sagte er.

»Das hätte jeder getan«, antwortete sie.

Es gefiel ihm, dass sie versuchte, es runterzuspielen und dass sie kein großes Ding daraus machte.

»Der Brief hat dir aber offensichtlich gar nicht gut getan, Leon.«

»Hm. Es ist komisch, Liebesbriefe zu lesen, die die eigene Mutter ihrem Lover geschrieben hat.«

»Vielleicht sollte man so etwas besser nicht tun.«

»Ja. Vielleicht. Aber ich muss es. Ich brauche jede noch so kleine Information, um die Mordnacht zu begreifen.«

Johanna drehte gedankenverloren mit den Fingern Locken in ihre Haare. »Und – fündig geworden?«

Er schüttelte den Kopf und kaute auf der Unterlippe herum.

»Und was macht dich so fertig?«

Ohne zu überlegen, antwortete er: »Ich will einfach nicht schuld sein am Leben meiner Eltern. Sie haben sich das selber so ausgesucht. Angeblich ist meine Mutter nur wegen mir bei meinem Vater geblieben …«

»Au, Mann. Das ist wirklich hart.«

»Kannst du wohl sagen.«

Leon hielt es nicht länger aus, so still zu sitzen. Er musste sich mal wieder bewegen. Er stand auf und ging im Zimmer hin und her.

»Du rennst rum wie eine Wildkatze im Zoo.«

»So fühle ich mich auch. Eingesperrt in einen Käfig. Man füttert mich. Ich habe einen Schlafplatz. Ich werde medizinisch versorgt, aber … ich bin nicht frei.«

»Kommt mir irgendwie bekannt vor …«

Sie sah ihm zu, wie er durch den Raum tigerte, und nach einer Weile sagte sie: »Bist du echt da eingebrochen und hast die Briefe geklaut?«

Für einen Moment überlegte er, genau zu erzählen, wie es gewesen war, aber die Wahrheit klang so belanglos, fand er. Also antwortete er nur knapp: »Klar.«

Johanna sah sehr beeindruckt aus. »Krass!«, sagte sie. »Echt voll krass. Also, ich finde es gut. Wenn du den Mörder deiner Mutter jagst, darfst du dich nicht mit Kleinigkeiten aufhalten oder von Belanglosigkeiten behindern lassen.«

In ihren Augen war Leon heute Abend zum Helden geworden.

Er neigte plötzlich dazu, jetzt doch mit der Wahrheit, wie er an die Briefe gekommen war, herauszurücken, da fiel ihm wieder die winzige Kamera ein. Er zeigte sie Johanna.

»Das ist eine von den Kameras, mit denen Maik experimentiert.«

»Ja, sehe ich auch. Ich habe sie dort in der Wand gefunden. Ich dachte erst, es sei ein Insekt oder so.«

Johanna wollte nicht länger auf dem Boden sitzen und zu ihm aufschauen. Etwas an dieser Haltung gefiel ihr nicht. Sie sagte es: »Entweder, du setzt dich, oder wir gehen gemeinsam im Zimmer spazieren.«

Er lachte gequält. »Am liebsten würde ich noch ne Runde um den Block gehen. Ich habe so viel Adrenalin im Blut, ich kann sowieso nicht schlafen.«

»Meine Mutter rastet aus, wenn du noch mal durchs Fenster abhaust.«

»Ich fliege morgen sowieso bei euch raus.«

Johanna spitzte die Lippen. »Glaub ich nicht. Morgen hat die sich wieder beruhigt. Außerdem hält Maik zu dir, und ich auch.«

Er registrierte, dass sie bei der Aufzählung Ben vergessen hatte. Seinen alten Freund Ben!

»Ich komme mit«, sagte sie und öffnete das Fenster. Erst kletterte sie raus, dann kam er nach. Als sie gemeinsam ins Licht der Laterne traten, fragte sie: »Gehst du mit irgendeiner fest?«

Er verneinte heftig.

»Auch nicht mit Jessy?«

Leon lachte demonstrativ. »Ach, die!«, als sei das undenkbar. Dann fügte er hinzu: »Geht die nicht mit Ben?«

»Kann sein. Der hatte schon immer einen miesen Geschmack.«

Johanna nahm Leons Hand. Sie gingen ein Stück nebeneinander. Dann sagte Leon: »Du bist barfuß.«

»Na und? Besser barfuß als blöd.«

Er hoffte, dass sich das nicht auf ihn, sondern auf Jessy oder sonst wen bezog. Am liebsten hätte er Johanna an sich gedrückt und geküsst, aber er hatte bei den Fischers schon Probleme genug. So unterdrückte er den Wunsch und die aufwallenden Gefühle.

35

Am nächsten Tag flog Leon doch nicht raus. Die Wogen hatten sich wieder geglättet, und es war, wie Johanna prophezeit hatte. Maik hielt zu ihm. Er fand den »Diebstahl« der Briefe »heldenhaft«.

»Wenn es mehr solcher Jungs gäbe, sähe die Welt besser aus«, sagte Maik und klopfte Leon anerkennend auf die Schultern. Es war wie ein Ritterschlag vor der ganzen Familie.

Ulla Fischer hatte schmale Lippen und wirkte irgendwie verkrampft. Maik nahm ihre Hand und sagte: »Sieh das mal so, Ulla. Leon kämpft hier um seine Familie. Er will seinen Vater raushauen. Er sieht sich mit großer Ungerechtigkeit und einem ungeheuren Verdacht konfrontiert. Er will nicht aufgeben. Er ist ein Kämpfer. Er verdient unsere Achtung und unseren Respekt. Wenn ich so einen Jungen hätte, ich wäre stolz auf ihn. Dass man zu den Seinen hält, gerät heute immer mehr in Vergessenheit. Alle jammern nur über ihre Ursprungsfamilie.« Er deutete auf Ben und Johanna, ohne Ullas Hand loszulassen. »Lasst uns Leon zum Vorbild nehmen! Einer für alle. Alle für einen.«

»Die drei Musketiere«, sagte Ben.

Johanna lachte, und auch Ulla versuchte, ein wenig zu schmunzeln. Es sah gekünstelt aus, so als fiele es ihr sehr schwer. Aber sie lächelte.

Immerhin, dachte Leon. Besser als ein Rausschmiss ist es allemal.

Aber dann kam Ulla Fischer wieder mit ihren Bedingungen und Regeln. Johanna begann, absichtlich zu schmatzen und laute Geräusche zu machen. Leon ahnte, was sie vorhatte. Sie wollte die angestaute Wut ihrer Mutter auf sich ziehen, um ihn zu entlasten.

Er war gerührt.

Frau Fischer bestand darauf, dass Leon wieder regelmäßig zur Schule gehen müsste, statt Detektiv zu spielen. Er sollte sich an die Zeiten halten, wie alle. Das Haus werde nur durch die Tür verlassen und nach dem Abendessen nur nach Absprache. Sie wolle immer wissen, wo er sich aufhalte und …

Johanna stupste Leon an. »Willkommen auf Alcatraz.«

Maik nahm das sofort auf. »Wenn hier Alcatraz ist, ist er dann Clint Eastwood in ›Flucht von Alcatraz‹ oder Nicolas Cage in ›The Rock‹?«

Ben klatschte die Hände zusammen, als würde er eine Klappe beim Filmdreh improvisieren. »Nein! Sean Connery: Ich saß länger im Gefängnis als Nelson Mandela. Braucht ihr einen Präsidenten?«

Ulla Fischer ließ die flache Hand auf den Frühstückstisch knallen, dass das Geschirr nur so schepperte. »Das ist kein Film und auch kein Witz!«

Maiks Augen verengten sich kurz zu Schlitzen. Ernst

sagte er mit tiefer Stimme: »Genau, und deshalb werden Leon und ich jetzt einen Spaziergang machen und ein Gespräch unter Männern führen.«

Maik tupfte sich mit der Serviette Eigelb von der Lippe. Johanna wollte das ins Lächerliche ziehen: »Ein Gespräch unter Männern? Wer war das? John Wayne in einem seiner bescheuerten Alt-Herren-Western?«

»Nein«, sagte Maik stolz, »das war Maik Homburger zu Leon Schwarz in Bremerhaven.«

Maik zog Leon mit sich und legte kameradschaftlich einen Arm um seine Schultern.

»Das heißt also«, stellte Ben in Richtung seiner Mutter fest, »Leon kann heute auch nicht pünktlich zur Schule.«

Maik drehte sich um. »Er kommt. Nur eben ein bisschen später.«

Draußen vor der Tür wurde Maik sehr neugierig und wollte alles ganz genau wissen. Warum Leon Jörg Parks verdächtigte, und was alles gegen ihn sprach.

Bereitwillig gab Leon Auskunft. Er fühlte sich von Maik gesehen. Wirklich gesehen und wertgeschätzt.

Aber dann zog Leon die kleine Kamera heraus und sagte es Maik auf den Kopf zu: »Beobachtest du mich, weil du mich für den Mörder hältst?«

Maik lachte.

»Das ist nicht witzig!«, fauchte Leon. »Traust du mir nicht?«

»Aber Leon, das Ding ist gar nicht an. Ich habe nur vergessen, es aus der Wand zu nehmen.«

»Ach ja? Und wie ist es da hingekommen?«

Maik zog Leon näher. »Nicht so laut. Ich arbeite da an einem ganz neuen Überwachungs- und Sicherheitssystem. All diese großen, sichtbaren Kameras nutzen nichts. Täter sehen sie, bauen sie ab, zerstören sie. Aber eine Sicherheitstechnik, die unsichtbar ist, kann nicht umgangen werden. Nicht zerstört und nicht ausgetrickst.« Er klopfte sich gegen die Stirn. »Das wird revolutionär. Das Problem sind die Lichtverhältnisse.« Er zeigte auf die Kamera. »Dieses kleine Wunderwerk der Technik hier sendet sogar. Und es könnte in der Tat helfen, den Mörder deiner Mutter zu überführen.«

»Häh? Wie? Was?«

»Leon! Die Briefe zu stehlen, war im Prinzip eine gute Idee. Aber wir brauchen mehr.«

»Wie – mehr?«

»Wir sollten die Bude von dem Typen verwanzen. Hiermit. Wir hören seine Telefongespräche ab, knacken seinen Computer, lesen seine E-Mails und in zwei, drei Tagen wissen wir mehr über ihn als er selber. Dann stellen wir ihm eine Falle und bumm!« Maik schnippte mit den Fingern.

»Du meinst, wir sollen …«

»Was denn sonst? Willst du deinen Vater im Knast versauern lassen? Er würde genauso handeln.«

»Aber wie soll das gehen?«

Maik lächelte. Er blickte sich nach rechts und links um, dann sagte er laut und deutlich, es klang wie ein Filmzitat oder ein Scherz: »Du bist schon einmal reingekommen. Du schaffst es auch ein zweites Mal.« Dann lachte er aufmunternd: »Mach's noch einmal, Sam!«

Leon tippte mit dem Zeigefinger auf Maiks Brust. »Woody Allen!«

Das gefiel Maik. »Wir verstehen uns, mein Freund. Ich liefere die Technik und du baust sie ein.«

In »Mach's noch einmal, Sam« spielte Woody Allen einen Mann, der sich hinter übertriebener Männlichkeit versteckte, wenn Frauen ihn nervös machten. In schwierigen Situationen kam die Filmfigur Humphrey Bogart und stand ihm mit Ratschlägen zur Seite, deshalb sagte Leon anerkennend: »Danke, Humphrey.«

Maik tippte sich Bogartlike an den berühmten Hut. Er hatte zwar keinen auf, aber das tat der Geste keinen Abbruch.

Dann hielt er Leon ein altes Handy hin.

»Nimm es. Ich habe ein neues.« Er lachte. »Eine Spinnerei von mir. Ich brauche immer das neueste Modell. Da ist eine Prepaidkarte drin. So können wir Kontakt halten. Wir sind jetzt doch so etwas wie Komplizen …«

36

Jetzt hatten Maik und Leon ein Geheimnis miteinander, denn eines war klar – wenn das hier herauskommen würde, wären sie beide erledigt. Maik hatte ihn zweimal ermahnt, es niemandem zu erzählen. Schon gar nicht Ben, Johanna oder Ulla. Später, mit klaren Ergebnissen, nach einer Überführung und Verhaftung von Jörg Parks, ja dann vielleicht, aber vorher auf gar keinen Fall.

Leon sah das völlig ein, aber es fiel ihm im Fall Johanna besonders schwer. Dagegen machte es ihm gar nichts aus, Ben und Ulla im Unklaren zu lassen.

Er ging auch heute nicht zur Schule. Als alle nach dem Frühstück das Haus verlassen hatten, übte Maik jeden Handgriff mit ihm. Er lernte, unauffällige Löcher zu bohren, die verräterischen Überreste zu beseitigen und Räume so zu spicken, dass es keine toten Ecken gab.

Die vollständige Überwachung betrieb Maik kunstvoll. Er ließ sich von Leon das schlauchartige Zimmer von Jörg Parks aufmalen. Dann legte er fest, wo Kameras installiert werden mussten.

»Aber«, sagte Leon einmal, »es ist doch gar nicht so

wichtig, dass wir ihn immer und überall sehen. Hauptsache, wir hören, was er sagt, wenn er telefoniert und so …«

Dann zeigte Maik ihm, wie man eine Festplatte kopiert und das Codewort von Computerprogrammen umgeht.

»Warst du mal Agent?«, fragte Leon beeindruckt.

»Nein. Ich bin Sicherheitsexperte. Das ist alles.«

An diesem Morgen lernte Leon mehr als je zuvor in so kurzer Zeit in der Edith-Stein-Schule.

Dann fuhren sie gemeinsam zum Haus der Parks im Bredenweg.

Maik gähnte ein paar Mal. Kein Wunder, dachte Leon. Der Gute arbeitete schließlich nachts. Er brauchte tagsüber seinen Schlaf.

Dreimal lenkte Maik den Wagen am Haus vorbei. Ein junger Mann von der Gartenfirma mähte den Rasen.

Hermann stand am Birnbaum und beobachtete den Gärtner. Mit Blicken und Gesten gab Hermann Anweisungen, wo noch eine Kante vernachlässigt worden war oder Unkraut gejätet werden musste. Dabei schmauchte Hermann seine Meerschaumpfeife.

Der junge Gärtner kochte innerlich vor Wut, das konnte Leon selbst aus dem vorbeifahrenden Auto spüren.

»Da komm ich nicht noch mal rein«, sagte Leon. »Die beiden sind Rentner und den ganzen Tag zu Hause.«

»Auf die Eltern kommt es nicht an. Hauptsache, er ist selbst nicht da. Wir werden ihn weglocken und dann …«

Plötzlich kam Leon das alles undenkbar vor. Es konnte nicht funktionieren. Er wollte das Experiment abbrechen, bevor es begonnen hatte. »Selbst wenn es uns gelingt, ihn rauszulocken, die beiden Alten bewachen den Bau. Das hat keinen Sinn …«

»Was willst du, Leon? Aufgeben? Deinem Pa schreiben, tut mir leid, aber es hat alles eh keinen Sinn. Mehr als Lebenslänglich kannst du ja nicht kriegen. Die Todesstrafe ist ja zum Glück abgeschafft. Also Kopf hoch, Alter!?«

»Nein!«, brüllte Leon. »Natürlich nicht! Sei nicht so gemein, verdammt!«

»Ich bin nicht gemein. Ich will dir helfen.«

»Ja. Entschuldige. Aber ich pack das nicht, da noch mal rein und … Tut mir leid, aber ich bringe das nicht.«

Maik nahm die rechte Hand vom Schaltknüppel und tätschelte damit Leons Arm. »Versuchen wir es erst mal von zu Hause aus.«

Leon kapierte nicht sofort.

Maik fuhr zurück.

37

Sie saßen gemeinsam an Maiks Computer und schickten Jörg Parks eine E-Mail. Damit versuchte Maik, einen Trojaner auf Parks PC zu installieren.

Maik erklärte: »Wenn er die E-Mail-Anlage öffnet – und glaub mir, das wird er –, bekommen wir die Herrschaft über seinen Computer. Schritt für Schritt. Und dann spionieren wir seine Kiste aus, ohne sie auch nur anfassen zu müssen.«

Leon verstand nicht genau, wie das ging, aber er sah fasziniert zu. Die Köder-E-Mail kam angeblich von Leon und lautete: *Ich weiß, was Sie in der Mordnacht getan haben. In der Anlage das Foto.*

Trotz der ernsthaften Situation musste Leon grinsen, denn das war auch wieder ein Filmzitat. »Ich weiß, was du letzten Sommer getan hast«.

»Er wird versuchen, sich das Foto anzuschauen, dann kapern wir seinen Computer.«

»Aber«, sagte Leon, »er wird doch merken, dass kein Foto dabei ist, und wenn er Verdacht schöpft …«

Maik lud neue Software auf den Computer. »Nein, das glaube ich nicht. Er wird denken, dass er die Anlage nur nicht öffnen kann. Millionen Menschen haben solche Probleme mit ihren PCs. Sie denken, es liegt an ihnen. Und selbst wenn er Verdacht schöpft – es wird ihm nichts nutzen. Sobald er versucht, das Foto anzuschauen, läuft unser Programm automatisch und kopiert seine Festplatte für uns.«

Fast zwei Stunden hockten sie nebeneinander und starrten auf den Bildschirm, doch nichts geschah.

Ben kam vom Sportnachmittag zurück und duschte.

Maik wollte sich unbedingt noch ein, zwei Stunden hinlegen. Immerhin wartete eine neue Nachtschicht beim Security-Homeservice auf ihn. Leon versprach, den Computer im Blick zu haben und Maik zu wecken, falls sich etwas tun sollte.

Johanna kam mit einem Matheproblem. Sie bat Leon in ihr Zimmer. Er beeilte sich, ihr zu helfen. Er war sich nicht sicher, ob sie es wirklich nicht konnte oder einfach nur Kontakt zu ihm suchte. Jedenfalls erklärte er sehr ernsthaft die Vorgehensweise. Sie sah aber nicht auf das Heft, sondern in sein Gesicht. Dann küsste sie ihn. Es war ein flüchtiger, hingehauchter Kuss, doch Leon wurde heiß und kalt.

Immer wieder suchte er Gründe, das Zimmer kurz zu verlassen und in Maiks Hobbyraum zu gehen, um den Computer zu kontrollieren. Es tat sich nichts auf dem Bildschirm. Noch hatte Jörg Parks die E-Mail-Anlage nicht geöffnet.

Am liebsten hätte er Johanna die Wahrheit gesagt, aber er fühlte sich an sein Versprechen gebunden, das er Maik gegeben hatte. »Zu niemandem ein Wort!«

Er täuschte eine erkältete Blase vor. Angeblich musste er dauernd zur Toilette, doch Johanna ahnte schon, dass es nur eine Ausrede war, denn sie hörte keine Toilettenspülung, wenn er mal kurz verschwand.

Beim vierten Mal ging sie hinter ihm her. Sie öffnete hinter ihm die Tür zum Hobbyraum und grinste: »Ich hoffe, du pinkelst nicht auf Maiks Laptop.«

Leon zuckte zusammen und suchte nach einer Ausrede.

Johanna kam näher. »Lass dich bloß nicht von Maik erwischen. Der rastet aus, wenn jemand an seinen Laptop geht. Ich sag es dir: der wird schon nervös, wenn einer das Teil auch nur anguckt. Als meiner kaputt war, wollte ich an seinem nur mal kurz meine E-Mails checken. So sauer habe ich ihn noch nie gesehen. Sonst ist er echt Mister Locker in Person, aber bei seinem heiligen Laptop versteht er keinen Spaß.«

Während sie redete und näher kam, versuchte Leon schnell, eine andere Bildoberfläche anzuklicken. Sie sollte nicht sehen, dass er und Maik vorhatten, einen Trojaner zu verschicken. Er klickte auf »Fotos«, und weil er da nach einem Codewort gefragt wurde, das er nicht kannte, auf »gelöschte Objekte«.

Gleich war der Bildschirm weiß. Aber es war ein fotografiertes Weiß. Es hatte Falten und Schatten.

Johanna legte eine Hand auf Leons Schulter. »Was ist das?«, fragte sie.

Er hatte keine Ahnung. »Misslungene Fotos, nehme ich an.«

»Komm, wir widmen uns deinen Matheaufgaben.«

Aber Johanna klickte neugierig weiter.

Und war plötzlich wie elektrisiert. Und auch Leon fühlte sich von dem Bild getroffen wie von einem Giftpfeil. Er sah es, aber Johanna sprach es aus: »Das ist doch Jessy!«

Sie war es zweifellos, und sie war nackt. Auf dem verwackelten Bild sah man sie von hinten. Vor ihr ein weißes Leinentuch. Sie bückte sich.

Johanna klickte weiter. Aus dem nächsten Bild sprang Jessy praktisch nach links heraus. Es war nur ein Bein zu sehen und ein Stück von ihrem Rücken.

Leon wusste, wie die Bilder entstanden sein mussten. Ben hatte auf der anderen Seite vom Laken gestanden. Jessy dahinter. Diese Fotos hier hatte eine Kamera geschossen, die hinter Jessy platziert gewesen war und zwar in dem dunklen Fleck an der Wand.

Leon wurde schwindelig. Aber diesmal knackte kein Eis unter ihm. Er brach nicht ein.

Johanna trommelte mit den Fäusten auf Leon herum. Er schützte sich mühsam, indem er die Arme hob. »Hör auf! Lass mich, Johanna!«

Aber sie prügelte nur noch heftiger auf ihn ein und schoss eine Schimpfkanonade auf ihn ab. »Du speicherst deine bescheuerten Handyfotos auf Maiks Computer ab? Bist du total ballaballa? Wenn alle Kerle so sind, werd ich ne Lesbe!«

Er versuchte, ihre Fäuste zu stoppen, indem er nach ihren Handgelenken griff und sie festhielt.

»Die Bilder sind nicht von mir! Ich habe Jessy noch nie in meinem Leben fotografiert. Hier …«

Er ließ ihren rechten Arm los, um ihr sein Handy zu zeigen, aber das war keine gute Idee, denn sie verpasste ihm sofort eine Ohrfeige, die wie Salzwasser auf der Haut brannte.

»Wer soll die Bilder denn sonst gemacht haben, du feiger Lügner?!«

»Ben«, sagte Leon trocken, und jetzt knirschte das Eis gewaltig unter ihm. Er sah schon die weißen Bruchstücke neben sich, und seine Hände und Füße wurden kalt. Er begann, innerlich zu frieren. Er kam sich vor wie ein schäbiger Verräter. Er wollte kein Verräter sein, aber was blieb ihm anderes übrig?

Vor lauter Empörung wich die Spannung aus Johannas Körper. Ihre Muskeln wurden schlaff. Leon ließ sie jetzt vorsichtig los. Mit hängenden Schultern und halb offenem Mund stand sie vor ihm. Die Stirn vorgeschoben, das Kinn zurückgenommen, schielte sie ihn von unten an. »Was bist du doch für eine erbärmliche Kreatur. Jetzt beschuldigst du sogar Ben? Nur um besser dazustehen, bist zu bereit, ihn zu verunglimpfen? Der ist vielleicht der beste Freund, den du hast.«

Leon wurde stumm wie damals unter dem Eis. Er wollte schreien, aber er bekam keinen Ton heraus. Sollte er ihr alles sagen? Beschwor er damit einen Streit zwischen Ben auf der einen Seite und Johanna und Ulla auf der anderen herauf? Aber gab es außer der Wahrheit überhaupt einen Weg?

Er hatte Angst, gleich könnte Ben in der Tür stehen. Was würde er davon halten? Es zerriss Leon fast.

Dann kam zuerst Ben ins Zimmer und schließlich auch – vom Lärm angezogen und reichlich verpennt – Maik. Er reckte sich und gähnte.

Ben wollte wissen, was hier los sei.

Johanna holte tief Luft, sie sah aus, als ob gleich ein Orkan aus ihr herausbrechen würde, um das ganze Haus zu verwüsten, aber dann zeigte sie nur stumm auf den Bildschirm.

Ben guckte belämmert wie ein geschorenes Deichschaf.

Maik hatte die Situation sofort im Griff. Er machte lässig zwei Schritte zum Laptop und drückte die Fotos weg. Ein neutraler Bildschirmschoner erschien. Ein Bild von Ulla beim Skilaufen.

Maik lachte verschmitzt: »Peinliche Geschichte. Meine Sicherheitsraumüberwachungskamera hat, vermutlich ausgelöst durch die hellen Scheinwerfer, Aufnahmen gemacht und an den Host gesendet.«

»Häh? Was? Wie?«

Maik öffnete eine Schublade und holte eine Plastiktüte mit kleinen Kügelchen heraus, die aussahen wie runde Chips, auf Stoff genäht. »Meine kleine Erfindung arbeitet nach einem einfachen Prinzip. Wenn du etwas hast, das du vor Diebstählen schützen willst … ein wertvolles Bild zum Beispiel … dann bringst du diesen Chip an. Der schickt Signale an dieses Ortungssystem hier. Sobald der Gegenstand bewegt wird, schaltet sich die Kamera ein, die genau auf das Objekt gerichtet ist. Der Dieb wird gefilmt, der Alarm ausgelöst und mit dem Ortungssystem siehst du jederzeit im Umkreis von zehn, zwanzig Kilometern, wo das geklaute Teil ist, denn es sendet Signale. Ist noch nicht perfekt, aber könnte ein Knaller werden, wenn ich es zur Serienreife bringe.«

Als sei damit im Grunde alles erklärt, winkte er ab und zwinkerte Ben zu, der erleichtert aussah.

»Ich dachte, die Batterie sei längst leer. Ich hatte das Ding schon vergessen. Inzwischen bin ich mit einer Verbesserung beschäftigt. Ein noch leistungsstärkeres Modell, das sich nicht nach Licht, sondern nach Geräuschen ausrichtet …«

Das interessierte Johanna nun gar nicht. Sie sagte vorwurfsvoll: »Wieso ist Jessy hier in unserem Haus nackt?«

Ben stöhnte: »Sie brauchte Fotos von sich, Johanna. Sie will Schauspielerin werden.«

»Also noch mal ganz langsam. Ihr zwei …«, sie zeigte erst auf Ben, dann auf Leon, »habt hier in diesem Zimmer Nacktaufnahmen von Jessy gemacht? Äi, wie pervers ist das denn?«

»Ja, Spießie, reg dich nur auf!«, spottete Ben.

»Weiß Mama das?«, fragte Johanna angriffslustig.

»Noch nicht«, stichelte Ben, »aber lange kann es ja nicht mehr dauern.«

»Kinder«, sagte Maik, »macht aus einer Mücke keinen Elefanten. Ich hau mich jetzt wieder hin. Ich habe eine lange Nacht vor mir.«

Er fuhr den Computer runter, dann drehte er sich auf dem Absatz um und ging zur Tür. Plötzlich stoppte er, hob die Hand gegen seine Stirn, als hätte er etwas vergessen, nahm seinen Laptop unter den Arm und wollte damit den Raum verlassen.

»Traust du mir jetzt nicht mehr?«, fragte Leon.

Maik sah ihn durchdringend an, grinste und stellte den Computer wieder auf den Platz zurück. Dann verschwand Maik mit dem gestischen Hinweis, er müsse schlafen.

Hinter ihm stampfte Johanna wütend aus dem Zimmer und schimpfte: »Man glaubt es nicht! Männer sind echt sooo doof!«

38

In dieser Nacht las Leon den Brief seiner Mutter an Jörg Parks noch zigmal. Er flüsterte die Worte wie um sie besser zu verstehen. Seine Stimme hörte sich dabei für ihn immer mehr an wie die seiner Mutter.

Er hatte Magenkrämpfe und konnte nicht einschlafen. Die Sehnsucht, seine Mutter zu berühren, mit ihr zu sprechen, sie zu riechen oder einfach in ihrer Nähe zu sein, während sie einen ihrer geliebten Krimis las, wurde immer größer.

Die Sehnsucht wurde unerträglich, und mit ihr wuchs der Hass auf ihren gottverdammten Mörder.

Er war gerade, zusammengerollt wie ein Embryo, eingenickt, als der Bildschirm am Laptop hell wurde und ein Geräusch ertönte, wie von einer Münze, die in einen Geldautomaten fällt. Sofort hechtete Leon aus dem Bett. Es war eine Antwort von Jörg Parks gekommen.

Im Anhang war kein Foto. Ich frage mich, wie so eine tolle Frau einen so verstörten Sohn haben kann. Lass mich einfach in Ruhe. Wenn ich die Briefe zurückbekomme, ziehe ich meine Anzeige gegen dich vielleicht zurück. Vielleicht …

Leon faltete die Hände und blickte zur Decke. »Danke, lieber Gott, danke!«

Gleichzeitig wurde ihm klar, dass er ohne Maik nicht weiter kam, und der war inzwischen zur Nachtschicht.

Leon überlegte, ob er Maik auf der Arbeit anrufen sollte, aber alles, was es zu tun gab, hatte Zeit bis morgen. Sie konnten jetzt laut Maik auf alle Daten zugreifen, die Jörg Parks auf seinem Computer gespeichert hatte. Leon war sich sicher, keinen E-Mail-Verkehr zwischen seiner Mutter und Jörg Parks zu finden. Sie war eine Briefeschreiberin, mit Kolbenfüller und Büttenpapier.

Aber falls der »Sportstudent« noch andere Frauen abgezockt hatte, dann waren auf seinem Computer garantiert verräterische Spuren.

»Ich krieg dich, Parks!«, grollte Leon. »Ich krieg dich!«

Dabei krampften sich die Finger seiner rechten Hand zu einer Faust zusammen, bis die Knöchel weiß wurden.

39

Kommissar Büscher sah das Foto seiner Anti-Rauchtrainerin, Frau Leineweber, in der Nordsee-Zeitung und bekam sofort Lust auf eine Zigarette. Manch einer, dachte Büscher grimmig, fängt bestimmt nur wieder an zu rauchen, um sie zu ärgern.

Sie gab der Zeitung ein Interview und empörte sich darüber, dass sie als potentielles Opfer einer Straftat nicht ernst genommen wurde. Sie behauptete, von einem Voyeur verfolgt zu werden.

»Das muss ein Fassadenkletterer mit einem sehr schlechten Geschmack sein!«, giftete Büscher in die Nordsee-Zeitung, so als könne das Foto von Frau Leineweber ihn hören.

Was ihn am meisten nervte, waren nicht einmal ihre Angriffe auf die Polizei, von der sie sich nicht ernst genommen fühlte. Nein, schlimmer war für ihn, wie geschickt sie ihre Geschichte damit verknüpfte, Werbung für ihre Nichtraucherkurse zu machen. Sie war sehr gewieft, wie er fand. Sie sagte Sätze wie: »Als Trainerin im Nichtraucherkurs verlasse ich das Gebäude meist erst gegen zweiundzwanzig Uhr. Er muss da schon ein paar Mal auf mich gewartet haben und mir gefolgt sein. Also, der Kurs ist immer mittwochs von zwanzig bis zweiundzwanzig Uhr in der VHS.«

Damit bestärkte sie nur Büschers Ansicht, die Gute sei auf der Suche nach Aufmerksamkeit, nichts weiter.

Er schob die Zeitung seiner Kollegin Schiller herüber. Die löffelte gerade ein Müsli aus frischem Getreide, Nüssen und Orangensaft. Sie schloss beim Kauen die Augen, aber Büscher vermutete, dass der Geschmack dadurch auch nicht aufregender wurde.

»Als ob wir nichts Besseres zu tun hätten, als solchen Hirngespinsten zu folgen«, maulte Büscher und verpasste der Zeitung einen Schlag, der eigentlich solch krankhaften Aufschneidern galt wie Frau Leineweber.

»Du hast recht«, sagte Schiller mit vollem Mund. »Wir sollten uns lieber überlegen, ob Leon Schwarz weiterhin bei den Fischers gut aufgehoben ist. Ich habe da kein gutes Gefühl. Der Junge macht nur Mist und bei Fischers bremst ihn niemand. Dieser Diebstahl der Briefe ist sehr bedenklich …«

»Das ist nicht unser Problem. Über die richtige Unterbringung entscheidet diese Torte vom Jugendamt.«

»Diese Torte heißt Müller-Felsenburg«, sagte Birte Schiller spitz. »Aber ich glaube, Leon wird nicht aufhören. Der verrennt sich da in etwas. Ich fürchte, der baut noch richtigen Mist.« Sie fasste sich an den Magen. »Es ist nur ein Bauchgefühl, aber …«

»Wenn ich solche Pampe essen würde, wäre mir auch schlecht! – Bauchgefühl …« Büscher schüttelte angewidert den Kopf. Er wiederholte – zum wievielten Mal eigentlich? – seinen Standardsatz, dass am Ende nur Beweise zählen würden.

Kommissarin Schiller warf die Nordseezeitung von ihrem Schreibtisch auf den herrenlosen dritten im Raum. Inzwischen hatte sich darauf viel angesammelt. Akten, halbvolle Joghurtbecher von Büscher, Coffee-to-go-Deckel und ein paar alte Illustrierte.

Falls unsere Verstärkung jemals kommt, dachte Kommissarin Schiller, wird der Kollege erst einmal seinen Schreibtisch aufräumen müssen.

Sie betrachtete die bunten Briefe mit einer Mischung aus Neid und Abscheu. Sie konnte sich durchaus vorstellen, dass darin die Erklärung für den Mord an Kirsten Schwarz lag.

»Also, ganz koscher ist dieser Jörg Parks nicht. Im Grunde müssen wir Leon Schwarz dankbar sein, dass er uns darauf gestoßen hat …«

Büscher grinste. »Hast du diese Liebesbriefe etwa alle gelesen?«

»Das … naja, das könnte für den Fall nicht ganz bedeutungslos sein.«

Büscher winkte ab.

Nachdenklich sagte Schiller: »Sie hat diesen Typen echt geliebt, und sie hatte furchtbare Gewissenskonflikte.«

»Ja, Löckchen, und nun ist sie mausetot.«

Büschers Satz traf Schiller. In seiner Stimme klang fast so etwas wie Schadenfreude mit, als gönne Büscher allen untreuen Ehefrauen einen gewaltsamen Tod.

»Es gefällt mir nicht, wie du das sagst«, platzte sie heraus. »Ich höre da einen falschen Zungenschlag heraus.«

»Ach, stell dich nicht so an, Löckchen. Mensch, ihr Frauen seid aber auch empfindlich.«

Sie lag also richtig, folgerte sie und sagte es ihm ins Gesicht. »Du bist immer noch sauer auf deine Ex. Das ist es. Stimmt's?«

»Ja«, gab er unumwunden zu. »Aber im Gegensatz zu Holger Schwarz habe ich sie nicht umgebracht, obwohl ich – glaub mir – manchmal nichts lieber getan hätte, wenn ich sah, wie sie mit ihrem Sunnyboy rumgeturtelt hat.«

Er schüttelte sich.

Scharf folgerte Kommissarin Schiller: »Und weil du solche Gefühle eines eifersüchtigen, betrogenen Ehemannes bei dir kennst, war Holger Schwarz für dich gleich der Hauptverdächtige. Richtig?«

Büscher empörte sich: »Nun hör aber auf, Löckchen!«

»Und sag nicht immer Löckchen zu mir!«

40

Je näher wir dem Mörder kommen, umso mehr muss ich nach außen Normalität heucheln, dachte Leon, deshalb ging er zur Schule. Er hatte Angst, sonst könnte sich das Jugendamt einmischen oder die Psychologin Müller-Felsenburg. Mit Ausnahme von Maik durften die Erwachsenen nicht wissen, was er tat. Je weniger bekannt war, umso weniger Schwierigkeiten würden sie ihm machen.

Die blaugestrichene Edith-Stein-Schule wirkte von außen wie eine Pralinenschachtel, bei der jeden Moment jemand die Verpackung abreißen konnte, kam ihm aber, als er die Glastüren durchschritten hatte, wie ein sicherer Raum vor.

Lehrer und Klassenkameraden benahmen sich vorsichtig, rücksichtsvoll. Er wurde nicht mit Fragen überschüttet, wie er befürchtet hatte. Sie ließen ihn in Ruhe.

Der Schulleiter ließ ihn wissen, dass er jederzeit für ihn da sei, und es klang ehrlich und nicht aufdringlich.

Ben hatte offensichtlich schon alle bestens informiert. Niemand sprach die Frage an, ob Leons Vater tatsächlich seine Mutter umgebracht hatte. Es ging um Mathe, Englisch und die Frage, welche Lektüre in

Deutsch als Nächstes gelesen werden sollte. Ein Autor vom Bödeckerkreis hatte die Schule besucht, und jetzt wollten einige Schüler nicht einfach »Die Judenbuche« von Annette von Droste-Hülshoff als Klassenlektüre lesen, sondern die Anthologie »So wie du mir« mit 19 Variationen über »Die Judenbuche«, aus denen der Autor ihnen eine Geschichte vorgelesen hatte.

Es tat Leon gut, einen normalen Alltag zu spüren. Für kurze Zeit konnte er sogar vergessen, was geschehen war, oder es trat zumindest in den Hintergrund. Die ständige Dominanz der Mordnacht drohte ihn verrückt zu machen und alle anderen Gedanken zu fressen. Er hatte sogar das Gefühl, sein Gesichtsfeld sei eingeschränkt und würde sich langsam in der Schule wieder ausweiten.

Er schüttelte den Kopf wie ein Pferd, das seine Scheuklappen loswerden will, und atmete durch. Zum ersten Mal im Leben empfand er die Schule als Freiraum, in dem er sich sicher und ruhig bewegen konnte.

Bei den Fischers gab es Spaghetti, diesmal mit Miesmuscheln aus der Nordsee und obendrauf ein in Ei gebackenes Limandesfilet, Maik triumphierte stolz, nirgendwo gäbe es besseren Limandes als in Bremerhaven, und seiner hier sei ebenso gut wie der auf der Seuten Deern. Natürlich kannte Leon das Schiff, und der Satz von Maik traf ihn schmerzlich und holte ihn in die gruselige Wirklichkeit zurück, denn auf der Seuten Deern hatte seine Mutter oft gegessen. Am liebsten Limandes, allerdings mit Bratkartoffeln.

Über die Fotos auf dem Laptop wurde kein Wort mehr verloren. Jeder dachte etwas anderes, keiner wollte dem anderen wehtun, und Maik lebte sowieso nach dem Motto, dass jeder Mensch glauben dürfe, was ihm selbst am besten gefalle, schließlich zimmere sich jeder eine eigene Welt im Kopf zurecht, und das sei vielleicht auch gut so.

Maik war gutgelaunt und steckte Ben damit an. Johanna war muffelig und hatte angeblich keinen Hunger, aß dann aber zwei Portionen Limandes. Sie fischte nur die Muscheln aus den Spaghetti und behauptete, die hätten ein Eiweiß, davon würde man blöd, was man an Ben problemlos feststellen könnte. Ben liebte Muscheln.

Ulla Fischer kam etwas später und hatte wohl gehofft, das Essen würde für sie verschoben, aber alle waren schon satt, als sie sich an den Tisch setzte. »Ihr hättet ja auch eine Viertelstunde warten können …«, maulte sie, aß dann aber mit Appetit und war danach gleich wieder versöhnlich drauf.

Eigentlich wollte Leon Johanna jetzt eine versprochene Mathenachhilfestunde geben, aber Johanna hatte »nicht den geringsten Bock darauf, mir von dir etwas erklären zu lassen«.

Leon war das recht. Er zog sich mit Maik in den Hobbyraum zurück und gemeinsam knackten sie in Jörg Parks Computer jede Datei, wobei das Wort »knacken«, das Maik gern benutzte, eigentlich übertrieben war. Sie öffneten sie einfach. Eine komplette Kopie von Jörg Parks Festplatte war auf Maiks Computer gespeichert.

Zunächst sahen sie sich die E-Mails an. Jörg Parks unterhielt E-Mail-Kontakt zu mehreren Frauen, die er »Mäuschen«, »Hasi«, »Schnucki«, »Kirschblüte« oder »Engel« nannte. Er trieb sich in mehreren Flirtforen herum.

»Da fischt er also nach neuen Opfern«, sagte Maik. »Der Herr hat sich auf Damen spezialisiert, die alle zehn, fünfzehn Jahre älter sind als er. Günstigstenfalls. Sie sind alle verheiratet oder leben in Scheidung, besitzen Immobilien, haben gute Berufe und fahren solide Mittelklassewagen. Hier suchst du Hartz-IV-Empfängerinnen vergeblich. Also, eines muss man sagen – ohne ihm etwas unterstellen zu wollen – ganz frei von finanziellen Überlegungen ist seine Frauenauswahl nicht.«

Leon musste Maik recht geben. »Hier, sieh mal. Angeblich wird er erpresst. Boah, ist das abgezockt!«

Leon las vor: »Ich habe Mist gebaut, Liebste. Es tut mir unendlich leid. Es war idiotisch von mir. Ich habe vor zwei Jahren eine Frau angefahren. Ich bin panisch geworden, weil ich etwas getrunken hatte. Ich bin abgehauen. Ich weiß, es war verantwortungslos und dumm, aber ich hatte solche Angst. Mit einer Vorstrafe im polizeilichen Führungszeugnis kann man doch nicht Lehrer werden – und Sportlehrer zu sein ist mein absoluter Traumberuf. Ich wollte meinen Traum nicht beerdigen. Und jetzt hat ihr Mann meine Adresse herausbekommen. Er erpresst mich. Wenn ich nicht fünftausend Euro zahle, will seine Frau mich anzeigen. Fahrerflucht, Körperverletzung … Ich bin erledigt. Ja, das ist der eigentliche Grund, warum ich in letzter Zeit so komisch war und so wenig Zeit hatte. Ich habe versucht, das Geld zu beschaffen, habe Nachhilfestunden gegeben, Freunde angepumpt, und jetzt bleibt mir nur noch eines: der demütigende Gang zu meinem Vater. Dabei hatte ich alles getan, um von dem Schwein nichts mehr nehmen zu müssen. Ich habe mir mein Studium selbst verdient. Bafög habe ich nie bekommen, dafür verdiente mein Vater zu viel, aber von ihm wollte ich nichts. Bei der Studienberatung haben sie mir gesagt, ich könnte ihn sogar verklagen, aber …«

»Cleveres Kerlchen«, sagte Maik. »Was hat sie geantwortet? Ich wette, sie drängt ihm das Geld regelrecht auf.«

Leon ging mit dem Cursor auf die Antwort. »Du könntest Hellseher werden, Maik!«

Die Antwort von Kirschblüte war eindeutig. Sie bettelte geradezu darum, Parks die fünftausend Euro geben zu dürfen. Er sollte auf keinen Fall seinen Vater um Geld bitten, das würde ihm nicht guttun.

»Das ist also seine Masche«, grinste Maik. »Und deine Mutter war ein großes Geschäft für ihn. Als er wusste, dass er mit fünfzigtausend bei ihrer Lebensversicherung dabei war, hat er der Verlockung nicht widerstehen können und sie umgebracht.«

»Ja«, nickte Leon, »und um es meinem Vater in die Schuhe zu schieben, hat er das Messer dann in den Messerblock in unserer Küche zurückgesteckt. Wenn wir damit zur Polizei gehen, dann …«

»Nicht so voreilig, Leon. Wir müssen ihn erst völlig dingfest haben. Ganz auf Nummer Sicher. Dieser Tölpel von Kommissar vergeigt sonst alles.«

»Mensch, Maik! Mein Vater sitzt im Knast! Das ist nicht witzig da für ihn. Er ist ein freiheitsliebender Mensch.«

»Wer ist das nicht, Leon. Aber sei nicht so ungeduldig. Wir sind doch jetzt schon weiter als die Polizei. Das Problem ist nur: Wir sind auf illegale Art an die Informationen gekommen.«

Leon bekam eine Gänsehaut. »Und was soll das jetzt heißen?«

»Wir haben die Infos geklaut. Sie sind nicht gerichtsverwertbar.«

»Nicht?«

»Nein. Nicht.«

Leon war kurz davor, zu heulen. Sieg und Niederlage lagen so unerträglich nah beieinander. Dieses Wechselbad der Gefühle schaffte ihn.

Maik legte seinen Arm um Leon. »Aber stell dir vor, wir bringen eine der Damen dazu, ihn anzuzeigen. Dann muss die Polizei tätig werden. All die verliebten Mädels haben doch keine Ahnung voneinander. Jede hält sich für die Einzige. Aber …«, er grinste, »was passiert, wenn plötzlich die eine aus Versehen eine Mail erhält, die für die andere bestimmt war …«

Es verschlug Leon für einen Moment die Sprache. Sein Magen knurrte, obwohl er gerade erst gegessen hatte.

»Boah, was bist du für ein Sauhund!«

Maik lachte. »Okay, ich nehme das mal als Kompliment.«

Er klopfte Leon ermutigend auf die Schultern. »Jetzt hetzen wir sie gegeneinander auf, und – da kannst du ganz sicher sein – die Damen werden ihm schon bald das Leben zur Hölle machen. Schon sehr bald.«

Maik drückte Leon freundschaftlich. »Das Gefängnis wird er am Ende wie eine Erlösung empfinden … Die Frauen machen ihn fertig. Wollen wir wetten?«

41

Dass sein Leben nicht mehr ganz so ruhig verlief wie bisher, merkte Jörg Parks noch nicht, als Schnecke ihn anrief und ihn einen Dreckskerl nannte, den sie nie wieder sehen wollte. Er war es gewöhnt, dass Frauen irgendwann ausrasteten und ihn zu hassen begannen. Sie versprachen sich selbst alle viel mehr, als er ihnen je versprochen hatte. Manche wurden echt sauer, wenn ihre Wunschträume sich nicht erfüllten, andere litten still vor sich hin oder strengten sich noch mehr an, um interessant für ihn zu werden oder, besser noch, unersetzlich.

Aber als dann fünf Zentner Kohlen mit lieben Grüßen von Hasi in den Vorgarten gekippt wurden und der Bruder von Mäuschen klingelte, um den Wagen seiner Schwester abzuholen, kapierte Jörg Parks, dass etwas ganz und gar schief gelaufen sein musste in den letzten Stunden.

Parks wollte den Wagen nicht herausrücken und behauptete, der BMW gehöre ihm.

»Interessanter Gedanke«, lachte der zornige Bruder, der nur zu gern den Beschützer für seine ältere Schwester spielte. »Sie zahlt die Versicherung, sie zahlt die Leasingraten, aber es ist dein Auto?!« Dann platzierte er seine Faust auf Jörg Parks Nase, die geradezu explodierte.

Parks hielt sich beide Hände schützend vors Gesicht. Blut tropfte auf sein Hemd, und der Bruder von Mäuschen grinste: »Das hätte ich schon vor Monaten tun sollen. So, und jetzt gib mir den Schlüssel, oder brauchst du noch was auf die Ohren?«

Seine Eltern verstanden gar nicht, was los war. Ihr geliebter Sohn, der doch kein Wässerchen trüben konnte, der immer fleißig studierte und sich von Drogen und Krawallmachern fernhielt, steckte plötzlich bis zum Hals in Schwierigkeiten.

»Die Frauen sind schlecht heutzutage«, sagte Hilde Parks angewidert. Sie wusste sowieso nicht, warum ihr Sohn sich überhaupt mit »diesen Weibern« einließ. Er hatte es doch gut bei ihr. Er brauchte diese aufgedonnerten Frauen nicht.

42

Die Dienstbesprechung war schon fast beendet, und Kommissar Büscher schielte zum zweiten Mal auf seine Armbanduhr. Er wollte zu gern raus aus diesem Raum und draußen eine rauchen. Er hatte eine Flasche Mineralwasser vor sich stehen. Nervös drehte er den Strohhalm zwischen seinen Fingern wie eine Zigarette.

Dann sagte der Kollege aus dem Betrugsdezernat, es seien zwei Anzeigen gegen einen Herrn Jörg Parks eingegangen. Es klinge ein bisschen nach Heiratsschwindel, obwohl der neueste Trend der Heiratsschwindler ja sei, den Frauen nicht einmal die Ehe zu versprechen, sondern nur an ihren Mutterinstinkt zu appellieren und sich von ihnen retten zu lassen.

Büscher war noch viel zu sehr mit der Frage beschäftigt, ob er nun noch Raucher oder schon Nichtraucher war, außerdem hatte er schon wieder vergessen, wie der Name des Liebhabers von Kirsten Schwarz gewesen war, aber Kommissarin Schiller reagierte sofort. Ihre Hände schossen geradezu über den Tisch und entrissen dem Kollegen die Akten.

»Bingo!«, sagte sie. »Bingo!«

Im Flur stand die neue Kaffeemaschine. Büscher

drückte auf »Kaffee weiß und süß«. Erst kam die Milch, dann der Zucker, schließlich der Kaffee und dann der weiße Plastikbecher.

Hinter Büscher standen zwei Kollegen Schlange. Uwe Prinz sagte stolz: »Die Maschine war ein Superschnäppchen bei Ebay. Ich hab sie ersteigert. Ich mag diese modernen Automaten nicht. Das ist ein gutes, altes ...«

»Ja, klasse«, lobte Büscher den Kriminaltechniker. »Das Ding ist in etwa so zuverlässig wie deine Spurensicherung.«

Dann trat Büscher zur Seite und gab dem verblüfften Kollegen den Blick auf die Kaffeepfütze frei.

Kommissarin Schiller zog Büscher weg. »Was ist los? Was passt dir nicht? Ich merke doch, wie sauer du bist.«

»Ja«, gab Büscher zu. »Bin ich. Ich denke, wir sollten uns auf Holger Schwarz konzentrieren. Es war ihr Mann. Ich hab das im Urin.«

Sie verzog den Mund. »Gut, okay. Meinetwegen. Aber wir können bei der Beweisaufnahme schlecht deinen Urin einreichen. Wir müssen ergebnisoffen ermitteln. Jetzt haben wir neue Erkenntnisse über einen Beteiligten, und damit verschieben sich Verdachtsmomente«, referierte sie wie bei einem Lehrgang.

Büscher kam sich von seiner Kollegin gemaßregelt vor. Außerdem war er weder zu einer Zigarette noch zu einem Kaffee gekommen. So stand er da wie ein trotziges Kind, das seine Schulaufgaben nicht machen will.

»Wenn Jörg Parks der Mörder ist, dann hat er am Tatort Spuren hinterlassen. Ich fahre jetzt hin und schiebe ihm ein Wattestäbchen zwischen die Kiemen, und wenn wir am Tatort seine DNA finden, ist er reif«, sagte Kommissarin Schiller.

Büscher lächelte.

»Was grinst du denn so?«

»Ich will deinen Optimismus ja nicht dämpfen, aber wenn wir seine DNA dort finden, heißt das nur, dass er seine Geliebte manchmal heimlich zu Hause besucht hat. Mehr nicht.«

Kommissarin Schiller ließ sich jetzt von Büscher nicht mehr bremsen.

Er betastete sein Gesicht. Die Haut um sein Auge schimmerte jetzt gelblich blau, mit einem roten Rand außen herum. Es sah ein bisschen aus, als sei er in einen Regenbogen gefallen, dachte Schiller. Sie sagte aber nichts, sie war schon froh, dass er nicht mehr ihr Make-up benutzte.

43

Johanna knallte die Nordsee-Zeitung vor Leon auf den Tisch. Sie war immer noch mächtig sauer auf ihn, aber sie fand, er müsse das wissen. Sie zeigte ihm den Bericht über Frau Leineweber.

»Kann es nicht so gewesen sein? Dieser Spanner beobachtet deine Mutter, die bemerkt ihn, es gibt Ärger. Sie schreit, und er …«

Leon schüttelte den Kopf. »Nee. Kannst du dir vorstellen, wie die Polizei reagiert, wenn wir jetzt mit dem großen Unbekannten kommen? Das hat gar keinen Sinn. Dieser Büscher lacht uns aus. Es muss Jörg Parks gewesen sein! Das Schwein! Und der ist zwar ein Verbrecher, aber bestimmt kein Spanner, sondern ein ganz abgezockter, eiskalter Hund …«

Leon beendete seinen Satz nicht, aber Johanna sprach aus, was er dachte: »Und wenn die Polizei ihn nicht hopps nimmt, machst du es selber?!«

Er kaute sich die Unterlippe blutig. »Hm. Ja. Nein. Also … mir kommt es erst einmal darauf an, die Unschuld meines Vaters zu beweisen. Nur das ist wirklich wichtig. Aber mir wird schlecht, wenn ich mir vorstelle, wie er meine Mutter flachgelegt und abgezockt hat …«

Ihre Wut wurde weichgespült von einem anderen Gefühl. Sie verspürte Mitleid, aber auch Erleichterung, dass es sie nicht getroffen hatte. Sie war plötzlich so glücklich, ihre Mutter noch zu haben. Ihr wurde klar, wie schnell und hart so ein Unglück eine Familie treffen konnte. Zufällig hatte der Täter sich Leons Mutter ausgesucht und nicht ihre.

Ihre Ma war nicht auf so einen geldgierigen Schnösel hereingefallen wie Leons Mutter. Sie hatte zum Glück Maik, der gern kochte, in Filmzitaten sprach und tausend Geschichten zu erzählen hatte.

Im Grunde war sie auch gar nicht so sehr sauer auf Ben und Leon. Eigentlich galt ihre Wut mehr Jessy, der eingebildeten Barbiepuppe, die dauernd versuchte – immer schön sexy-hexy – die Männer verrückt zu machen.

Leon spürte genau, dass Johanna seine Nähe suchte. Sie hatte die Zeitung nur als Vorwand benutzt. Sie schaffte es nicht, sich bei ihm zu entschuldigen, aber sie hätte es am liebsten getan.

Leon wollte stattdessen nur alleine sein und die Zeit nutzen, um Jörg Parks Festplatte weiter zu durchforsten. Am liebsten wäre ihm ein klares Geständnis von Parks gewesen, so eine Mail, in der er mit dem Mord prahlte oder ihn ankündigte.

Leon konnte unmöglich alle zweitausendvierhundertneunzehn E-Mails lesen, aber er wollte Suchbegriffe eingeben wie »Kirsten«, »Schwarz« oder »Lebensversicherung«. Er hatte die Hoffnung, fündig zu werden, aber vorher musste er Johanna loswerden. Er suchte eine Ausrede, warum er allein sein wollte.

Es fiel ihm nicht leicht, sie wegzuschicken. Er druckste herum. Sie bemerkte, wie unwohl er sich fühlte, und sagte: »Was ist? Soll ich gehen?«

Er sah sie nicht an, er nickte nur.

Stumm verließ sie den Raum. Er wusste nicht, ob sie beleidigt war oder nur verständnisvoll. Es war ihm egal. Naja, fast egal. Auf jeden Fall war es ihm jetzt wichtiger, auf Jörg Parks' Festplatte die Wahrheit zu suchen, und dabei sollte ihm niemand über die Schulter gucken. Was er hier fand, war zu peinlich für seine Mutter.

Leon verlor jedes Zeitgefühl. Er vergaß, zu essen und zu trinken. Sein Magen meldete sich mit einem Knurren, aber er ignorierte das.

Tatsächlich hatte Parks sogar an eine Frau, die er »Kussmäulchen« nannte, geschrieben, er erwarte bald eine größere Summe, so Fünfzig- bis Hunderttausend.

Das ist es, dachte Leon. War die Mail nicht an die Frau gerichtet, die ihm das Alibi für die Mordnacht gegeben hatte? Diese Nele Bruchhausen?

Es kribbelte auf Leons Haut.

Er spürte es mit dem ganzen Körper: Er war ganz dicht dran, den Fall zu knacken. Er konnte den Angstschweiß des Täters schon riechen. Wie ein Suchhund hatte er Bodenwitterung aufgenommen.

Er musste das jetzt sofort Maik mitteilen. Er konnte es einfach nicht länger aushalten, mit niemandem darüber zu sprechen. Am liebsten hätte er es natürlich seinem Vater gesagt. »Bald bist du frei, Papa! Sehr bald sogar!«

Wenn Maik im Dienst war, hatte er sein privates Handy immer abgeschaltet, das wusste jeder in der Familie. Es war beim Security-Homeservice verboten, private Telefongespräche zu führen. Alle Mitarbeiter schalteten bei Dienstbeginn ihre Handys aus, um sich ganz auf die Arbeit konzentrieren zu können.

Rasch googelte Leon die Nummer der Firma und rief an.

Wie gut, dachte Leon, dass Maik mir sein altes Handy gegeben hat. So kann ich ihn wenigstens jederzeit erreichen.

Er glaubte, Maik würde sich über diesen Anruf freuen. Schließlich wollte er ihm nicht irgendeinen belanglosen Mist mitteilen, sondern die erlösende Erkenntnis: *Die Frau, die Jörg Parks das Alibi gegeben hat, hängt vermutlich mit drin!*

Leon wählte die Nummer vom Security-Homeservice.

Eine Tonbandstimme krächzte metallen: »Sie sind mit dem Security-Homeservice verbunden. Wenn Sie eine Frage zu unseren Dienstleistungen oder Sicherheitssystemen haben, drücken Sie die Eins. Wenn Sie bereits Kunde bei uns sind und Sie mit Ihrem Securityberatungscenter verbunden werden wollen, drücken Sie die Zwei. Wenn Sie Fragen zu Abrechnungen oder Ihrem Kontostand haben, drücken Sie die Drei. Wir machen Sie darauf aufmerksam, dass das Telefongespräch im Rahmen der Qualitätskontrolle aufgenommen werden kann.«

Leon überlegte nicht lange. Er drückte die Zwei.

Es meldete sich sofort eine frische, jugendliche Frauenstimme: »Security-Homeservice. Mein Name ist Judith Zander. Was kann ich für Sie tun?«

»Hallo, mein Name ist Leon Schwarz. Ich wollte …«

Sie unterbrach ihn höflich, aber mit einer Energie, die klarmachte, dass sie ihre Vorschriften hatte und sich daran halten würde: »Bitte geben Sie mir zunächst Ihren Häusercode und dann Ihr Stichwort.«

»So etwas habe ich nicht. Ich rufe nur an, weil ich einen Mitarbeiter von Ihnen sprechen muss. Es ist privat. Er heißt Maik Homburger.«

Judith Zander räusperte sich. Ihre Stimme wurde deutlich kälter. »Wenn Sie einen unserer Mitarbeiter privat sprechen wollen, warum rufen Sie dann nicht seine private Handynummer an?«

»Naja, weil das doch bei Ihnen verboten ist. Alle Mitarbeiter müssen die Handys ausschalten, hat Maik mir gesagt.«

Jetzt klirrten Eiswürfel in ihrer Antwort: »So eine Vorschrift oder Dienstanweisung ist mir nicht bekannt.«

Es lief Leon heiß den Rücken herunter. »Nicht bekannt? Ja, wie …«

Er befürchtete, Frau Zander könnte das Gespräch jetzt beenden. Also bettelte er regelrecht: »Bitte, legen

Sie nicht auf. Es ist unglaublich wichtig für mich. Ich muss Maik Homburger sprechen!«

»Ein Mitarbeiter dieses Namens ist mir auch nicht bekannt.«

»Häh? Was? – Warten Sie, natürlich. Mein Fehler. Er heißt nicht Maik, sondern Michael Homburger.«

»Ich muss das Gespräch jetzt beenden. Wir sind hier weder die Telefonauskunft noch die Seelsorge.«

»Sie müssen sich irren, ich bin mir ganz sicher, er …«

Ihre Stimme war scharf wie eine Papierschere. »Auch einen Herrn Michael Homburger gibt es hier nicht.«

»Sie … Sie sind neu in der Firma, stimmt's?«

»Ich muss jetzt auflegen. Ich kann Ihnen wirklich nicht weiterhelfen.«

»Ja, aber ich …«

»Auf Wiederhören.«

Leon wartete darauf, jetzt ins Eis einzubrechen, aber das geschah nicht. Er hatte erstaunlich sicheren Boden unter den Füßen. Es war, als würde auf einer dunklen Bühne plötzlich die Scheinwerferbeleuchtung angehen. Alles, was gerade noch schmerzhaft Grau in Grau verschwand, lag plötzlich hell und klar abgezirkelt vor ihm.

Alles passte zusammen. Er sah sich selbst mit einem Puzzlespiel die Treppe runterfallen, und als er unten ankam, hatten sich alle Einzelteile zu einem Gesamtbild geformt. Ja, auf schreckliche Art und Weise passte auf einmal alles zusammen:

Maik, der angeblich vor der Toilette seine Kontaktlinsen suchte und in Wirklichkeit nur Johannas Freundin durchs Schlüsselloch beobachtet hatte.

Maik, der sein Fotoatelier nur zu gern Ben zur Verfügung stellte, wenn der seine Freundinnen fotografieren wollte.

Die eigentliche Fotosession fand heimlich statt, mit der wurmförmigen Kamera in der Wand. So war Maik immer dabei. Von wegen zufällig auf den Computer geraten. Durchs Licht angesprungen. Er hatte garantiert die richtigen Schnappschüsse mit einem Codewort geschützt abgespeichert. Es war nur eine Unachtsamkeit von ihm gewesen, der Flüchtigkeit geschuldet, die anderen Bilder nicht gelöscht, sondern im Müllspeicher abgelegt zu haben.

Er verließ jeden Abend das Haus. Er kam immer erst morgens zurück. Er hatte alle Zeit der Welt, als Voyeur durch die Stadt zu laufen und Frauen zu beobachten oder zu fotografieren.

Schlafe ich hier im Hobbyraum eines Täters? Ist Maik der Mörder meiner Mutter und er hat mich hier in sein Haus aufgenommen und mein Vertrauen erschlichen? Oder dreh ich gerade einfach nur durch?

Leon wählte die Nummer der Kriminalpolizei, doch dann drückte er den Anruf weg, noch bevor es klingelte.

Vielleicht sollte er doch lieber erst mit Rolf Summerer sprechen, dem Anwalt seines Vaters. Aber dann entschied er sich auch dagegen. Wer sollte ihm noch glauben? Er traute sich doch inzwischen selbst nicht mehr über den Weg. Er kam sich vor wie in einem Irrgarten, einem Spiegelkabinett. Alles wurde verzerrt wiedergegeben. Die Wahrnehmung verschwamm zu einem unwirklichen Brei von Momentaufnahmen.

Trotzdem machte er einen Plan …

44

Als Judith Zander das Gebäude des Security-Homeservice verließ, sah sie müde aus und entnervt, wie eine junge Frau, die es verdammt nötig hatte, einfach einmal in den Arm genommen zu werden.

Ihr Freund hatte vor zwei Tagen Schluss mit ihr gemacht. Der Pullover, den sie für seinen Geburtstag im November strickte, war noch nicht einmal zur Hälfte fertig. Sie hatte in der ersten Wut begonnen, ihn aufzuribbeln, aber dann war eine SMS von ihm gekommen, er liebe sie im Grunde noch immer. Jetzt hätte sie am liebsten weitergestrickt, bekam dabei aber abwechselnd Heulkrämpfe und Wutanfälle.

Sie hatte fünf Minuten vor Feierabend vom Juniorchef ihre Kündigung erhalten, weil sie während der Arbeitszeit ständig auf Facebook online gewesen sei. Über ihr Leugnen hatte der arrogante Fatzke nur überheblich gegrinst. Sie seien eine Überwachungsfirma. Ob sie wirklich glauben würde, so etwas könnte bei ihnen unentdeckt bleiben.

Er hatte ihr ins Gesicht gelacht: »Ich kann praktisch auf meinem Computer mitlesen, was Sie tun. Das ist vielleicht nicht legal, aber effektiv.«

Man musste nicht Psychologie studiert haben, um Judith von weitem anzusehen, wie unglücklich sie war. Sie ging nicht leichtfüßig nach Hause, sondern jeder Schritt schien ihr schwerzufallen wie einem alten, kranken Menschen.

Leon wusste gleich, dass er bei ihr ein leichtes Spiel haben würde. Sein Selbstvertrauen wuchs, als er sah, wie fertig sie war. Einen Moment überlegte er, ob er ihr nicht einfach die ganze Wahrheit erzählen sollte, aber das erschien ihm zu kompliziert. Menschen liebten ganz einfache Erklärungen und hörten nicht gerne lange zu.

Wichtig war nur der Anfang. Es musste ihm gelingen, sie in ein Gespräch zu verwickeln.

Sie hatte das Gebäude allein verlassen. Er wusste nicht, ob sie es wirklich war. Sie sah nicht ganz so aus wie auf der Homepage der Firma. Er hoffte einfach nur, dass sie dort arbeitete und Michael Homburger kannte.

Eine dieser modernen Handtaschen mit riesigen Knöpfen und Schnallen baumelte an ihrer Schulter.

Er wollte ihr Vertrauen gewinnen, und er hatte nur ein paar Sekunden zur Verfügung. Der erste Anlauf musste gelingen. Er vermutete, dass sie ihm kaum eine zweite Chance geben würde.

Er zog einen Zwanzig-Euro-Schein aus seinem Portemonnaie und lief damit hinter ihr her.

»Hallo! Hallo!«

Sie ging weiter, als könne unmöglich sie gemeint sein.

Leon versuchte, sie zu überholen. Als er genau auf ihrer Höhe war, sah sie ihn an. Sie hatte rote, verheulte Augen und wirkte verletzt.

»Sie haben das hier verloren«, sagte er und hielt ihr den Schein hin.

Für einen Augenblick rechnete er damit, eine Ohrfeige zu bekommen. Sie taxierte ihn zornig. Dann wurde ihr Blick fragend.

Sie blieb stehen. »Sie rennen mir nach, weil ich zwanzig Euro verloren habe?«

Er nickte. »Aus der Tasche da.«

Sie nahm den Schein und betrachtete ihn nachdenklich.

»Na? Ist das Ihrer? Erkennen Sie ihn?«, scherzte er, und ein Anflug von einem Lächeln huschte über ihr Gesicht.

»Kann sein. Ich hatte jedenfalls mal einen ähnlichen.«

»Na dann.«

»Es gibt noch ehrliche Menschen!«

»Ja. Ich bin in dem Club.«

»Ich weiß jetzt gar nicht …«, sagte sie, »… wie ich mich erkenntlich zeigen kann.«

»Wir könnten einen Kaffee zusammen trinken.«

Sie machte einen Schritt rückwärts und verzog das Gesicht. »Das ist doch hier nicht so eine blöde Anmache oder was?«

Er hob abwehrend die Hände. »Ich habe eine feste Freundin. Bin sozusagen glücklich verliebt.«

Er sah es ihr an, fast wäre ihr ein *Schade* rausgerutscht. Fast.

Jedenfalls saßen sie zwanzig Minuten später im Café Roché und tranken schon den zweiten Kaffee und dazu Mineralwasser. Inzwischen duzten sie sich.

Sie aß ein Stück Erdbeertorte mit Sahne und beschloss, auf die schlanke Linie zu pfeifen.

Leon hatte bisher ein leichtes Spiel gehabt, wusste aber nicht, wie er den Namen Homburger ins Gespräch bringen sollte. Er hatte Angst, spätestens dann würde sie ihn durchschauen.

Sie erzählte von ihrem Freund, den sie immer noch liebte und für den sie aber angeblich nicht mehr war als ein Spielzeug. Dann begann sie auf ihre Chefs zu schimpfen, besonders auf den Juniorchef, den sie entweder *das arrogante Arschloch* oder *den geilen Bock* nannte. Er habe sie gefeuert, weil sie mal bei Facebook einer Freundin zum Geburtstag gratuliert hätte.

Sie benutzte Leon als eine Art emotionalen Abfalleimer, und er nickte und hörte zu. Dann fiel in ihren Wortkaskaden, die sie auf ihn niederprasseln ließ, ein Satz, der ihn geradezu elektrisierte.

»Andere nutzen ihre Stellung aus, klauen, spionieren Leute aus, und am Ende wird alles noch vertuscht!«

»Wie – warum zeigt dein Chef ihn nicht bei der Polizei an, wenn ein Mitarbeiter ihn beklaut?«

Sie lachte. »Er hat uns ja nicht beklaut, sondern unsere Kunden. Wir bauen Sicherheitsanlagen für Wohnhäuser und Büros. Wenn einer das Wissen ausnutzt, kommt der überall rein.«

»Und da hat dein Chef keine Anzeige erstattet?«

»Nein. Versteh ich auch. Würdest du einer Sicherheitsfirma vertrauen, deren Mitarbeiter deine Wohnung ausräumen? Der Kerl hat sogar noch eine Abfindung bekommen. Nix Polizei. Aber ich fliege raus.«

Leon atmete durch und rückte die Tasse vor sich zurecht. Er räusperte sich. »Du redest von Michael Homburger, stimmt's?«

Sie zuckte zusammen und rückte von Leon weg.

»Du hast mich reingelegt! Es ging die ganze Zeit nur um ihn. Ich habe das Geld gar nicht verloren. Du wolltest mich nur aushorchen, und ich blöde Kuh erzähl dir mein Leben! Warum fall ich immer auf solche Blender rein? Warum glaub ich euch jeden Mist? Sieht man mir das an? Hab ich eine Leuchtschrift auf der Stirn: *Strohdoof, leicht zu verarschen!?*«

Sie packte ihre potthässliche Handtasche und begann damit auf Leon einzudreschen.

Die Leute im Café starrten teils amüsiert, teils alarmiert in ihre Richtung.

Leon hielt sich schützend die Arme über den Kopf.

»Nicht doch! Ich meine es ehrlich!«, rief er.

»Du hast mich auch nur benutzt! Ihr Typen seid doch alle gleich!«, schrie sie und traf ihn durch die Deckung.

Er floh aus dem Café wie ein Taschendieb.

45

In den nächsten zwei Tagen benahm Leon sich geradezu auffällig unauffällig. Er ging zur Schule, besuchte die Diplom-Psychologin Marianne Müller-Felsenburg zu einem Gespräch und zeigte sich trauernd, aber vernünftig. Er gab Johanna Nachhilfe in Mathe, ohne sich von ihr provozieren zu lassen, und zog gemeinsam mit Maik die Schlinge enger um Jörg Parks Hals.

Sie fanden noch zwei Frauen, die bereits vor einiger Zeit Schluss mit ihm gemacht hatten, weil sie sich ausgenutzt fühlten. Die eine, die den schönen Namen Monika Himmelspforte hatte, beschimpfte ihn, sie »abgezockt und gelinkt« zu haben. Sie bekam angeblich noch dreitausend Euro von ihm, die sie ihm geliehen hatte, außerdem forderte sie die Hälfte von dem Geld zurück, das sie für den gemeinsamen Urlaub auf Norderney gezahlt hatte.

In Jörg Parks Fotodatei entdeckten sie Bilder von allen Frauen. Harmlose Fotos, mit einem Handy gemacht.

Jörg Parks schießt auf dem Jahrmarkt eine Rose für Hasi.

Mausi isst eine Riesenportion Erdbeereis.

Himmelspforte macht mit Jörg eine Wattwanderung.

Maik fand die Fotos stümperhaft. Ein Zeichen, dass Jörg Parks keinen Geschmack habe und keinen ästhetischen Blick. Die Bilder seien seelenlos. »Nicht jeder, der sich eine Kamera kauft, wird dadurch zum Fotografen.«

Die Frauen waren zwischen fünfunddreißig und fünfzig. Es gab pralle Wonneproppen und Hungerhaken. Blonde und Schwarzhaarige. Er schien kein anderes Auswahlkriterium zu haben als die Frage, ob bei den Frauen Geld zu holen war.

Gemeinsam mit Maik sorgte Leon dafür, dass jede Frau von allen anderen erfuhr.

Sie konnten auch auf Jörg Parks aktuellen E-Mail-Verkehr zugreifen. Er beschwerte sich bei einem Freund, man habe eine Speichelprobe von ihm genommen. Er würde allen Ernstes verdächtigt, Kirsten Schwarz umgebracht zu haben, außerdem weigere sich die Lebensversicherung, den ihm zustehenden Betrag auszuzahlen, solange nicht alle Todesumstände geklärt seien. Wer jemanden umgebracht hätte, dürfe von dessen Tod nicht profitieren. *Die verdächtigen auch mich*, beschwerte er sich.

Leon half Maik sogar beim Kochen. Er hackte Zwiebeln, putzte Gemüse und filetierte Schollen, Steinbeißer und Lachs. Es gab eine Fischpfanne mit Krabben. Beim Krabbenpulen stellte Leon sich ungeschickt an, aber es verstieß für Maik geradezu gegen die Ehre eines Kochs, bereits gepulte Krabben zu kaufen. Die, so behauptete er, seien nicht mehr frisch. Er regte sich darüber auf, dass die Krabben vor der Haustür in der Nordsee gefangen würden, dann aber nach Marokko oder Polen transportiert werden müssten, damit man ihnen dort aus dem Mantel helfe.

»In Deutschland ist das angeblich zu teuer.« Er klopfte sich gegen die Stirn.

Leon empfahl ihm, doch besser eine Krabbenpulmaschine zu erfinden als neue Sicherheits- und Überwachungsanlagen.

Sogar mit Ulla Fischer entspannte sich die Situation, weil Leon sich ja inzwischen an Regeln hielt und »sein Zimmer« sogar besser aufräumte als Ben und Johanna. Bens Zimmer nannte Ulla nur noch »sein Loch« oder »Bens Mülldeponie«.

Mit seiner angepassten Art brachte Leon seinen Freund Ben gegen sich auf. »Du machst hier voll den Streber und Schleimer, weißt du das? Du gehst mir inzwischen echt auf den Keks!«, maulte Ben.

Ja, tagsüber war Leon ein braver Junge. Half im Haushalt und machte sogar seine Hausaufgaben, aber nachts änderte sich das. Wenn alle schliefen und Maik zur Arbeit war, dann schob er Kissen unter seine Bettdecke und rollte sie so, dass ein flüchtiger Blick auf das Sofa jedem Gast suggerierte: *Du störst hier, da schläft jemand, und zwar fest!*

Dann überprüfte er das Ortungsgerät, und in der Tat, Maik hatte keinen Schrott erzählt. Ein roter Punkt auf dem GPS zeigte, wo sich der Sicherheitschip, den Leon an Maiks Jeansgürtel angebracht hatte, befand.

Der Stadtplan von Bremerhaven leuchtete matt auf dem Display. Na bitte, er war in Lehe, in der Hilda-Heinemann-Straße.

Leon löschte das Licht in seinem Zimmer und kletterte aus dem Fenster. Diesmal rief niemand die Polizei. In der Hilda-Heinemann-Straße suchte er Maik zunächst vergeblich. Im Schutz der am Straßenrand geparkten Autos bewegte Leon sich gebückt vorwärts. Wenn mich jemand sieht, wird er mich für einen Autoknacker halten, dachte Leon.

Nach dem Ortungsgerät, das nicht größer als ein Handy war, aber leider alle paar Minuten einen nervtötenden Summton machte, musste Maik sich vor oder in diesem Zweifamilienhaus befinden. Sein Rennrad hatte Leon schon an der Straßenecke entdeckt, aber von ihm selbst war nichts zu sehen.

Leon schlich einmal ums Haus. In der linken Haushälfte brannte unten noch eine Leselampe. Ein Herr mit Vollglatze lag in seinem Ohrensessel, die Füße auf einem Hocker, und schmökerte genüsslich in einem dicken Roman.

Dieser in ein Buch versunkene Mann erinnerte Leon auf bestürzende Weise an seine Mutter. Die hatte er oft so merkwürdig entrückt gesehen mit Wälzern, die nur selten weniger als vierhundert Seiten hatten. Manchmal, wenn sie viele Stunden mit so einem »Pageturner«, wie sie besonders spannende Krimis gerne nannte, verbracht hatte, dann kam sie ihm vor wie ein Wesen aus einer anderen Welt. Neben dem Mann auf einem kleinen Tischchen stand ein halbvolles Glas Rotwein. Er nippte daran, ohne den Blick vom Buch zu wenden.

Genau so hatte es Leons Mutter gemacht. Er konnte sich immer über ihre tastenden Finger amüsieren, die auf dem Nachttischschränkchen die Schokolade suchten, die immer da lag, wenn seine Mutter sich in ihr allabendliches Leseabenteuer stürzte. Manchmal hatte er sich – als er noch ein kleiner Junge war – unbemerkt in ihr Zimmer geschlichen, hatte im Schatten des Nachtschränkchens gesessen und ihr dabei zugesehen. Wie schön sie doch war, seine Mutter!

Einmal hatte er sich einen Scherz erlaubt und ganz leise die Schokolade an sich genommen. Er hatte nicht reingebissen. Er wollte nur sehen, was passieren würde, wenn ihre suchenden Finger ins Leere griffen.

Sie hatte keineswegs von ihrem Buch nach links geschaut, um zu sehen, wo die Schokolade geblieben war. Nein, sie suchte weiter mit den Fingern die glatte Fläche ab und dann, nach einem Moment, schien sie vergessen zu haben, dass sie gerade noch ein Stück Schokolade essen wollte. Ihre Finger wurden woanders gebraucht. Zum Umblättern. Vielleicht nach zehn Minuten – sie hatte inzwischen schon mehrfach umgeblättert – schickte sie ihre Finger erneut auf die Suche.

Irgendwann hatte er zu kichern angefangen. Sie schreckte auf und sah ihn an.

»Sitzt du schon lange da?«, hatte sie gefragt, und ihre Stimme klang fremd. Ihre Augen, die eben noch in eine andere Welt geblickt hatten, fixierten ihn irritiert und belustigt.

Die Schokolade teilten sie sich, er bekam noch einen Kuss, und dann erlag sie wieder der Magie ihres Krimis. Der Umschlag war ganz in Schwarz gehalten. Es war ein Taschenbuch. Wenn er sich richtig erinnerte, hieß der Autor Frank Göhre.

Vielleicht, dachte Leon, war es mit meiner Mutter genau so wie jetzt mit diesem netten glatzköpfigen Weintrinker. Auch er bemerkt mich nicht, ist ganz in sein Buch versunken. Leon konnte das Titelbild sehen. Es war »Gut Schuss« von Manfred C. Schmidt.

Der Summton des Ortungsgerätes erschreckte Leon. Aber wo, verdammt, war Maik?

Leon stand ganz ruhig und lauschte nur.

Da waren Raben im Baum. Sie zankten sich, zumindest hörte es sich für Leute, die der Rabensprache unkundig waren, so an.

Auf der rechten Seite des Hauses, das spiegelgleich aussah wie das linke, flimmerte unten ein Fernsehgerät. Der Ton war leise gestellt, da wollte wohl jemand seine Mitbewohner nicht stören. Ein Fenster stand sperrweit offen. Das Licht zog Insekten an, aber ein Fliegengitter hinderte sie daran, ins Haus zu gelangen. Mehrere Spinnennetze zierten den Rand des Insektenschutzes, als würden sie ihn an der Wand festhalten. Neben dem engmaschigen Gitter fand ein regelrechter Krieg statt. Fliegen und Stechmücken verfingen sich in den Spinnennetzen und wurden zur leichten Beute.

Leon stand jetzt unter dem Balkon. Als er ein Knacken im Kirschbaum hörte, wusste er, wo Maik war, und gleichzeitig bekam das wütende Schimpfen der Raben einen Sinn.

Das typische Geräusch vom Motor eines herausfahrenden Teleobjektivs verriet, was Maik da oben im Baum machte.

In der Mordnacht war Vollmond gewesen, daran erinnerte Leon sich. Jetzt sah der abnehmende Mond schon ein bisschen angeknabbert aus, aber er umrahmte Maiks Kopf wie ein Heiligenschein. In der Dunkelheit verschmolz Maiks Körper praktisch mit den Ästen und Blättern des Baumes, aber der Fotoapparat glänzte metallen in der Nacht.

Leon drückte sich an den Rauputz der Hauswand. Hatte Maik ihn gesehen? Leon wagte kaum zu atmen. Er hielt sich die Hände schützend vors Gesicht, denn er konnte sich gut vorstellen, dass das Mondlicht sein Gesicht glänzen ließ, außerdem war das Weiße in seinen Augen bestimmt verräterisch.

Was mache ich jetzt am besten, fragte Leon sich. Er war noch nie zuvor im Leben in so einer Situation gewesen.

Soll ich die Menschen drinnen warnen?

Einfach schreien?

Die Polizei rufen?

Am liebsten hätte er Maik vom Baum geschüttelt und ihm ein paar auf die Nase gedonnert.

Bilder jagten durch Leons Kopf. Maik auf dem Balkon

zwischen den Kräutern und Gewürzen. Er fotografierte Leons Mutter. Sie zog sich gerade ihre bequemen Bettsachen an, in denen sie so gerne las. Vielleicht öffnete ein Windstoß die Tür. Vielleicht hörte sie den Motor der Kamera. Sie begann zu schreien, resolut, wie sie war, konnte es sogar möglich sein, dass sie auf den ungebetenen Gast losgegangen war. Auf jeden Fall geriet er in Panik. Es kam zum Kampf, und er erstach Leons Mutter.

Ja, so oder so ähnlich musste es gewesen sein.

Hatte Maik auch diese Frau Leineweber begafft?

War er der Voyeur, der hier in Bremerhaven nachts auf die Pirsch ging?

War der Mord kein geplantes Verbrechen gewesen, sondern ein aus der Entdeckung entstandenes Vertuschungsdelikt?

Wie würde Maik reagieren, wenn er jetzt hier in flagranti überführt werden würde?

War ihm ein weiterer Mord zuzutrauen?

Leon wusste nicht, was er tun sollte. Die Situation überforderte ihn total. Er ahnte, wie dünn das Eis unter ihm war, aber es brach nicht. Die weiße Fläche glänzte und knirschte, aber sie trug ihn.

Wenn ich das der Polizei erzähle, glaubt mir keiner. Der Büscher sowieso nicht, dachte er. Wenn ich jetzt laut schreie und die Menschen aufmerksam mache auf den Spanner im Kirschbaum, ist er weg, bevor irgendjemand hier ist, und ich habe nur mich selbst verraten. Wie soll ich mit ihm weiter in einem Haus zusammenleben, wenn er weiß, dass ich alles weiß?

Nein, Leon entschied sich, zunächst gar nichts zu tun. Er wusste jetzt, was Maik für einer war. Er musste ihn ganz in Ruhe beobachten, um ihn dann schließlich glasklar überführen zu können.

Der Fotoapparat mit den gespeicherten Bildern zum Beispiel, das wäre so ein Beweismittel. Im Haus der Fischers gab es bestimmt eine Gelegenheit, den Speicherchip auszutauschen. Ob der Beweis Kommissar Büscher ausreichte?

Aus seiner Position heraus konnte Leon nicht sehen, wen oder was Maik belauerte und fotografierte. Auf jeden Fall versuchte er, durch das Fenster im ersten Stock oder gar durch die Dachfenster zu knipsen. Hier unten war für ihn wohl kaum etwas zu holen. Leon fand es wenig wahrscheinlich, dass Maik es auf den glatzköpfigen Rotweintrinker abgesehen hatte.

Leon sah sich nach einer erhöhten Position um. Er konnte schlecht ebenfalls in den Kirschbaum klettern, aber das Garagendach lag günstig, und als sich eine Wolke vor den abnehmenden Mond schob, nutzte Leon die Dunkelheit, um mit einem Klimmzug aufs Garagendach zu kommen.

Von hier aus konnte er das hell erleuchtete Dachfenster sehen, aber es gelang ihm nicht, hineinzuschauen. Dazu musste er höher steigen. Er versuchte es bei den Kletterrosen.

Es sah zunächst sehr gut aus. Das Rosengitter war wie eine Leiter für ihn. Aber dann merkte er, dass Rosen Stacheln haben. Sie rissen sein Hemd auf und verhakten sich in den Jeans. Es war plötzlich, als ob er sich in einer Schlingpflanze verfangen hätte. In seiner Phantasie griffen die Rosenzweige nach ihm wie die Arme eines Kraken.

Er stöhnte und atmete schwer. Eigentlich wollte er lautlos sein, doch er hatte das Gefühl, einen höllischen Lärm zu veranstalten. Er traute sich nicht, höher zu klettern, aber er kam auch nicht so einfach wieder runter auf die Garage.

Er hing fest. Seine rechte Hand blutete schon.

Er schielte zu Maik. Der war keine dreißig Meter Luftlinie von ihm entfernt. Gerade änderte er seine Position. Er lag jetzt auf einer dicken Astgabel, wie eine fette Anakonda, die sich anschleicht und ihr Opfer belauert.

In dem Moment brach das Rosengitter unter Leons Gewicht zusammen. Ein langer Zweig peitschte durch sein Gesicht und riss die Haut auf. Dann krachte Leon in den Vorgarten. Er blickte in den Sternenhimmel, als er stürzte. Dann verlor er das Bewusstsein.

Als er wach wurde, hörte er zunächst aufgeregte, zornige Stimmen. Ein Rotweinatem ganz nah an seinem Gesicht verursachte ihm Übelkeit und ließ ihn würgen. Er blinzelte hoch und blickte in das wütende Gesicht des glatzköpfigen Lesers.

»Blue! Er wird wach«, rief der Mann, der gerade eben noch in seinem Krimi gelesen hatte.

»Soll ich ihm noch eine verpassen?«, fragte Blue und hob seinen Baseballschläger.

»Nicht!«, kreischte eine junge Frau.

»Ja, nimm das Schwein auch noch in Schutz, Elli!«, schimpfte der, den sie ›Blue‹ nannten.

»Da kommt ja auch schon die Polizei!«, freute sich der Weintrinker.

»Wurde aber auch Zeit«, meckerte Elli und war erleichtert, dass jemand die Verantwortung übernahm.

Das Blaulicht spiegelte sich in den Scheiben und ließ die Äste der Bäume merkwürdig gespenstisch erscheinen, wie traurige Wesen, die sich auf ihrem weiten Weg verirrt hatten.

Leon versuchte aufzustehen. Sein Kopf kam ihm bleischwer vor. Noch hielt ihn ein Geflecht aus Rosenzweigen fest. Als er es endlich schaffte, auf die Beine zu kommen, und auf die zwei Polizisten zugehen wollte, schleppte er ein abgebrochenes Gitter mit Rosenresten hinter sich her, das sich an seiner Kleidung verfangen hatte.

Er konnte es nicht abschütteln. Ihm war, als würde er wie auf Watte gehen. Er spürte seine Beine kaum. Er schwankte, aber er kippte nicht um.

»Das ist der Dreckskerl!«, rief Elli. »Verhaften Sie ihn, Herr Wachtmeister.«

»Oder besser noch …«, ergänzte Blue rachsüchtig, »lassen Sie mich nur fünf Minuten mit ihm alleine und rufen Sie schon mal den Krankenwagen.«

Leon war froh, verhaftet zu werden. Der junge Polizist mit dem Schnauzbart stellte allerdings fest, dies sei keine Verhaftung, sondern eine Festnahme.

Sein Kollege, dem diese Spitzfindigkeiten auf den Keks gingen, stöhnte: »Ja, ja, ist ja gut.«

Leon sah noch kurz zum Baum hoch, doch Maik war schon lange nicht mehr da.

Leon wollte so viel erklären, aber etwas machte ihn stumm.

Er ahnte, wie unwahrscheinlich seine Geschichte klang, und diesmal brach er voll ins Eiswasser ein und fand sich unter der geschlossenen Eisdecke wieder. Über ihm nur Weiß. Um ihn nur Kälte. Kein Ausweg und kein Loch in Sicht. Von nirgendwo Hilfe zu erwarten. Es war ein Gefühl wie langsames Sterben. Die Gelenke wurden steif. Die Finger, die Füße und die Lippen taub.

Er ergab sich. Es war eine vollständige Kapitulation. Sollten sie doch mit ihm machen, was sie wollten. Die Todesstrafe war ja zum Glück abgeschafft.

Ich habe versagt, dachte er. Mehr noch, ich habe mich blamiert, und jetzt weiß Maik alles. Ich bin geliefert.

46

Aus rein kriminalistischer Sicht hatte Kommissarin Schiller recht, und Büscher war selbstkritisch genug, um sich zu fragen, warum er nicht in eine andere Richtung ermitteln wollte. Er sammelte lediglich Beweise gegen Holger Schwarz und blickte, wie Löckchen ihm vorwarf, weder nach rechts noch nach links. Vielleicht lag es daran, dass in seiner Berufspraxis fast alle Morde von den nächsten Verwandten begangen worden waren.

Trotzdem verstand er sich selbst nicht. Kam sich merkwürdig verbohrt vor und betrachtete doch Schillers Tun mit Skepsis. Er wartete nur auf ihr Scheitern.

Am Ende würde Holger Schwarz aufgrund seiner wasserdichten Ermittlungen verurteilt werden, was eine große Genugtuung für ihn wäre.

Büscher verfolgte durch die große Trennscheibe die Befragung. Wenn er sich nicht täuschte, hatte Löckchen sich extra schick gemacht. Wollte sie den jungen Womanizer beeindrucken?

Sie trug eine Halskette aus bunten Glassteinen, die ein bisschen so aussah, als hätte ein Kind sie aus geschmolzenen Legosteinen gebastelt, ein strahlend weißes T-Shirt und darüber eine hellblaue Tunika aus Leinen.

Ihre weite Hose war aus dem gleichen Material. Heute hatte Schiller etwas Strahlendes an sich, fand Büscher.

War sie frisch verliebt, oder was hatte sich geändert?

Jörg Parks dagegen wirkte zerknirscht. Er erinnerte Büscher an eine sturmreif geschossene Festung. Es verteidigten sich in den Ruinen noch halbherzig ein paar Übriggebliebene, aber nur, um möglichst gute Bedingungen für einen Waffenstillstand auszuhandeln. Den Glauben an einen Sieg hatten sie längst aufgegeben.

Ja, bei genauer Betrachtungsweise war es durchaus möglich, dass Jörg Parks doch noch ein Geständnis ablegen würde. Nur leider sagte Parks gar nichts, sondern ließ seine Anwältin, Clara Vogt, reden. Sie trug Kleidergröße 36. Höchstens. Vielleicht sogar weniger. Gegen sie wirkte die eigentlich schlanke Kommissarin Schiller geradezu pummelig.

Mehr noch als die Worte, die ja aufgezeichnet wurden, interessierte Büscher die Interaktion der Personen. Ihre Körpersprache verriet ihm viel.

Jörg Parks fixierte entweder seine Anwältin, oder er sah auf den Tisch. Er schaffte es nicht, Kommissarin Schiller anzusehen, dabei hatte die sich doch extra so schick gemacht, dachte Büscher nicht ohne Schadenfreude.

Die beiden Frauen hielten immer den gleichen Abstand zueinander. Sie umkreisten den sitzenden Parks wie zwei Planeten die Sonne. Die beiden hatten etwas Lauerndes an sich.

Fast kam Jörg Parks Büscher vor wie eine Beute, die

jetzt zwischen zwei rivalisierenden Raubkatzen aufgeteilt werden sollte, wobei jede den größten Anteil für sich beanspruchte.

»Ob man betrogen wurde oder sich betrogen fühlt, das sind zum Glück vor dem Gesetz zwei ganz verschiedene Sachverhalte«, dozierte Clara Vogt.

»Es geht hier zunächst gar nicht um die Betrugsanzeigen, sondern wir ermitteln gegen Herrn Parks wegen des dringenden Tatverdachts, Frau Schwarz ermordet zu haben.«

Clara Vogt spielte die Empörte, was aber in Büschers Augen eine viel zu aufgesetzte Show war.

»Das wird ja immer schöner! Mein Mandant ist das Opfer von Intrigen. Eifersüchtige Freundinnen und verstoßene Exgeliebte finden sich hier in einer unheiligen Allianz zusammen, um ihn hinter Gitter zu bringen. All diese Frauen haben doch nur eines gemeinsam: Sie wollten meinen Mandanten nur zu gerne heiraten oder wenigstens eine Liebesbeziehung zu ihm …«

»Ach so, die Konkurrentinnen schmieden einen gemeinsamen Plan?! Sehr logisch!«, konterte Kommissarin Schiller.

Anwältin Vogt schob das Kinn vor und zog die Schultern zurück, wodurch sie etwas von einem Geier bekam.

»Wenn er hinter Gittern sitzt, kann ihn wenigstens keine andere mehr bekommen!«, erklärte sie angriffslustig und stieß mit dem Kopf zweimal vor und wieder zurück.

Kommissarin Schiller bog ihren Rücken durch. Sie ignorierte die Anwältin und ging Jörg Parks direkt an. »Es geht um die Mordnacht, Herr Parks! Ihr Alibi ist geplatzt. Frau Bruchhausen hat ihre Zeugenaussage widerrufen.«

Das saß.

Jörg Parks federte vom Stuhl hoch und brüllte: »Die Alte will mich fertigmachen! Ich war die ganze Nacht bei ihr! Das ist ein hundsgemeiner Komplott!«

Kommissarin Schiller verzog die Lippen. »Hundsgemeines Komplott. Es heißt das Komplott. Nicht der Komplott. Werden Sie immer sprachlich so ungenau, wenn Sie nervös werden, *Herr Parks*?!«

Sofort war seine Anwältin bei ihm und legte beide Hände auf seinen Rücken, um ihn zu beruhigen.

»Wir hatten uns doch darauf geeinigt, dass ich spreche, und Sie schweigen!«

Er ballte die rechte Faust und biss hinein.

»Wir haben es also mit einer neuen Situation zu tun, Herr Parks. Wo waren Sie in der Mordnacht, und wer kann das bezeugen? Konkret geht es um den Zeitraum zwischen Mitternacht und sechs Uhr früh.«

»Im Bett!«, schrie er, weiß vor Wut.

»Tja, dann kann ich Ihnen ja mal sagen, wie ich das sehe. Sie haben Frau Schwarz um elf angerufen. Es gab Streit. Sie haben ja offenbar Talent, Frauen zu verletzen und gegen sich aufzubringen. Frau Schwarz verdächtigte Sie, noch weitere Freundinnen zu haben, und drohte, Sie aus ihrem Testament zu streichen. Sie fuhren also schleunigst nach Bremerhaven. Dort eskalierte der Streit, und Sie haben sie umgebracht.«

»Nein, verdammt! So war es nicht! Ich war gar nicht in der Wohnung!«

Gespielt mitleidig lächelte Kommissarin Schiller ihn an und setzte dann süffisant nach: »Nun haben wir in der Wohnung der Familie Schwarz DNA-Spuren von Ihnen gefunden. Speziell Kopfhaare, Schamhaare und …«

Er hielt sich die Ohren zu. »Hören Sie auf!«, brüllte er.

»Sie quälen meinen Mandanten unnötig«, beschwerte Anwältin Vogt sich.

Darüber konnte Kommissarin Schiller nur lachen, und das tat sie auch demonstrativ. »Er wird sich schon anhören müssen, was wir ihm vorzuwerfen haben.«

»Ja«, zischte Clara Vogt, »anhören muss er es sich. Aber als Beschuldigter muss er nicht antworten. Ab jetzt schlage ich vor, dass Sie alle Fragen schriftlich stellen und zwar an mein Büro. Wir zwei«, – sie zeigte auf Jörg Parks und dann auf sich – »werden dann – wenn wir es für angemessen halten – Ihre Fragen beantworten. Und wenn nicht, tja, dann eben nicht.«

Büscher klopfte ohne hinzusehen eine Zigarette aus der aufgerissenen Packung.

Was für ein gerissenes Luder, dachte er. Was für eine gottverdammte Zicke.

Diese Clara Vogt hatte ihm vor zwei Jahren schon einmal eine Mordanklage zerpflückt und ihn vor Gericht saublöd aussehen lassen. Er hatte den Typ trotzdem überführt.

Vielleicht, dachte Büscher jetzt, war es dieser Parks ja doch. Ich würde es der Vogt gönnen. Wenn wir den zweiten Klienten von ihr dingfest machen, ist sie in der Stadt erledigt. Dann kann sie woanders die Gerichte nerven. Wer zweimal auf unschuldig plädiert und damit baden geht, gilt in kriminellen Kreisen als angeschossen.

47

Die Nacht in der Zelle fand Leon gar nicht so schlimm. Seine Verletzungen waren verarztet worden. Er hatte sogar eine warme Mahlzeit bekommen. Eine Erbsensuppe, lauwarm und mit einem Würstchen drin.

Die kratzige Pferdedecke benutzte er nicht. Er hatte lange wach gelegen in diesem engen Raum. Zweimal hatte jemand durch den Spion in die Zelle geguckt. Sie hatten ihm alles abgenommen, womit sich jemand umbringen konnte, sogar seine Schuhriemen. Aber er hatte nicht vor, sich umzubringen. Maik dagegen hätte er gerne gekillt.

Er fragte sich, wie es jetzt weitergehen sollte. Garantiert hatte Maik den Sturz mitbekommen und wusste jetzt, dass er hinter ihm her war.

Was würde Maik tun?

Er konnte Ulla, Johanna und Ben schlecht erzählen, wobei er ihn erwischt hatte, dann käme er in Erklärungsnotstand, was er selbst dort zu suchen hatte. Bestimmt würde Maik vorgeschobene Gründe finden, Leon rauswerfen zu lassen.

Leon beschloss, der Polizei die Wahrheit zu sagen, aber jeder andere als Büscher wäre ihm lieber gewesen.

Warum musste er es ausgerechnet mit diesem Unsympathen zu tun haben? Mit Polizisten war es für Leon nicht anders als mit Lehrern. Es gab welche, mit denen er klarkam, und andere, mit denen eben nicht.

Leon erinnerte sich daran, dass sie mit der Schulklasse mal das Amtsgericht besucht hatten. Sie durften sogar bei zwei Prozessen dabei sein. Der Gerichtspräsident Uwe Lissau persönlich hatte sie durch die Räume geführt und mit ihnen gesprochen. Er hatte ihnen das Bild vor dem Saal 219 erklärt.

Da stand: *Ohne Irrtum kann niemand eine Aussage über uns machen.*

Jedes Wort auf einer eigenen Tafel. In der nächsten Zeile gab es die gleichen Worte, doch die Reihenfolge war durcheinandergewürfelt, und am Ende, in der letzten Zeile, stand: *Ohne uns kann niemand eine Aussage über Irrtum machen.*

Das Kunstwerk hatte Leon damals so sehr beeindruckt, dass er sich sogar den Namen des Künstlers gemerkt hatte. Michael Weisser.

Wenn ich nicht Büscher meine Geschichte erzählen müsste, sondern diesem Gerichtspräsidenten, dachte Leon, dann wäre alles leichter für mich. Wer solche Kunstwerke im Gericht aufhängt, kann als Typ nicht ganz verkehrt sein.

Aber dann kam Kommissar Büscher und brachte gleich die Psychologin mit. Die beiden hatten längst einen Plan. Sie gaben sich Mühe, ruhig zu wirken, als sei das hier ein ganz alltägliches Ereignis.

Sie luden ihn ins Café David ein.

Okay, dachte Leon, Hauptsache, raus aus dieser Zelle. Seine Haut begann schon zu jucken.

»Das Leben«, sagte Büscher, »beginnt in einer Zelle, und es endet bei Strolchen in einer solchen.«

Dabei grinste er breit, aber Marianne Müller-Felsenburg ließ die Luft raus und sagte: »Ja, das ist sehr geistreich, aber leider nicht von Ihnen, sondern von Heinz Ehrhardt.«

Sie redeten und frotzelten und fragten nur mal – fast nebensächlich – nach, was denn letzte Nacht vorgefallen sei.

»Okay«, sagte Leon. »Fangen wir am Anfang an.«

Aber dann wurde er gleich vom Kellner unterbrochen. Marianne Müller-Felsenburg bestellte sich einen doppelten Espresso, Büscher nahm einen Latte Macchiato, und als Leon zögerlich einen Kaffee bestellte, stupste die Psychologin ihn an. »Dein Frühstück war doch bestimmt nicht gerade der Knaller, oder? Möchtest du nicht ein paar Rühreier?«

Leon lehnte ab. Büscher sah auf seine Uhr und wippte mit dem rechten Bein. Er tat nur so supercool, in Wirklichkeit war er nervös.

»Also«, begann Leon, »noch einmal von vorne. Ich habe auf Maik Homburgers PC verdächtige Bilder gefunden.«

»Was heißt das? Verdächtige Bilder? Kinderpornographie oder so etwas?«

»Nein, Aufnahmen von Jessy, einer Freundin von Ben.

Heimlich geknipst. Das kam mir verdächtig vor. Und in Wirklichkeit arbeitet er gar nicht für den Security-Homeservice. Er erzählt das nur. Der ganze Kerl besteht aus lauter Lügen. Und dann bin ich ihm nachts gefolgt und habe gesehen, wie er im Baum saß und Fotos gemacht hat.«

Büscher grinste, und sein rechtes Bein wippte immer schneller. »Nun haben wir aber nicht Maik Homburger im Garten gefunden, weil unter ihm das Rosengerüst zusammengebrochen ist, sondern dich.«

»Ja, stimmt. Ich wollte aufs Dach klettern, um zu gucken, was er da fotografiert.«

»Super Idee, findest du nicht?«

Die Psychologin schüttelte den Kopf und sah Büscher ermahnend an.

»Ja, vielleicht war das blöd, aber … was hätten Sie denn an meiner Stelle gemacht?«, wollte Leon wissen.

»Ich wäre nie in so eine Situation gekommen!«, wehrte Büscher ab.

»Klar«, sagte Leon. »Weil niemand Ihre Mutter umgebracht hat.«

»So habe ich das nicht gemeint«, gab Büscher spitz zurück und legte beide Hände auf sein zitterndes Knie.

»Bist du dir denn ganz sicher, dass du Herrn Homburger gesehen hast?«, fragte Frau Müller-Felsenburg.

Das passte Büscher nun gar nicht, und er fuhr ihr über den Mund: »Sie sind Psychologin. Die Ermittlungen leite ich.«

»Ich frage den Jungen nur nach seinen Wahrnehmungen!«, rechtfertigte sie sich.

Büscher winkte barsch ab. »Ach was! Das ist doch alles eine Luftnummer. Fadenscheinige Ausreden. Er hat erst an Michael Homburgers Computer herummanipuliert und von da aus einen Hackerangriff auf den PC von Jörg Parks gemacht. Dann hat er den E-Mail-Verkehr von Herrn Parks chaotisiert. Schlauer Schachzug. Respekt. Damit hat er ihm eine Menge Ärger gemacht. Und jetzt wollte unser *ach so braver Leon Schwarz* mit dem Fotoapparat heimlich ein paar Fotos von Elisabeth Fels machen. Die hätte er dann auf Michael Homburgers Computer installiert, oder auf dem von Jörg Parks. Ist doch völlig egal, Hauptsache, irgendeiner wird verdächtig gemacht. Stimmt's? Ich frage mich nur, woher unser Früchtchen wusste, dass Frau Fels bereits Anzeige gegen Unbekannt erstattet hatte … Er musste jetzt nur noch nach …«

»Ich wusste nichts davon!«, verteidigte sich Leon.

»Zufällig ist Herr Summerer, der Anwalt deines Vaters, auch der von Frau Fels, und da schließt sich der Kreis, mein Lieber. Man darf anderen Leuten keine Straftaten in die Schuhe schieben. Das ist selbst eine strafbare Handlung!«

In Leons Kopf drehte sich ein Karussell. Es war, als sei er plötzlich mit Kommissar Büscher und Frau Müller-Felsenburg auf der Achterbahn gelandet, und sie befanden sich mitten im Looping. Die Wände rasten auf Leon zu, und alles geriet ins Trudeln. Die Bilder verwischten. Für Sekunden musste Leon die Augen schließen.

»Ist dir nicht gut?«, fragte Frau Müller-Felsenburg.

Leon hörte ihre Worte. Es waren langgezogene Schmatzer, als würde sie nicht sprechen, sondern Kaugummi kauen.

»Michael Homburger hat uns diesen Chip hier gebracht, Leon. Weißt du, was da drauf ist?«

Leon konnte durch die schnell auf ihn einstürzenden Bilder den Chip in Büschers Hand nicht einmal sehen.

»Lassen Sie ihn doch. Sie sehen ja, wie es ihm geht«, bat Frau Müller-Felsenburg, aber Büscher wollte sich nicht von irgendeiner Show reinlegen lassen. Er fuhr unbeirrt fort: »Da sind all die schönen digitalen Bilder drauf, die du von Elisabeth Fels gemacht hast. Wie sie sich vor der Dusche auszieht. Wie sie sich die Haare föhnt …« Büschers Stimme wurde lauter, vorwurfsvoller: »Ja, sogar wie sie auf dem Klo sitzt.«

»Nicht so laut«, bat die Psychologin. »Sie sind unmöglich, Herr Büscher.«

Leon sah zu den anderen Gästen im Café. Alle starrten in seine Richtung. Jeder lauschte dem Gespräch. Wo bekam man schon so eine spannende Unterhaltung geboten?

»Wie verstört muss einer eigentlich sein, um nachts auf Dächern rumzuklettern und solche Fotos zu machen, Frau Müller-Felsenburg?«, fragte Büscher.

»Sie können den Jungen doch hier nicht vor aller Welt vorführen?!«, mahnte Marianne Müller-Felsenburg.

»Sie wissen auch nicht, was Sie wollen! Erst überreden Sie mich, ihn ja nicht mit aufs Revier zu nehmen, weil seine arme Seele ja Schaden nehmen könnte. Deshalb sitzen wir hier in diesem trutschigen Café! Weil Sie es so wollten! Meinetwegen können wir direkt …«

Er stand auf. Sie blieb sitzen. »Nein, herrjeh! Es ist schon besser hier.

Aber müssen Sie denn so laut sein?«

»Hier gibt es nichts zu lauschen!«, fuhr Büscher einen Rentner an, der so intensiv zuhörte, dass er seine Nusstorte völlig vergessen hatte. Der gute Mann zuckte erschrocken zusammen und verschüttete seinen Kaffee.

Das frisch verliebte Pärchen in der Ecke hatte sogar beim Händchenhalten mit dem Liebesgeflüster aufgehört, um auch ja alles mitzukriegen.

»Na? Spannend?«, giftete Büscher in ihre Richtung.

Sofort drehten sie sich wieder so, als hätten sie nie Augen und Ohren für etwas anderes gehabt als die Beschäftigung mit sich selbst.

Büscher sprach mit unveränderter Lautstärke weiter. »Dann sind da auch noch heimlich aufgenommene Fotos von einer nackten jungen Frau, die Wäsche aufhängt oder so …«

Jessy, dachte Leon. Auch das noch. Maik tut jetzt also so, als hätte ich die Fotos gemacht. Er schiebt mir seine Schandtaten unter.

»Sie steht vor einem weißen Laken«, hörte Leon sich selbst sagen. Seine eigene Stimme kam ihm fremd vor, künstlich, wie von einem Anrufbeantworter.

Leon rechnete damit, jeden Moment könnten sich Handschellen um seine Gelenke schließen.

Ist das ein Scherz des Schicksals?, fragte er sich. Gibt es da oben irgendwo einen Gott, der über diesen schlechten Witz lachen kann?

Hole ich am Ende meinen Vater aus dem Gefängnis und muss selbst hinein?

Aber dann ging es anders weiter, als er erwartet hatte.

Frau Müller-Felsenburg sagte sanft: »Ich glaube, unter den gegebenen Umständen ist es keine ganz so gute Idee, dass du zu den Fischers zurückgehst. Ich habe einen freien Platz im *Betreuten Wohnen*. Da kannst du fürs Erste bleiben.«

Sie bemerkte Leons Erstaunen, deutete es aber falsch. »Das ist eine Einrichtung der Jugendhilfe. Ein Haus am Stadtrand. Sechs Jugendliche wohnen dort. Eine sehr nette Sozialarbeiterin betreut die Gruppe. Da gibt es viele Freizeitaktivitäten. Es wird zusammen gekocht und …«

»Ich weiß«, sagte Leon, »bei euch sind immer alle furchtbar nett.« Es war ironisch gemeint, aber entweder verstand Marianne Müller-Felsenburg die Ironie nicht, oder sie tat zumindest so.

Büscher zählte an den Fingern die Bedingungen auf: »Damit das klar ist, Bürschchen. Du hältst dich von der Familie Fischer fern. Insbesondere ist dir der Umgang mit Johanna Fischer verboten. Du machst einen Riesenbogen um das Haus der Parks. Du hackst in keinen Computer und hörst auf, Detektiv zu spielen. Wenn du auch nur in der Nähe von Elisabeth Fels gesehen wirst, atmest du gesiebte Luft. Du hältst dich ständig zu unserer Verfügung. Wenn ich dich sprechen will und es ein Problem gibt, weil dein Scheißhandy nicht geht oder du sonstwie unerreichbar bist, schreibe ich dich augenblicklich zur Fahndung aus. Ist dir klar, was das bedeutet?«

Leon wusste es nicht genau, und er fragte sich auch, ob das überhaupt ohne richterlichen Beschluss möglich war, aber er traute Büscher eine Menge zu, denn er spürte, wie aufgeregt und entschlossen der Kommissar war.

Büscher unterstrich diesen Eindruck noch, indem er betonte, er habe die Schnauze inzwischen gestrichen voll.

Leon putzte seine feuchten Hände an den Hosenbeinen ab. »Ich werde keinen Mist bauen«, sagte er kleinlaut, und dieser Satz stoppte die rasenden Bilder. Das Schwindelgefühl ließ nach. Es ging ihm besser, und er atmete tief durch. Er überlegte, zur Toilette zu gehen und von dort zu türmen, aber er wusste nur zu gut, dass er dazu im Moment nicht in der Lage war.

Immerhin, *Betreutes Wohnen* hörte sich besser an als Jugendknast, und zu Fischers konnte er ja nun wirklich nicht zurück.

Er fragte sich, was Ben über ihn dachte. War der noch sein Freund?

Und was war mit Johanna?

48

Bei Fischers tagte die Familienkonferenz. Jeder hatte hier das Recht, so eine Krisensitzung zu beantragen. Sie hatten sich irgendwann darauf geeinigt. Es hörte sich fortschrittlich an, und Maik nannte es eine wichtige Übung in Demokratie und freier Meinungsäußerung.

Ulla Fischer fand, dass es im Rahmen der Familie Sicherheit gab. Hier sollte »nichts unter den Teppich gekehrt werden, bis er Falten wirft«. Sie hatten sich damals, als Maik bei ihnen einzog, darauf geeinigt, jeder dürfe frei zu seinen Ansichten stehen und könne die Familienkonferenz einberufen. Sie hatten sich das alle hoch und heilig versprochen, aber nur zweimal davon Gebrauch gemacht.

Einmal, als es um den Mallorcaurlaub ging und Johanna nicht mitwollte, weil sie keine Lust hatte.

Beim zweiten Mal ging es um die Verteilung von 7421 Euro, die nach Omas Beerdigung als Erbe übrig geblieben waren.

Jetzt fragten sich alle, warum es bei Leons Einzug keine Familienkonferenz gegeben hatte. Ulla Fischer erklärte es mit der hektischen Situation. Außerdem sei ja jeder gefragt worden und keiner dagegen gewesen.

»Pah – Johanna!«, sagte Ben und schielte zu ihr rüber, denn es machte ganz den Eindruck, als hätten sich die Fronten verschoben. Inzwischen war nur noch Johanna für Leon, alle anderen waren gegen ihn. Sie hoffte immer noch, es könne eine – wie auch immer geartete – Erklärung für alles geben, aber Maik machte ihre Hoffnungen zunichte.

Er war blass, Bartstoppeln glitzerten silbriggrau in seinem Gesicht. Sein weißes Hemd war frisch gebügelt. Der Kragen steif, aber die ersten zwei Knöpfe hatte er nicht geschlossen, sodass der Ansatz von seinem Feinrippunterhemd sichtbar war und die paar Brusthaare ebenfalls.

Er gestikulierte beim Reden wie ein arabischer Märchenerzähler. Seine Theorie war schlüssig, und er trug sie ohne jeden Vorwurf, ja sogar mit einem gewissen Verständnis für Leon vor.

»Was Leon getan hat, ist natürlich nicht zu entschuldigen. Aber ihr müsst bedenken, seine Mutter wurde ermordet. Sein Vater sitzt im Gefängnis. Er kommt damit natürlich nicht klar. Er hat die fixe Idee, seinen Vater befreien zu wollen. Nun – offen gestanden – das hat ihn mir sogar sympathisch gemacht. Das Problem ist aber, er glaubt zwar fest an die Unschuld seines Vaters, kann die aber nicht beweisen. Also beginnt er, Beweise zu türken. Erst hackt er sich in den Computer vom Geliebten seiner Mutter ein – diesem Parks – und Bingo!«, Maik klatschte seine Hände gegeneinander, »er sticht in ein Wespennest. Der Kerl hat seine Mutter ausgenommen und noch ein paar andere Freundinnen am Start. Von meinem Computer aus hetzt Leon die Frauen gegeneinander, indem er jeder – scheinbar versehentlich – E-Mails der anderen schickt. So erfahren sie voneinander und machen Jörg Parks die Hölle heiß. Das ist für den zwar unangenehm, macht ihn aber für die Polizei nicht zu einem Mörder. Da beschließt Leon, die Spannertheorie zu verfolgen.«

Ulla Fischer löste ein Aspirin in einem Glas Wasser auf und stierte fast meditierend auf die immer kleiner werdende Sprudeltablette. Sie sah um Jahre gealtert aus, fand Johanna. Bisher hatte sie sich neben ihrer Mutter immer für ein hässliches Entlein gehalten. Das änderte sich gerade.

Weil alles so verwirrend war, klammerte Johanna sich an diesen Gedanken. Je mehr alle auf Leon herumhackten, je monströser seine Schuld wurde, umso mehr hielt sie zu ihm. Sie musste sich eingestehen, dass sie verliebt in ihn war. Ja, verdammt, genau das war sie.

Die Worte sprudelten nur so aus Maik heraus, doch er wählte sie zu sorgfältig, fand Johanna. Das machte sie misstrauisch. Seine Rede klang gut vorbereitet, fast als hätte er sie vor dem Spiegel eingeübt.

»Er begann also, sich einen neuen Täter auszugucken. Mich. Er schlief in meinem Hobbyraum. Er hatte freien Zugang zu meinem Computer. Er legte eine Beweisspur, die mich ins Gefängnis bringen sollte.«

»Du dämonisierst ihn!«, fuhr Johanna Maik an, aber der Vorwurf berührte ihn nicht.

»Nein, im Gegenteil, ich habe Verständnis für ihn. Ja, so irre es klingt, ich kann nachvollziehen, was er getan hat.«

»Bist du nicht sauer auf ihn?«, fragte Ben.

»Er liebt seinen Vater«, antwortete Maik. »Daran kann ich nichts Schlimmes finden. Der Gute hatte von Elisabeth Fels erfahren, die sich beobachtet fühlte und Anzeige gegen Unbekannt erstattet hatte. Also zog Leon los, fotografierte sie nachts heimlich und versteckte die Bilder auf meinem Laptop. Bei einer dieser Aktionen fiel er ja bekanntlich vom Dach.«

»Und die Bilder von Jessy?«, wollte Ben wissen.

Ulla Fischer trank gierig ihr Aspirin, legte dann den Kopf in den Nacken und rollte ihn hin und her. Sie war völlig verspannt.

»Das war ein Leichtes für ihn. In meinem Zimmer war das ganze Material. Die Überwachungskameras und …« Er winkte ab. »Wer weiß, was der noch aufgenommen hat …« Er zeigte erst auf Johanna, »vielleicht gibt es auch Bilder von dir …«, und dann auf Ulla, »… oder von dir?«

»Jetzt hör aber auf!«, protestierte die und schüttelte sich angewidert.

»Und was machen wir jetzt?«, fragte Ben. Er konnte es immer noch nicht fassen, dass sein Freund Leon sie alle so hintergangen hatte.

»Keine Ahnung«, sagte seine Mutter und reckte sich. »Vielleicht sitzt er inzwischen selbst im Gefängnis. Jedenfalls kann er hier nicht mehr wohnen.«

»Bis zur Mordnacht war Leon ein ganz normaler Kerl. Mein Kumpel halt. Mein bester Freund. Wir zeigen ihn doch nicht an?«, fragte Ben.

Frau Fischer griff nach der Hand ihres Sohnes und hielt sie. Johanna registrierte das mit einem Anflug von Eifersucht.

»Nein, ganz sicher nicht! Der Arme hat auch so schon genug Probleme«, sagte Maik großzügig.

»Aber was ist mit deiner Arbeit? Stimmt es, dass du gar nicht beim Security-Homeservice gearbeitet hast?«, fragte Johanna. Sie war das Leon schuldig, fand sie.

Maik schluckte und breitete die Arme zu einer Erklärung aus. Seine Augen wurden kurz zu Schlitzen, als er Johanna kritisch anschaute. Er fragte sich, woher sie das wusste. Sie sah es ihm an, so wie ihre Mutter und Ben reagierten, hatten sie nicht die geringste Ahnung. Auf keinen Fall wollte Johanna ihnen verraten, dass Leon per SMS Kontakt zu ihr hielt. Sie ignorierte also die Frage, die in dem Blick lag, einfach. Wenn hier einer eine Erklärung abgeben musste, dann Maik.

Er tat es, mit offenen Händen und aufrecht sitzend. »Im Moment weht mir echt der Wind hart ins Gesicht. Ich habe ein Eins-A-Sicherheitssystem ausbaldowert. Hochmodern. Effizient und billig. Ich habe es in der Firma vorgestellt, und die Schweine geben es jetzt als ihre Erfindung aus und wollen damit das ganz große Geld machen.«

Ulla und Ben waren empört. Sie alle wussten, wie viel Zeit er in sein Überwachungssystem investiert hatte.

Aber Johanna konnte den Zusammenhang nicht erkennen. »Und?«, fragte sie auf einer Antwort beharrend, »was soll das jetzt heißen?«

Maik klatschte seine Hand zornig auf den Tisch. »Was das heißen soll? Ich habe davon Wind gekriegt und meinen Anteil am Geschäft gefordert.«

Ulla Fischer nickte heftig zustimmend. »Und dann?«

»Dann haben sie mich gefeuert.«

Etwas an Leons SMS war also richtig. Er hatte Johanna geschrieben: *Maik arbeitet nicht mehr beim Security-Homeservice. Was hat er jede Nacht getrieben?*

Maik hatte ihnen nicht erzählt, dass er entlassen worden war.

»Und kannst du dann da nichts machen? Kündigungsschutz? Klagen? Gericht?«, fragte Johanna.

Maik schüttelte den Kopf und schielte zu Ulla, als müsse er sich von ihr erst das Einverständnis für seine Worte holen. Sie wusste also mehr, als sie zugab, folgerte Johanna.

»Ich habe dort doch schwarz gearbeitet. Ich weiß, das war blöd, aber mit Steuern und Sozialversicherung hätte ich dort nur halb so viel verdient. Dem Chef war das recht. Der wird oft mit Schwarzgeld bezahlt und weiß gar nicht wohin mit den Scheinen, die er gar nicht haben darf. Ihr wisst doch, wie das läuft. Die Schattenwirtschaft ist die einzige Wachstumsbranche in Deutschland. Ich habe also mitgespielt, und nun gibt es natürlich nicht den geringsten Beweis, dass ich jemals dort gearbeitet habe. Das ist denen ganz recht. So stehe ich als blöder Lügner da, wenn ich behaupte, die hätten mein System geklaut. Angeblich kennen die mich nicht einmal.«

»Und deine Arbeitskollegen?«, hakte Johanna nach.

Maik wirkte traurig, resigniert. »Ach die. Die schweigen natürlich aus Angst um ihren Job. Der Boss ist da ein scharfer Hund. Der hat ihnen schnell klargemacht, dass auf jeden Arbeitsplatz zig andere warten. Deshalb kannte mich plötzlich keiner mehr. Ich nehme es ihnen nicht krumm. Die meisten haben eine Familie zu ernähren.«

»Wann ist das denn passiert?«, wollte Ulla Fischer wissen und legte voller Mitgefühl eine Hand auf Maiks Arm.

»Vor drei Tagen.«

Kritisch fragte Johanna nach: »Aber dann bist du trotzdem jede Nacht weg gewesen?«

»Ja. Ich habe meine Arbeitskollegen aufgesucht und mit ihnen geredet. Ich habe ihnen Anteile am Gewinn versprochen … Ich habe, verdammt nochmal, sogar versucht, mein eigenes System zurückzuklauen.«

Er redete nicht weiter. Seine Lippen zitterten.

Du liebe Güte, dachte Johanna. Gleich fängt der an zu heulen.

Ihre Mutter ließ Bens Hand los. Sie rückte näher zu Maik und nahm ihn liebevoll in den Arm.

Ben biss sich auf die Unterlippe.

Der weiß auch nicht mehr, wem er glauben soll, dachte Johanna.

49

Leon hatte von Anfang an nicht vor, in der Einrichtung zu bleiben. Okay, es machte alles einen ganz lockeren Eindruck, mit Postern an den Wänden, frohen Farben, zusammengewürfelten alten Möbeln, ein bisschen plüschig wie bei Oma und gleichzeitig mit modernen IKEA-Regalen und Flachbildschirmen. Im Sozialraum stand ein PC mit Benutzerplan, in den auch er sich eintragen konnte.

Überhaupt gab es für alles Pläne. Essenspläne. Putzpläne. Freizeitpläne.

Leon hatte auch einen Plan. Einen Fluchtplan.

Die Sozialarbeiterin war wirklich zum Verlieben nett. Sie wies Leon in die Geheimnisse der Waschmaschine ein. Es war nämlich seine erste Aufgabe, für frische Wäsche zu sorgen.

Im Keller gab es einen Waschraum, in dem es zwar muffig roch, aber gleichzeitig auch nach Zitrone. Es gab drei große Körbe mit Wäsche. 30 Grad, 60 Grad und 90 Grad.

Sie redete und redete. Ihr freundlicher Singsang lullte Leon ein, stimmte ihn friedlich und machte ihn müde. Sie erklärte ihm die Waschprogramme, zeigte ihm das

Flusensieb und wie es gereinigt werden musste. Das alles langweilte Leon unendlich und interessierte ihn nicht die Bohne. Aber diese Sozialarbeiterin war nur ein paar Jahre älter als er. Er schätzte sie auf vier-, höchstens fünfundzwanzig. Sie roch nach Vanille, und wenn sie sich vorbeugte und näher an ihn herantrat, war es, als würde er sich nach einem Regenschauer in einem Wald befinden. Die duftete nach Moos, Pilzen und frisch geschlagenem Tannenholz. Der Geruch war ganz nah an ihrer Haut. Schon mit einem halben Meter Abstand nahm er nur noch Vanille wahr, aber darunter war dieser verwirrende Waldduft.

Wie macht sie das, dachte er. Die hatte kurze schwarze Haare und wirkte burschikos auf Leon. Sie wusste genau, was sie wollte, und war bereit, sich durchzusetzen, mit Freundlichkeit oder Strenge, je nachdem. Sie hieß Sandra Bauer, und obwohl Leon nicht an diesem Ort sein wollte, sich einen Dreck für die Waschmaschine und die Haushaltsregeln interessierte, fühlte er sich in ihrer Nähe wohl.

Das erste Essen war nicht gerade der Knaller. Paul Neumann, der Wert darauf legte, dass er aus Kirgisien kam und auf die Bezeichnung »Russlanddeutscher« allergisch reagierte, hatte Erbsensuppe mit Speck gekocht. So habe seine Oma in Bergtal immer gekocht. Die Suppe war dick und fettig, und alle aßen mit langen Zähnen. Auch Leon löffelte ein bisschen davon, um Paul nicht zu beleidigen.

»Hat ma einer Maggi?«, fragte Meggie, eine Punkerin

mit Hundehalsband, die sich sogar morgens Maggi aufs Brot träufelte und auf die Frühstückseier. Sie nutzte den Inhalt der Flasche scheinbar auch als Parfüm. Jedenfalls umgab sie eine Wolke von Liebstöckl. Sie schnappte sich die Würze und ließ einen Dauerregen auf ihren Teller prasseln.

»Meggie, ich glaube, das reicht jetzt«, sagte Sandra Bauer in einem deutlich fröhlichen Ton. Meggie ballerte hart zurück: »Wieso? Musst du diese Jauche essen oder ich?«

»Äi, willze mich beleidigen?«, fragte Paul scharf nach.

»Wieso dich? Ich sage nichts gegen dich oder deine Religion oder das blöde Tal, aus dem du kommst! Ich krieg nur diesen Schleim hier nicht ohne Maggi runter.«

»Ich komm aus keinem Tal! Das Dorf hieß Bergtal, du blöde Schlampe. Es ist keine sechzig Kilometer von der Hauptstadt entfernt. Wir sind hier weiter von Berlin weg als …«

»Sag noch einmal Schlampe zu mir, du Russe, du, dann hast du deine Suppe im Gesicht!«

Leon sah kommen, wie das hier weitergehen würde. Noch bevor es wirklich geschah, hörte er Paul Neumann sagen: »Schlampe! Schlampe! Schlampe!«

Leon schloss die Augen. Es war genauso, wie er es sich vorgestellt hatte.

Die Suppe flog ansatzlos in Pauls Richtung. Der riss die Arme hoch, um sich zu schützen. Daran prallte der Teller ab und knallte auf den Tisch.

»Es ist schon sinnvoll, dass es hier nur Plastikgeschirr

gibt«, sagte Conny, das verhuschte, dicke Mädchen, das selten sprach und immer versuchte, sich aus allem rauszuhalten.

Sandra Bauer wischte sich gelassen die Spritzer aus dem Gesicht. Das Stück Speck auf ihrem T-Shirt bemerkte sie nicht. Dann leckte sie ihre Finger ab und sagte, ohne die Stimme zu heben: »Das wirst du später saubermachen, Meggie, und …«

Weiter kam sie nicht, denn Meggie brüllte: »Warum ich? Warum nicht er?«

»Weil du geworfen hast. Nicht er.«

»Ach, und der darf mich Schlampe nennen oder was? Der Wichser, der!«

»Nein, darf er nicht«, antwortete Sandra.

Leon beobachtete die Streitenden genau. Er bewunderte Sandras Art, ruhig, aber in ihrer Meinung hart zu bleiben.

Paul Neumann stand mitten im Raum. Er hatte die größte Ladung Erbsensuppe abbekommen. »Die hat mich verbrannt, die dusselige Kuh!«

»Mit der lauwarmen Suppe kann man niemanden verbrennen«, stellte Sandra Bauer klar.

Leon erkannte ihre Taktik. Sie spielte Dinge herunter, stellte Regeln auf und bemühte sich darum, jedem die Verantwortung für sich selbst zu geben. Er mochte sie immer besser leiden, und diese grünen Flecken auf dem weißen T-Shirt standen ihr ausgesprochen gut. Selbst das weiße Stückchen Speck in ihren schwarzen Haaren passte hervorragend zu ihrer Frisur.

Vielleicht, dachte Leon, sollte ich doch bleiben. Zumindest für eine Weile.

Er schloss für einen Moment die Augen und sah wie einen Blitz Sandra Bauer im nachtblauen Himmelszelt versinken, tot wie seine Mutter.

Er schrie laut: »Neein!«

Alle stierten ihn an.

Am Abend kam Johanna ihn besuchen. Neben dem Waschraum gab es ein umgebautes, fensterloses Kellerzimmer, das Sandra »Sozialraum« nannte. Der Name klang schrecklich.

Es klebten Eierkartons an den Wänden, die den Lärm dämpfen sollten, damit es keinen Ärger mit den Nachbarn gab. An der Außenwand stand ein langes altes Sofa mit einem abgewetzten grünen Bezug. Die Mitte des Zimmers wurde von einer Tischtennisplatte dominiert. Das Netz war eingerissen und hing durch. Die Kanten der Platte waren abgeschabt, irgendjemand hatte mal auf ein Feld »Hass« und auf das gegenüberliegende »Love« gesprüht. Aber leider war »Love« zunächst falsch geschrieben worden, mit »f« statt mit »v«. Die Beläge der Tischtennisschläger waren offenbar von Mäusen angeknabbert worden. Aber die Musikanlage hatte einen netten Sound, und im riesigen Kühlschrank gab es kostenlose alkoholfreie Getränke.

Johanna spielte erstaunlich gut Tischtennis. Conny hockte mit angezogenen Beinen auf dem Sofa, nuckelte an einem Strohhalm und sah zu. Leon wusste nicht, ob sie nur neugierig war oder ihnen etwas sagen wollte und sich nicht traute. Er fühlte sich gestört durch sie, er wollte gerne mit Johanna allein sein, aber er konnte das dicke Mädchen schlecht wegschicken. Immerhin war dies ein Sozialraum, was vermutlich bedeutete, dass sich jeder darin aufhalten durfte.

Leon spielte nur mit Johanna, um überhaupt irgendetwas zu tun. Aber sie nahm das Match sehr ernst. Sie schlug ihn 11:7 und 11:5. Sie brauchte dazu nicht einen einzigen Schmetterball.

Jetzt, als er den letzten Ball ins Netz gehauen hatte, federte Conny hoch und schnappte sich einen Schläger.

»Ich spiel gegen den Gewinner«, stellte sie fest, als sei das vorher so ausgemacht worden.

Johanna zuckte mit den Schultern. »Meinetwegen.« Dabei lächelte sie ein wenig mitleidig. Leon konnte es ihr ansehen, sie glaubte nicht daran, dass Conny auch nur die geringste Chance gegen sie hätte.

Leon setzte sich in die Sofaecke, in der Conny vorhin am Strohhalm gekaut hatte. Das Polster war noch ganz warm von ihr.

Dann sah Leon einen verbissenen Tischtenniszweikampf, der ihm klarmachte, dass er bisher keine Ahnung von dem gehabt hatte, was Tischtennis überhaupt war. Die Bälle wurden angeschnitten, dass sie unberechenbar nach rechts und links sprangen. Schmetterbälle kamen mit einer Wucht, dass man sich um die Bälle sorgen musste.

Dann stand es 10:10, und sie wechselten die Seiten.

Die beiden machten Leon zum Schiedsrichter und verlangten laute Ansagen von ihm. Bildeten die beiden sich ein, um ihn zu kämpfen? Was immer die da ausfochten, es war nicht sein Krieg. Aber es ging um mehr als um ein paar Punkte beim Ping-Pong.

Er hätte Conny nie so flinke Ballwechsel oder so hohe Sprünge zugetraut. Sie bewegte sich mit dem blauen Schläger in der Hand plötzlich anders. Manchmal schien sie über dem Boden zu schweben oder wie schwerelos in der Luft zu schwimmen.

Johanna hatte Schweiß auf der Stirn und zog die Lippen nach innen. So sah sie also aus, wenn sie voll konzentriert war. Bei den Mathestunden hatte er sie nie so gesehen.

Der neue Ball wechselte zum vierzehnten Mal von einem Spielfeld ins andere. Die jungen Frauen schenkten sich nichts.

Sie waren gleich stark.

Ein Zufall entschied. Johanna lag mit einem Punkt hinten, als der frisch geduschte Paul Neumann die knarzende Tür hinter ihr öffnete. Sie wurde für den Bruchteil einer Sekunde abgelenkt und der Ball tippte zweimal auf ihrer Seite auf.

Um ein Haar hätte Johanna den Schläger gegen die Wand gepfeffert, aber stattdessen drückte sie ihn Paul Neumann in die Hand. »Jetzt du. Gegen die Gewinnerin.«

Johanna zwinkerte Leon zu, als hätte sie endlich einen Dreh gefunden, Conny loszuwerden, aber Paul warf den Schläger achtlos auf die Tischtennisplatte. »Kein Bock. Die putzt doch jeden.«

Leon war unsicher, ob er Johanna einfach mit auf sein Zimmer nehmen durfte oder ob das Ärger geben würde. Es gab viele Regeln, er kannte noch nicht alle, daher hatte er das Gefühl, ständig alles falsch zu machen.

Am liebsten hätte er gefragt: »Darf man Mädchen mit aufs Zimmer nehmen?« Aber irgendwie klang das so doof. Er konnte sich die grinsenden Gesichter lebhaft vorstellen, und er hatte wahrlich keine Lust darauf, sie in echt zu sehen.

Da fragte Johanna für ihn: »Ist Damenbesuch in diesem Kloster nach zwanzig Uhr nicht mehr gestattet?«

Sie macht es auf die lustige Tour. Leon fand das gut, aber er schaute trotzdem auf seine Füße und tat, als hätte er nichts gehört.

»Wir sind doch kein Priesterseminar!«, lachte Paul. »Aber wenn du hier pennen willst, musst du mindestens sechzehn sein, und ihr solltet es Sandra melden. Heimlichkeiten mag die nicht.«

Genau das hatte Leon befürchtet. Er grinste wie ein Honigkuchenpferd, und Conny fand das Ganze auch urkomisch.

Trotzdem gingen Leon und Johanna in Leons Zimmer. Es kam ihm noch fremd vor. Er mochte die Tapete nicht, er hasste die Möbel, und war sich sicher, dass diese Plastikbruchbude vor Johannas Augen keine Gnade fand. Aber sie schaute sich nicht einmal um.

Er wollte sich für die Geschmacklosigkeiten entschuldigen, doch sie legte einen Finger über seine Lippen: »Wir sollten uns nicht mit Kulissen aufhalten, sondern uns den Inhalten widmen.«

»Ja … äh … was? Wie meinst du das?«

Sie legte die Hand, die gerade noch seine Lippen berührt hatte, auf ihre Brust und sagte: »Es gibt etwas in mir, das möchte dir gerne glauben …«

Sie sprach nicht weiter, sah ihn nur an.

»Ja, das wäre ja mal etwas ganz Neues, wenn mir jemand glauben würde. Seit der Mordnacht habe ich plötzlich keine Familie und keine Freunde mehr. Auf einmal scheine ich nur noch zu lügen und unrecht zu haben.«

»Es ist ja auch nicht leicht, dir zu glauben. Aber ich möchte dir einen Vorschlag machen.«

»Schieß los.«

Jetzt druckste sie herum. Er ließ ihr Zeit. Sie standen im Zimmer wie an einer Bushaltestelle. Fehlt nur noch, dass es regnet, dachte Leon.

Sie drückte sich an ihn, dann flüsterte sie: »Es hat da schon mal einen komischen Vorfall gegeben.«

Sie löste sich wieder von ihm. »Es war, kurz nachdem Maik bei uns eingezogen war. Er hat sich total Mühe gegeben. Ist immer mit uns ins Bad 2 gefahren. Wir haben Saunagänge gemacht und Spaß gehabt. Da hat dann vor einer Blocksauna ein Typ unheimlich Ärger gemacht, weil Maik angeblich seine Frau fotografiert hätte. Maik hat gesagt, das stimme nicht, er hätte nur auf sein Handy geguckt, weil eine SMS gekommen sei. Dann hat er sein

Handy sofort weggeschlossen, um noch mehr Missverständnisse zu vermeiden. Für uns war dieser Mann ein blöder Spinner. Wir konnten das doch alles gar nicht einordnen. Und dann haben wir seine Frau gesehen, da wurde das Ganze noch witziger – also, sie war nicht gerade eine Sexbombe …«

Sie verstummte. Vor ihrem inneren Auge liefen die Szenen in der Sauna erneut ab.

Leon wusste nicht, wohin mit seinen Händen. Er kam sich linkisch vor. Zu gerne hätte er Aktivitäten entfaltet, aber er fühlte sich gefesselt, irgendwie bewegungsunfähig.

»Du hast gesagt, du hast einen Vorschlag …«

Sie sah ihn an, als hätte er sie aus seinem Traum geweckt.

»Ja. Habe ich. Wir sollten das Spiel mitspielen.«

»Häh?«

Sie hob abwehrend die Hände und fuhr fort: »Er ist krankhaft veranlagt.«

Leon blies heftig Luft aus. »Das kann man wohl sagen.«

»Wir können also davon ausgehen, dass er es wieder tut.«

Leon tippte sich gegen die Stirn. »Der müsste schön doof sein. Jetzt, da ihn alle misstrauisch beäugen und nur darauf warten, dass er …«

Johanna begann, in dem kleinen Zimmer auf und ab zu gehen. Sie wusste nicht wohin mit ihrer Nervosität. Am liebsten wäre sie jetzt bis zur Erschöpfung gejoggt.

»Wir müssen ihn in Sicherheit wiegen. Er soll denken, dass alles in Butter ist. Du bist der Böse, Leon. Du wolltest ihm die Straftat deines Vaters anhängen. Er selbst ist fein raus. Seine Firma hat ihn angeblich betrogen …«

»Er macht sich selbst zum Opfer.«

»Stimmt. Es gelingt ihm immer, alles so zu drehen, als sei er nicht der Täter, sondern ein Opfer. Und ich werde ihm gegenüber so tun, als würde ich alles glauben, genau wie meine verliebte Mutter und mein verblödeter Bruder. Ich werde mich sogar bei ihm entschuldigen, weil ich ihn verdächtigt habe. Ich werde auf dich schimpfen und …«

»Und was?«

»Und ihn beobachten.«

Leon ließ sich aufs Bett fallen. Metallfedern krächzten gequält. Er staunte, wie clever sie war und wie mutig. Sie hielt wirklich zu ihm. Er hatte sie unterschätzt.

»Du bist also der einzige Mensch, der mir glaubt«, sagte er gerührt. Er kämpfte mit den Tränen, und sie machte einen Witz daraus. Sie bleckte die Zähne und zeigte auf die silberne Spange. »Das ist eine Zahnspange. Kein Doofheitszeichen. Auch wenn Jungs das oft anders sehen. Aber ich kann Eins und Eins zusammenzählen.«

Leon drehte sich auf dem Bett in eine andere Lage, um Johanna besser ins Gesicht sehen zu können. Diesmal quietschte das ganze Bettgestell.

Im Flur vor der Tür kicherte jemand.

»Du weißt genau, was die jetzt denken«, grinste Johanna.

»Mir doch wurst«, sagte Leon trocken, aber Johanna winkte ihm. »Komm hoch. Wir haben andere Sorgen.«

Leon stand auf, wodurch die Federn nur noch lauter knarrten. »Du glaubst«, fragte Leon, »dass er es noch einmal macht?«

»Wühlen Wildschweine im Dreck?«, fragte Johanna zurück.

Leon fuhr sich mit beiden Händen durch die Haare. Seine Kopfhaut juckte. »Ja, das glaube ich auch. Sobald er sich sicher fühlt, wird er wieder beginnen, Frauen auszuspionieren, zu beobachten und …«

»Heimlich zu fotografieren«, führte sie Leons Gedanken fort. »Es geht ihm um die Heimlichkeit, um das Verbotene. Ich wette, genau das gibt ihm den Kick.«

»Stimmt. In der Sauna sieht er eh alle Menschen nackt. Im Kino … und, ach … er kann sich im Internet mehr Nacktaufnahmen und Pornos ansehen, als er in seinem Leben Zeit hat. Aber das interessiert ihn gar nicht. Er muss es heimlich tun. Die Frauen dürfen nicht wissen, dass er sie fotografiert. Wie verstört muss einer sein, wenn er stundenlang nachts auf einem Baum rumklettert, um Frau Fels zu fotografieren, wenn sie zur Toilette geht?«

»Und wenn er wieder beginnt, dann sind wir dabei und nehmen ihn hopp.«

Der Plan leuchtete Leon ein, und er war glücklich,

endlich eine Verbündete zu haben. »Ich werde also nicht hier abhauen«, stellte er fest.

Sie nickte. »Bloß nicht. Bleib hier, lern Tischtennis spielen und überlass die Beobachtung mir. Wir halten Kontakt per SMS.«

Sie hauchte einen Kuss auf seine rechte Wange, und bevor er sie halten konnte, war sie auch schon bei der Tür und riss sie auf. Meggie fiel fast ins Zimmer. Offensichtlich hatte sie die Ohren fest gegen die Tür gedrückt. Jetzt verlor sie das Gleichgewicht und landete in den Armen von Johanna.

Die rümpfte die Nase.

Meggie stieß Johanna zurück. »Ich bin … gestolpert!«, stammelte sie.

»Klar. Und dabei in Maggi gefallen, oder was?«, konterte Johanna.

50

Als die Nachricht Kommissarin Schiller erreichte, leckte sie gerade an einem Zitroneneis und verzog den Mund, weil es so herrlich sauer schmeckte. Sie hielt in einer Hand die Eiswaffel und pflückte mit der anderen das Handy von ihrem Hosengürtel.

Büscher hatte sich eine Supertüte mit Amarenakirschen und roter Soße gekauft. Ein bisschen Sahne klebte an seiner Nase und am Kinn. Er schleckte gedankenverloren und amüsierte sich über Schillers Gesicht, das sich zusammenzog, als hätte sie in eine Zitrone gebissen.

»Hm«, sagte sie ins Handy und wollte es mit der Schulter ans Ohr drücken, um die Hand wieder frei zu haben. Dabei fiel ihr das Zitroneneis aus dem Hörnchen und klatschte auf die Straße.

»Ja, Löckchen«, philosophierte Büscher, »wir Menschen sind im Grunde Fehlkonstruktionen. Wir sollten drei Arme haben und drei Köpfe. Einen zum Denken. Einen zum Essen. Und einen zum Reden.«

»Das ist jetzt sehr hilfreich!«, beschwerte Kommissarin Schiller sich.

»Ist das sicher?«, fragte sie ins Handy, das sie jetzt wieder mit der Hand festhielt, um die Schulter zu entspannen. »Wann?«, wollte sie wissen. Dann sagte sie betont höflich: »Danke.«

Sie befestigte ihr Handy wieder wie einen Colt am Gürtel und warf die eislose Waffel in einen Papierkorb.

Zu Büscher sagte sie zerknirscht: »Jörg Parks hat wieder ein Alibi.«

»Oh, wie das?« Seine Zunge war dunkelrot vom Saft der Amarenakirschen.

»Seine Geliebte, Nele Bruchhausen, hat es sich wieder anders überlegt. Sie habe doch die ganze Nacht mit ihm verbracht und ihre erste Aussage nur widerrufen, weil sie ihm einen Denkzettel verpassen wollte, nachdem sie erfahren hatte, wie viele Freundinnen er noch …«

Birte Schiller winkte resignierend ab. Sie war dieses Hin und Her zwischen Lüge und Wahrheit so leid.

»Und was sagt uns das?«, fragte Büscher.

»Vermutlich nicht mehr, als dass sie sich wieder vertragen haben. Ich nehme mal an, sie planen gerade die Farbe der Hochzeitstorte.«

»Sind die nicht immer weiß?«

»Nein, einige auch rosa.«

Büscher nickte beeindruckt. »Wieder was gelernt. Ist dir schon mal aufgefallen, Löckchen, dass wir ständig Dinge erfahren, die völlig unwichtig sind und die kein Mensch gebrauchen kann? Ich meine, das ist doch am Ende nur Wissensmüll. Datensalat, der unsere Festplatte im Gehirn verklebt und träge macht. Das fing bei mir schon in der Schule an.« Er ließ von seinem Eis ab, ja schien es zu vergessen. Eine alte Wut stieg in ihm auf. »Hast du jemals wieder den Unterschied zwischen Integral- und Differentialrechnung gebraucht? Ich musste diesen ganzen Blödsinn auswendig lernen. Wozu? Um ein Alibi zu überprüfen oder um auszurechnen, warum ich mir bei meinem Gehalt nie eine Finca auf Mallorca werde leisten können oder ein Segelboot?«

Nur um ihn zu verblüffen, antwortete Kommissarin Schiller sachlich: »Differentialrechnung und Integralrechnung sind die wichtigsten Zweige der mathematischen Analysis für die Flächen- und Volumenberechnung. Das braucht man schon.«

»Ich nicht.«

»Das ist so, als würde man DNA-Analyse und die ganze forensische Biologie aus der Spurenuntersuchung verbannen. Viele Verbrecher würden dann noch frei herumlaufen.«

»Trotzdem fand ich Mathe immer Mist. Total überbewertet«, sagte er trotzig und widmete sich wieder mit Kindergesicht seinem Eis.

Kommissarin Schiller ging neben ihm her. Büscher sah zufrieden aus. Für ihn bedeutete das alles eigentlich nur eins: Sie waren wieder am Anfang. Bei ihrem ersten Verdächtigen. Holger Schwarz. Und Büscher hätte ein Monatsgehalt gewettet, dass sie mit Schwarz den Richtigen in Untersuchungshaft genommen hatten.

Warum sonst stellte sein Anwalt keinen Antrag auf einen Haftprüfungstermin? Es gab nur einen Grund:

Der gerissene Hund wusste genau, dass er damit scheitern würde und zwar grauenhaft.

Rolf Summerer versuchte nicht einmal, seinen Mandanten mit einer Kaution vorläufig auf freien Fuß zu setzen. Dafür konnte es zwei Gründe geben. Entweder, Holger Schwarz besaß kein Geld für eine Kaution und hatte auch keinen Freund, der bereit oder in der Lage war, es ihm zu leihen, oder der Anwalt musste befürchten, das Gericht könnte den Antrag auf Kaution ablehnen, weil trotz allem Fluchtgefahr bestand.

Mörder, die ein Richter im Grunde für schuldig hielt, ließ keiner gerne für ein paar tausend Euro frei herumlaufen.

51

Johanna spielte die brave, ja reumütige Tochter. Sie ging sogar so weit, sich bei ihrer Mutter für ihre Pubertät zu entschuldigen.

»Ich weiß auch nicht, was manchmal mit mir los ist«, sagte sie. »Im Grunde finde ich dich und Maik total cool. Aber manchmal muss ich euch einfach attackieren und …«

Ulla Fischer reagierte verständnisvoll. »Das war in dem Alter bei mir nicht anders, Johanna. Das sind die Hormone. Irgendwann dann, als ich den ersten richtigen Freund hatte, hat sich das gelegt.«

Johanna benahm sich sogar ihrem Bruder Ben gegenüber nett, und das fiel ihr echt schwer, weil der immer noch von dieser Jessy träumte und davon schwärmte, sie würde bestimmt mal eine berühmte Schauspielerin und er ihr Manager. Er hatte von einem Foto, das er selbst von ihr geschossen hatte, ein Poster gemacht.

Es war nur Jessys Gesicht darauf. Aber Ben betonte immer, dass sie bei der Aufnahme wirklich »splitterfasernackt« gewesen sei, und der Fachmann könne es jetzt noch an ihrem unverfälschten Gesichtsausdruck erkennen.

Als Maik in seinem Zimmer, das nun endlich wieder sein Hobbyraum und kein Hotel mehr war, wie er ständig betonte, an seinem Computer saß, ließ Johanna ihren absichtlich abstürzen und platzte unangemeldet in Maiks Privatsphäre.

Was immer er sich gerade auf dem Bildschirm ansah, klickte er sofort weg, als Johanna den Raum betrat. Er hatte den Laptop so gestellt, dass der Bildschirm von der Tür aus nicht zu sehen war.

»Duhu … Mahaik …« Immer, wenn sie so begann und die Worte so lang zog, wollte sie etwas. Er kannte das schon. Früher hatte sie sich nur ihrer Mutter oder – sehr selten – Ben gegenüber so verhalten. Dass sie es jetzt bei ihm versuchte, machte ihn fast stolz.

»Ja, was kann ich für dich tun, Johanna?«

»Mein Compi ist abgestürzt, ich komm total nicht mit dem neuen Wordprogramm klar.«

Er stand auf. »Und, soll ich dir helfen?«

»Nein, danke. Darf ich einfach mal bei dir ins Internet? Ich muss nur was nachgucken für die Schule. Erdkunde, über Lebensformen in der Wüste.« Sie verdrehte demonstrativ die Augen.

Er lachte. »Hast du immer noch bei dieser Ökotante Erdkunde?«

»Tja«, stöhnte Johanna.

Er reckte sich und versuchte, die steif gewordene Muskulatur zu lockern. Seine Augen sagten Johanna, dass er Stunden vor dem Laptop verbracht hatte.

»Okay. Ich mach ’n Spaziergang. Aber sei bitte vorsichtig. Leon hat mir alles durcheinandergebracht. Den ganzen Mist von seinen Hackerangriffen auf Jörg Parks habe ich immer noch nicht vollständig gelöscht. Ich habe mir vorsichtshalber zwei neue Antivirenprogramme runtergeladen. Jetzt scanne ich die Kiste erst einmal, um das Schlimmste zu verhindern. Ich befürchte nämlich, der hat völlig unkontrolliert Daten gespeichert. Der Junge hat uns alle auf vielen Ebenen in Schwierigkeiten gebracht.«

»Ich habe ihn immer für einen Arsch gehalten.«

»Ich weiß. Wenn es nach dir gegangen wäre …«

»Wäre er nie hier eingezogen.«

Maik zog seinen USB-Stick aus dem Laptop, ließ ihn in seine Tasche gleiten und gab den Platz am Computer für Johanna frei.

Sie wartete noch, bis sie die Haustür zuknallen hörte und sicher sein konnte, dass er die Wohnung verlassen hatte.

Sie wusste nicht genau, wonach sie suchen musste. Sie rief Fotodateien auf. Da waren viele Bilder, die sie kannte. Bens Geburtstag. Die Torte mit den Herzen. Maik und ihre Mutter mit Sektkelchen und Küsschen.

Maik hatte keine verräterischen Fotos zwischen die Familienfotos gemischt.

Er ist ja nicht blöd, dachte sie, aber es gab eine Menge mit Codewort gesicherter Dateien. Sie konnte sehen, wie viel Speicherplatz sie einnahmen. Es konnte sich eigentlich nur um Filme oder Fotos handeln.

Sie versuchte, reinzukommen. Doch nach ein paar

gescheiterten Versuchen hatte sie eine bessere Idee. Sein USB-Stick. Na klar. Er würde doch bestimmt die Fotos extern aufbewahren. Er führte sogar am Schlüsselbund ständig einen Stick mit sich. Er, der Securitymann, war Weltmeister im Sichern von Daten.

Gleichzeitig kam sie sich beim Betrachten der Familienfotos schäbig vor. Im Grunde war er doch ein guter Kerl, locker, fröhlich, und seit er bei ihnen wohnte, war ihre Mutter auch viel ausgeglichener, ja manchmal richtig glücklich.

Tue ich ihm hier einfach nur entsetzlich unrecht?, fragte sie sich.

Maik hatte inzwischen wieder einen Arbeitsplatz gefunden. Er fuhr – aushilfsweise – Taxi. Meistens nachts. Das brachte nicht viel ein, aber er klagte nicht. Im Grunde war er eine Frohnatur.

Die Reaktion von Leon auf Maiks neue Arbeitsstelle war eindeutig: *Klar. Da hat er nachts Zeit für sein Hobby,* smste Leon an Johanna.

Sekunden später rief Leon schon an. Er hielt sich nicht mit langen Vorreden auf. »Wir müssen nachts an ihm dran kleben wie Kaugummi am Schuh.«

»Das wird nicht leicht. Keiner von uns hat einen Führerschein. Geschweige denn ein Auto. Wie willst du ihm folgen? Mit dem Rad?«

»Nein. Ich zieh mir mein Supermankostüm an, und dann fliege ich durch die Lüfte hinter ihm her«, antwortete Leon.

»Ich kann Zynismus nicht leiden«, sagte Johanna hart.

Leon weihte sie in das Geheimnis vorsichtig ein. »Du hast dich doch sicher schon gefragt, wie ich ihn vor dem Haus von Frau Fels gefunden habe?«

»Jaaa …«, sagte Johanna zögerlich und musste sich eingestehen, dass sie sich genau diese Frage nicht gestellt hatte.

Er erklärte ihr, wo in Maiks Zimmer die Überwachungsgeräte lagerten.

»Du bist ein verdammt cleverer Hund. Schlägst ihn mit seinen eigenen Methoden«, lachte sie anerkennend. Sie schaute sofort nach und fand alles, was sie brauchte. Sogar mehr als nötig.

»Ich bringe das an seiner Jacke an. Kein Problem. Wir werden sehr bald wieder über jeden seiner Schritte genau Bescheid wissen.«

52

Maik sah nicht nur, was Johanna in seinem Zimmer tat. Er hörte auch jedes Wort, das sie sprach.

»Na warte, du Luder. Ich krieg dich. Du willst mich mit meinen Waffen schlagen? Ich schlag dich mit meinen Waffen. Du Opfer, du. Ich fürchte, ich kann dich nicht am Leben lassen. Du würdest mich nur zu gern verraten. Leider wirst du sterben müssen, wie Frau Schwarz. Deinen sechzehnten Geburtstag wirst du nicht mehr erleben. Schade eigentlich. Ulla hat sogar schon das Geschenk gekauft. Die gute, vorsorgende Ulla. Wenn ich so eine Mutter gehabt hätte …«

Er war es gewöhnt, mit sich selbst zu reden. Er hatte es oft getan. Seine Gedanken konnte er schlecht einer anderen Person mitteilen. Er wusste, dass er krank war, aber er hatte gelernt, damit zu leben.

Der Knast in Spanien, das war seine harte Zeit gewesen. Sie hatten ihn auf Fuerteventura erwischt. Sie hielten ihn für einen Fassadenkletterer, der die Hotelgäste ausrauben wollte. Aber dann hatten sie in seinem Fotoapparat all die Aufnahmen gefunden. Gelungene Schnappschüsse von Frauen in intimen Situationen.

Eine Touristin aus Niederbayern, die gern auf ihrem

Balkon nackt in der Sonne badete, hatte er besonders oft fotografiert. Sie war es auch, die ihn schließlich verklagt und in den Knast gebracht hatte.

Im Gefängnis hatte er nur eines gelernt: Er wollte nie wieder dort hinein. Ohne seine Knasterfahrung in Spanien könnte Kirsten Schwarz sogar noch leben, aber als sie begonnen hatte zu kreischen, da hatte er es mit der Angst zu tun bekommen. Er wollte nur, dass sie aufhörte … Sie sollte endlich still sein … still …

Ich bin kein Mörder, dachte er.

Ich habe es nur getan, um nicht aufzufliegen. Es war eine Vertuschungstat. Aber jetzt weiß ich, dass ich es kann und ja, ich gebe es vor mir selbst zu: Es hat sogar Spaß gemacht.

Ich hätte nie gedacht, dass ich Freude an Gewalt finden könnte. Ich war immer mehr der Beobachter. Zuzusehen war mein größtes Vergnügen. Ich habe mich immer rausgehalten. Aber jetzt, wo ich einmal Blut geleckt habe …

Ich werde das Erschrecken in deinen Augen sehen, wenn du begreifst, dass du sterben wirst. Ja, der Körper weiß es schon, auch wenn der Verstand sich noch weigert, das Ende anzuerkennen. Der Verstand lehnt sich bis zuletzt dagegen auf.

Ich wette, bei dir wird es genauso sein wie bei Leons Mutter. Ich freue mich schon auf deine Augen, wenn das Licht in ihnen bricht. Es wird mir ein Vergnügen sein, dich abzumurksen, du blöde, egoistische, arrogante Zicke, du.

Wenn du wüsstest, wie sehr du mir auf den Keks gegangen bist mit deiner ewigen Herumnörgelei. Du hast es mir verdammt nicht leicht gemacht hier am Anfang.

Ben war da viel schneller zu gewinnen. Ihm reichte es schon, dass seine Mutter glücklich war. Dafür hat er mich akzeptiert, oder sagen wir besser, in Kauf genommen.

Aber du kleines Biest hast mich ganz schön ausgetestet. Nun, ich habe mich im Gegenzug in deinem Zimmer eingenistet. Es ist total verwanzt. Ich habe viele Stunden Filmmaterial von dir.

Glaubst du, ich weiß nicht, dass du dich heimlich vor dem Spiegel schminkst?

Ja, ich war dabei, wenn du auf Lolita gemacht hast oder auf Madonna oder Lady Gaga.

Ich habe auch zugeguckt, wenn du dir alles wieder abgewaschen hast und aus dem Vamp wieder die kratzbürstige Borsten-Johanna wurde.

Ich könnte alles ins Netz stellen und deine Facebook-Freunde auf die Seite einladen. Ich könnte dich so lächerlich machen, aber was spielt das noch für eine Rolle, jetzt, da du sowieso sterben musst.

Deine Mutter wird sehr traurig sein, Johanna, aber keine Angst. Ich tröste sie. Ich habe Erfahrung darin.

Ich habe ja auch Leon getröstet … und wie hat er es mir gedankt?

Jeder Gefallen, den man einem Menschen tut, rächt sich.

53

Der Duft nach regenfeuchtem Wald und Vanille, der Sandra Bauer umgab, stimmte Leon milde. Sie konnte mit ihren Blicken einen Streit schlichten, mit einer Berührung einen hysterischen Menschen beruhigen und den Druck aus einer Situation nehmen. Leon fragte sich, ob sie das irgendwo gelernt hatte oder ob es einfach ein Wesenszug von ihr war.

Sie hielt Meggie und Paul auseinander und bemühte sich, Leon in diese Gemeinschaft zu integrieren. Leon tat so, als hätte er auch ein Interesse daran. Aber beim ersten Wäschewaschen verfärbte er alle T-Shirts und die weiße Unterwäsche von Conny, denn er hatte ein rotes Sweatshirt dazugepackt, und jetzt war alles rosa.

Conny trug es mit Fassung, aber Paul flippte aus. Er outete sich als so etwas wie ein Rosa-Hasser. Der größte Rosa-Hasser Westeuropas.

Paul ging auf Leon los und verlangte von ihm Geld für neue Klamotten, weil er sich weigerte, »so voll schwul herumzulaufen«. Er attackierte Leon im Sozialraum, ohne jede Vorwarnung.

Der ganze Vorfall mit der Wäsche war nun schon Stunden her. Conny hockte mal wieder auf dem Sofa und sah nur zu, aber Sandra hörte Leons Schrei und war sofort da. Von ihrem Büroraum oben bis in den Keller brauchte sie knapp sechs Sekunden, dabei machte sie nicht einmal einen abgehetzten Eindruck.

Leon lag schon auf dem Rücken. Paul kniete auf ihm und benutzte Leons Kopf als Punchingball.

»Paul?!«, sagte sie, so als hätte sie eine Frage an ihn. »Paul?!«

Er sah sich nach ihr um, die Spannung wich aus seinem Körper. Er kam Leon vor wie ein Ballon, aus dem jemand die Luft ließ.

Sie guckte ihn an, als könnte sie es nicht glauben und hoffte, ihn zu verwechseln.

Sandra trat an die Kämpfenden heran, und alleine ihre Nähe gab Paul den Rest.

»Was soll das?«, fragte sie. »Ich dachte, das Antiaggressionstraining hätte dir etwas gebracht.«

»Ach, Scheiße!«, zischte Paul und stieg von Leon ab.

Leons Brustkorb schmerzte. Obwohl er Schwierigkeiten hatte, aufzustehen, brachte er es fertig, irgendwie auf die Füße zu kommen und sich halbwegs gerade zu machen. Um nicht wieder umzufallen, lehnte er sich an die Wand. Er spürte die Eierkartons im Rücken.

Sandra ging zielsicher zwischen die beiden. Mit offenen Handflächen hielt sie die Streithähne auf Distanz. Es war irre, als könnte sie mit ihren Händen eine Art Energie-Schutzschild aufbauen. Sie tat das mit spielerischer Leichtigkeit.

Warum, fragte Leon sich angesichts dieses beeindruckenden Bildes, warum muss ich mich immer so anstrengen?

Warum gelingt mir nichts mit solcher Schönheit und Eleganz?

Ich hätte ihm die Nase platt hauen oder den Arm auskugeln müssen, damit er von mir ablässt.

Was macht Sandra anders als ich?

Können das nur Frauen?

Er beobachtete sie genau. Sie schien Paul mit ihren Augen und ihrer geöffneten rechten Hand zu dirigieren. Fast wie ein Puppenspieler eine Marionette, nur dass die Fäden nicht sichtbar waren.

Warum habe ich sie in diesem nachtblauen Licht sterben sehen? Erinnert sie mich an meine Mutter, oder heißt das nur, Maik sucht sich schon ein neues Opfer? Ich spüre das irgendwie, als sei ich mit ihm wie durch ein unsichtbares Band verknüpft.

Dann löste Conny die Situation. Sie fragte: »Wer spielt ne Runde?«

»Ich«, sagte Paul knapp und schnappte sich einen Schläger.

Leon spürte immer noch einen leichten Schwindel. Er kriegte diese Bilder nicht aus dem Kopf.

»Bist du okay?«, fragte Sandra.

Leon biss sich auf die Lippen und nickte. Das gleichmäßige »Klack-Klack« des Tischtennisballs wirkte beruhigend. Aber dann wurde der Rhythmus scharf unterbrochen. Ein Knall wie von einem gegen die Wand geworfenen, hartgekochten Ei.

»Eins zu null«, stellte Conny fest.

»Du und deine Scheiß-Schmetterbälle!«, schimpfte Paul.

Sandra und Leon sahen sich an. Wortlos verließen beide den Sozialraum.

Draußen sagte Sandra: »Nimm dich in Acht vor ihm. Er kann sehr nett sein, aber wenn man ihn reizt … Er hat seine Gefühle manchmal nicht im Griff.«

»Ich dachte, Meggie sei hier die abgezogene Handgranate.«

Natürlich bemerkte Sandra, dass Leon den Coolen mimte. Sie sagte trocken: »Ja, wenn sie geladen ist, würde ich ihre Nähe lieber meiden. Sie hat mal einem Neuen den Arm gebrochen, weil er sie beleidigt hat.«

Aus dem Schatten in der Ecke des Flurs löste sich eine Gestalt.

»Ich habe ihn in die Intensivstation gelegt, die Ratte! Und er hat mich nicht beleidigt. Dann hätte ich ihm nur eine reingesemmelt. Er hat mir auf den Arsch gehauen – und wehe jedem verdammten Mistkerl, der das noch mal versucht!« Sie zeigte Leon und Sandra den Stinkefinger und fügte auf Englisch hinzu: »Don't touch Meggie – or you die!«

Leon erschrak nicht, aber Sandra zuckte innerlich zusammen, das merkte er deutlich.

Für einen Moment fragte er sich, ob Meggie nicht als Bündnispartnerin, ja als Komplizin in dem Kampf, der ihm jetzt bevorstand, besser gewesen wäre als Johanna.

Mit ihrem Hass auf die Welt und auf sich selbst

wirkte sie furchtlos auf ihn. Am allerliebsten wäre ihm Sandra mit ihrer fast mystischen Kraft gewesen.

Trotzdem beschloss er, keiner der beiden etwas zu erzählen. Meggie konnte nichts für sich behalten. Sie musste immer alles gleich raushauen, und Sandra wäre wahrscheinlich sehr besorgt und dann sehr streng geworden, wenn sie erfahren hätte, was Leon vorhatte.

54

Es war am Hafen. Die Ladekräne des Containerterminals für die Frachtschiffe standen wie Weltraummonster da. Durch Mutation millionenfach vergrößerte Insekten aus Stahl mit langen, spinnenartigen Beinen und Fangarmen. Aufgereiht in klarer Marschordnung, bewachten sie den Zugang zum Wasser. Die Schiffe sahen nicht mehr aus wie Schiffe, sie hatten nichts gemein mit den Piratenfregatten aus Kinofilmen. Sie ähnelten nicht mal dem Traumschiff oder anderen Luxuslinern.

Für Johanna sahen sie aus wie gigantische Schuhkartons, vollgepackt mit Legosteinen. Unwirklich. Beängstigend. Geisterschiffe. Sie stellte sich vor, dass sie ohne Mannschaft fuhren. Ferngesteuert, wie eine Drohne über Kundus.

Johanna radelte im Licht der untergehenden Sonne vorbei an dieser schaurig-schönen Szenerie. Hunderte Autos warteten hier hinter dem Zaun darauf, nach Übersee verschifft zu werden.

Hier wohnte kein Mensch. Aber irgendwo hier musste er sein. Die Signale waren eindeutig. Maik saß hier irgendwo seit mindestens zwei Stunden und rührte sich nicht vom Fleck.

Genau darauf hatten sie gewartet. »Wenn der blinkende Punkt sich eine Weile nicht mehr bewegt, dann kann es sein, dass Maik ein neues Opfer belauert«, hatte Leon gesagt.

Johanna konnte ihn zwar noch nicht sehen, aber sie wusste genau, was für Maik hier so interessant war. Kaum denkbar, dass er Fotos von Containerschiffen für sein Sammelalbum schoss. Aber dort hinten bei den Lagerhallen, da war ein Parkplatz, der nachts gern von Pärchen genutzt wurde. Sie fuhren zum Knutschen dorthin. Johanna kannte den Ort nur gerüchtehalber. Er wurde »Love-in« genannt.

Sie sah ein paar junge Leute um einen Golf herumlungern. Die Türen des Wagens waren offen. Auf dem Dach standen zwei Sixpacks Dosenbier.

Musik wummerte.

Es konnte nicht mehr weit sein bis zu diesem legendären Parkplatz. Johanna stellte ihr Rad ab. Sie durfte auf keinen Fall von Maik gesehen werden.

Sie hatte hier genug Schutz und Deckungsmöglichkeiten zwischen den Autos. Aber wo war Maik? Es gab zwei hohe Gebäude in der Nähe. Sie vermutete, dass er, um die Übersicht zu haben, sich auf einem der Flachdächer befand.

Dann wurde es sehr schnell dunkel, und sie fühlte sich sicherer. Sie hatte ihr Handy auf »lautlos« gestellt. Jetzt vibrierte es.

»Ja. Wo bleibst du, Leon?«

»Ich bin unterwegs.«

»Ich glaube, er ist am ›Love-in‹«.

»Woher kennst du das denn?«, fragte Leon, und es klang fast eifersüchtig.

»Für wen hältst du mich? Eine höhere Tochter aus adeligem Haushalt?«

»Ähm … äh … ich … ich wollte damit nichts … nichts über dich sagen, sondern …«

»Sondern was?«

»Ach, nix. Warte einfach da. Ich bin gleich bei dir.«

Sie fand, dass dieser Punkt eindeutig an sie gegangen war. Sie wartete gebückt zwischen zwei Pkw.

Zwei Jugendliche beim Golf bekamen Streit. Einer lief hinter dem anderen her und warf eine Dose Bier. Sie flog gegen einen Maschendrahtzaun und federte zurück. Die Dose rollte, eine Schaumspur hinterlassend, quer über die Straße.

Johanna drückte sich fest an die Autos und versuchte, sich so klein zu machen, dass ein Rad ihr genügend Deckung gab. Sie wollte von den zwei jungen Männern nicht gesehen werden. Diese angetrunkenen Spaßvögel würden sich bestimmt fragen, warum sie sich nachts alleine hier herumtrieb. Irgendwie war sie sich sogar sicher, dass Maik diese kleine Party längst beobachtete. Sie war vermutlich nicht interessant für ihn. Wenn sie sich in Maik hineinversetzte, dann waren diese Dosenbiertrinker ein Störfaktor. Kaum denkbar, in ihrer Nähe Frauen zu treffen, die sich unbeobachtet fühlten und auszogen.

Oder irrte sie sich? War das hier so eine Art Vorglühen? Eine Vorbereitung auf irgendeine Gruppensexparty, auf die Maik sich schon lange freute?

Johanna hielt es nicht länger in diesem unsicheren Versteck aus. Sie huschte im Schutz der Dunkelheit auf das erste große Gebäude zu. Die Tür war nur angelehnt.

Ein Auto mit offenem Verdeck rauschte heran und bremste scharf bei dem Golf. Großes Hallo und Gequietsche. Zwei Männer stiegen in das Cabrio, zwei Frauen aus dem Cabrio in den Golf. Der offene Sportwagen startete sofort. Die Insassen kreischten. Kurze Zeit später knatterte auch der Golf davon. Der Motor klang, als ob er es nicht mehr lange machen würde.

Im Gebäude hörte Johanna Geräusche wie von Durchzug. Etwas klirrte. Metall auf Metall. Ein Fenster oder eine Tür klapperte.

Johanna berührte die Tür leicht. Sie ging quietschend nach innen auf.

Johanna stand in einem fast leeren Raum. Es war eine Lagerhalle, in der nichts mehr gelagert wurde. Ketten hingen von der Decke. Flaschenzüge mit Seilen, die aus der Führung geraten waren.

An der hinteren langen Wand ging eine schmale Wendeltreppe nach oben. Die staubblinden Fenster ließen genug Licht von den zwei Laternen auf der Straße ins Gebäude, so dass Johanna sich zurechtfinden konnte.

Johanna roch sein Aftershave. Bruno Banani.

Ein paar Fenster waren durch Steinwürfe zerdeppert worden. Das Licht fiel da durch wie an den Rändern ausgefranste, zerschnittene Kegel.

Maik musste hier sein. Sie konnte seine Anwesenheit spüren. Sie vermutete, dass er die Treppe hinaufgestiegen war und von oben den Parkplatz beobachtete.

Sobald Leon da ist, dachte sie, stellen wir ihn in flagranti, und dann rufen wir die Polizei.

Aber es kam anders, ganz anders als sie dachte. Plötzlich hörte sie hinter sich ein Reißgeräusch, als ob etwas zerfetzt werden würde.

Sie fuhr herum. Maik hielt eine Rolle mit Klebeband in der Hand. Er stürzte sich auf Johanna und wickelte ihr schnell das Band zweimal um den Kopf. Es sollte ihren Mund verkleben, aber weil sie sich wehrte, ging das schief. Es klebte einmal um ihr Kinn und einmal quer über ihrer Nase.

Sie trat Maik gegen das linke Schienbein. Er jaulte auf und ließ von ihr ab. Die Isolierbandrolle baumelte an Johannas Nacken nach unten. Sie griff danach, um sich zu befreien. Es tat weh. Das Zeug klebte unheimlich auf der Haut und in den Haaren.

Irgendwie konnte sie sich trotz der eindeutigen Situation immer noch nicht wirklich vorstellen, dass Maik in der Lage war, ihr etwas Böses anzutun. Anderen Menschen, ja. Aber ihr doch nicht. Sie war doch so etwas wie seine Stieftochter. Er liebte ihre Mutter. Er hatte sie getröstet, wenn sie traurig war, ihre Launen ertragen und für sie gekocht. Er würde ihr vielleicht eine Ohrfeige geben, ihr, wenn es hochkam, eine reinhauen, aber mehr doch ganz sicher nicht.

Dann sah sie das Messer aufblitzen.

Sie hob vorsichtig beide Hände. »M … Maik, du willst doch nicht … komm, mach keinen Mist. Leg das Messer weg. Du brauchst keine Angst zu haben, ich hau dich nicht in die Pfanne. Das kann doch alles unter uns bleiben. Ich meine, es hat doch kein Mensch ein Interesse daran, dich hochgehen zu lassen …«

Er umkreiste sie und stach immer wieder in ihre Richtung. Sie wich der Klinge mühelos aus. Es waren keine ernsthaften Versuche, sie zu verletzen. Mehr so ein Angstmachen. Er drängte sie damit in eine bestimmte Richtung, trieb sie in eine Ecke des Raumes. Dahin, wo die Wendeltreppe zum Dach führte.

Etwas in ihr sagte ihr, dass sie mit ihm reden musste. Sie versuchte, Kontakt mit ihm zu halten, dann könnte alles nicht so schlimm werden. Er war ganz offensichtlich krank und wütend, aber es gab garantiert auch gesunde Anteile in ihm. Die versuchte sie anzusprechen, um sich mit ihnen zu verbünden.

Sie bemühte sich um einen fast heiteren Tonfall. Wer lacht und fröhlich ist, kann nicht böse sein, dachte sie und sagte, auf seine so gern benutzten Filmzitate anspielend: »Aus welchem Film ist das? Lass mich raten. Dr. Jekyll und Mr. Hyde? Ja klar. Dr. Jekyll und Mr. Hyde. Machst du toll. Ich wäre fast drauf hereingefallen. Hahaha! Guter Witz.«

Er ließ das Messer durch die Luft sausen. Die scharfe Klinge verfehlte nur um Zentimeter ihr Gesicht.

»Das ist kein Witz, du blödes Luder. Kein Witz!«

»Was soll das denn sonst werden? Ein Massaker?« Sie spürte, dass sich die Situation veränderte.

Seine Stichattacken wurden heftiger, ernsthafter, und er zielte jedes Mal auf ihren Hals oder ihr Gesicht.

»Ach, klar. Ja sicher, hätte ich auch schneller drauf kommen können. Psycho. Klar, du spielst Norman Bates aus Psycho. Sitzt irgendwo deine mumifizierte Mutter im Schaukelstuhl? Buhuhuu …« Sie deutete mit ihren Händen Krallen an und kratzte damit durch die Luft. Sie wusste selbst nicht, woher sie den Mut nahm, so zu reden, aber vielleicht brauchte sie dafür auch keinen Mut, sondern erhielt welchen. Es war, als würde sie sich selbst aufbauen und ihn verunsichern. Ja, sie quatschte sich Boden unter die Füße.

Noch immer baumelte die Kleberolle an ihr.

»Du wirst sterben, mein kleiner Engel. Dein ganzes Gesülze nutzt dir nichts mehr. Hast du noch einen letzten Wunsch? Willst du beten?«

»Ich will endlich diese Scheiße hier los sein!«, schrie sie und riss sich das Isolierband vom Gesicht. Es tat höllisch weh. Der Schmerz verlieh ihr neue Kraft, schüchterte sie aber gleichzeitig auch ein.

Sie warf die Rolle in Maiks Richtung, verfehlte aber seinen Kopf.

»Leon!«, brüllte sie. »Leon?! Hilfee!«

Sie rannte in einen Winkel, von wo aus sie versuchen wollte, Maik zu entfliehen. Er schaffte es aber immer wieder, sich zwischen Johanna und der Tür zu positionieren.

»Leeeon! Er ist hier bei mir, in der Halle! Er hat ein Messer! Er will mich umbringen!«

»Ach, ist er auch hier, der kleine Klugscheißer? Wolltet ihr mich gemeinsam hier erwischen?«

Jetzt sprach Maik geradezu verführerisch, dann wieder triumphierend: »Ja, lock ihn nur hierher. Es ist gut, wenn überall seine Fingerabdrücke sind. Das gefällt mir sehr. Er wird der erste und einzige Verdächtige sein. Sein Vater kommt dann vermutlich frei. Das zumindest hat der kleine Irre hingekriegt, aber um welchen Preis … Er selbst wird in der Klapsmühle landen. Bestenfalls – es sei denn, er geht in den Knast. Erst hat er die eigene Mutter umgebracht und dann … dich.«

Johanna hatte sich selbst den Weg verbaut. Mit dem Rücken stieß sie gegen die Wendeltreppe.

»Warum sollte jemand glauben, dass Leon mich umgebracht hat? So blöde ist die Polizei nicht.«

Maik lachte. »Was weißt du denn schon? Alles passt zusammen. Er hat die Fotos von Elisabeth Fels gemacht und ist beim Spannen vom Dach gefallen. Das kleine Ferkelchen hat die Nacktfotos von Jessy geknipst und dich auf der Toilette und – ach …«

Er winkte mit der Linken ab.

Mit der Rechten führte er das Messer und zog die Klinge schnell an Johannas Hals vorbei. Diesmal hinterließ er einen Schnitt. Es ging so schnell, und das Messer war so scharf, dass Johanna zunächst gar keinen Schmerz spürte, aber dann lief ihr warmes Blut am Hals hinunter.

»Du bist ihm draufgekommen, hast ihn angerufen, er hat dich hierhergelockt und dann – getötet, wie seine Mutter. Das Leugnen wird ihm nichts nutzen. Nicht mal sein Vater wird ihm glauben. Nicht mal der.«

Er holte weit mit dem Messer aus. Die Klinge kam in einem Radius auf Johanna zu, den sie leicht berechnen konnte. Sie griff nach dem Gelenk der Messerhand und versuchte, Maik zu entwaffnen. Dabei spürte Johanna, dass er Gummihandschuhe trug. Das machte ihr entsetzliche Angst. Jetzt wusste sie, dass sie in eine vorbereitete Falle gelaufen war, und ja, er würde sie umbringen. Ohne jeden Zweifel hatte er genau das vor.

Sie rang mit ihm. Er war verdammt stark. Sie konnte ihm die Waffe nicht so einfach entwinden, aber sie rammte ihm das linke Knie in die Weichteile.

Er brüllte vor Schmerz auf.

Sie glaubte schon, ihn unter Kontrolle bekommen zu können. Sie setzte einen Armhebel an.

Das Messer glitt aus seiner Hand. Aber dann erwischte er mit seiner Faust ihren Kopf. Er traf ihre Schläfe. Es tat einen dumpfen Schlag. Dann explodierte etwas in ihrem Kopf, mit einem Ton, als sei es sehr weit weg.

Johanna verlor das Bewusstsein.

55

Leon hielt sein Handy in der Rechten. Genau wie Johanna hatte er es auf Vibration gestellt, aber seit gut einer Stunde hatten sie nicht mehr miteinander gesprochen. Sie dirigierte ihn mit SMSen:

Bin ganz nah dran.

Kann nicht sprechen.

Er ist hier. Du hattest recht.

Komm in die Lagerhalle beim »Love-in«.

Hoffentlich macht sie keine Dummheiten, dachte Leon. Einerseits war er froh, hatte das Gefühl, kurz vor der Auflösung des Falles zu stehen, andererseits hatte er Angst um Johanna. Nein, er gab es vor sich selbst zu, er hatte nicht nur Angst um sie, da war noch mehr. Er sorgte sich darum, dass sie alles versauen könnte mit ihrer Art. Außerdem wollte er sich den Erfolg von ihr nicht nehmen lassen. Jetzt, da er – ohne die Hilfe der Polizei – so weit gekommen war, jetzt wollte er auch die Anerkennung dafür einheimsen.

Auf dem Parkplatz stand ein silberner Nissan. Darin fummelte ein Pärchen heftig herum. Ein paar Meter weiter parkte ein VW-Bus, der plötzlich rhythmisch zu wackeln begann.

In dem Lagerhaus war alles still.

Wo bist du? Ich stehe davor, smste Leon zurück.

Komm rein. Er ist auf dem Dach.

Leons Herz schlug bis zum Hals. Es war ein so heftiges inneres Pochen, als würde es sich auflehnen gegen sein Vorhaben. Er griff sich unwillkürlich ans Herz, aber dadurch beruhigte es sich nicht.

Er tippte in sein Handy: *Ich komme.*

Er schob die Tür vorsichtig auf. Er berührte sie mit beiden Händen. Es war ihm klar, dass er Fingerabdrücke hinterließ, aber es war ihm völlig gleichgültig.

Diesmal, dachte Leon, werde ich nicht an den Rosen hochklettern und im Garten landen. Diesmal bist du reif, Maik.

Er fühlte sich ein bisschen heldenhaft. Schade, dass keine Filmkamera dabei war, um alles aufzunehmen. Er fand, dass er gerade einen guten Actionhero abgab. Er stellte sich alles als Filmszene vor, das machte die Situation weniger bedrohlich, fand er. Als Kind hatte er Comics geliebt. Er wäre jetzt gerne wie eine Comicfigur gewesen. Unsterblich und unzerstörbar …

Das diffuse Licht im Raum irritierte Leon einen Moment lang. Er blickte sich um und suchte Johanna. Von Johanna keine Spur.

»Herzlich willkommen«, sagte Maik, und es hörte sich wirklich nett an, ganz so, als könnte gleich der Grillabend mit Freunden beginnen. Allerdings leuchtete man Freunden nicht mit einem leistungsstarken Scheinwerfer ins Gesicht.

Leon schützte seine Augen mit den Händen gegen die Helligkeit. Es war eine armlange Lampe, die auch als Schlagstock verwendet werden konnte. Leon hatte sie in Maiks Hobbyraum gesehen und fand sie martialisch und unpraktisch. Jetzt wurde ihm klar, dass diese Taschenlampe auch eine Waffe war.

»Hast du damit meine Mutter geblendet, bevor du sie umgebracht hast?«, fragte Leon angriffslustig.

»Nein, das war nicht nötig. Sie saß bei schönster Beleuchtung in ihrem Bett und las diesen dicken Krimi. Es war ziemlich langweilig für mich. Die hat sich nur zum Seitenumblättern bewegt. Aber dann, gerade als ich gehen wollte, hat sie mich entdeckt und fing an zu schreien. Mir blieb gar nichts anderes übrig, Leon. Das musst du doch verstehen …«

»Verstehen? Du krankes Arschloch hast meine Mutter umgebracht!«

»Die Balkontür stand offen. Sie war selber schuld. Das war wie eine Einladung.«

Leon trat fest auf. Vor seinen Augen tanzten blaue Sterne. Das Licht blendete ihn so sehr, dass es weh tat und im Kopf kleine Blitze zucken ließ, als fände in seinem Gehirn ein Gewitter statt. Aber Leon registrierte mit einem gewissen Erstaunen, dass er nicht ins Eis einbrach. Im Gegenteil. Der Boden unter seinen Füßen schien fest zu sein.

»Sie hat die Tür nicht für dich aufgelassen, du Drecksack! Sondern für unsere Katze Molli!«

Wo ist Johanna, fragte Leon sich. Beobachtet sie uns?

Schleicht sie sich schon von hinten an und brät ihm gleich eins mit einer Zaunlatte über?

Er konnte die Lage nicht einschätzen. Johanna musste hier irgendwo sein. Kurz bevor er die Lagerhalle betreten hatte, war doch noch eine SMS von ihr gekommen.

Warum hatte sie ihn nicht gewarnt?

Es gab dafür nur eine Erklärung. Sie war schrecklich, aber logisch: Maik hatte die SMS geschickt. Das bedeutete, er war im Besitz ihres Handys. Und das hatte sie ihm garantiert nicht freiwillig gegeben.

Leon versuchte, nicht daran zu denken, was Maik mit ihr gemacht hatte. Stattdessen verfluchte er sich selbst, weil er so spät gekommen war, und wusste gleichzeitig, dass er nicht auf ihre Hilfe bauen konnte.

Er hatte immer noch sein Handy in der Hand. Er unterdrückte den Impuls, es auf Maik zu schleudern, sondern drückte wahllos Nummern, in der Hoffnung, dass es irgendwo klingelte. Dann führte er sein Handy ans Ohr und sagte ruhig: »Haben Sie alles, Herr Kommissar? Hm. Ja. Klar. Eindeutiger kann ein Geständnis wohl kaum sein. Ja, das finde ich auch.«

Maik lachte bitter: »Glaubst du, ich bin blöd und fall auf solchen Mist rein?«

Leon machte zwei Schritte zur Seite, in der Hoffnung, aus dem gleißenden Licht herauszukommen. Aber der Strahl verfolgte ihn gnadenlos.

Hatte er Maik wenigstens verunsichert?

Eigentlich war das mit dem Handy eine Superidee. Leider war Leon zu spät darauf gekommen und wusste jetzt nicht, wie er es schaffen sollte, Kommissar Büscher oder Kommissarin Schiller oder wenigstens Sandra Bauer oder die Psychologin Müller-Felsenburg anzurufen.

Da ließ der Lichtstrahl von ihm ab und wanderte nach oben. Maik wollte Leon etwas zeigen.

Leon wusste genau, dass Maik ihn ablenken wollte, um an das Handy zu kommen. Leon wollte sich aber auf keinen Fall bluffen oder ablenken lassen. Dieses Handy konnte seine Rettung werden. Seine Tür nach draußen.

Doch dann sah Leon Johanna an der Decke hängen. Er blickte direkt in ihre schreckensweit aufgerissenen Augen, denn Maik hatte sie an den Füßen mit dem Flaschenzug hochgezogen. Kopfüber baumelte sie nach unten. Ihr Mund war mit einem Teppichband zugeklebt.

Leon registrierte noch, dass sie lebte. Dann brach das Eis unter ihm.

Er erlebte alles bei vollem Bewusstsein, konnte aber gar nichts dagegen tun. Er gab seinen Muskeln Befehle, doch in dem eiskalten Wasser reagierten sie nicht. Über ihm war die geschlossene weiße Decke.

Bedrohlich.

Kein Loch zu sehen, aber die Schlittschuhläufer darauf waren von hier als bewegliche Flecken zu erkennen. Vorbeihuschende Schatten.

Papa, dachte Leon. Um Himmels willen, Papa! Komm, hau mich hier raus, nur noch dieses eine Mal.

Ich habe es versaut, Papa. Ich dachte, ich könnte es schaffen, aber ich habe es versaut. Schluss. Aus. Ende. Das war es.

Schon war Maik bei Leon und nahm ihm das Handy ab. Erleichtert stellte Maik fest, dass Leon niemanden angerufen hatte. Es waren ein paar Zahlen und Buchstaben auf dem Display. 2795 BBBA. Beim besten Willen konnte sich da niemand melden.

»He, was ist, Kleiner, du wirst mir doch jetzt hier nicht kotzen, oder?«

Leon bewegte sich nicht. Er starrte nur Johanna an und schwankte wie ein einsamer Baum im Wind.

Maik wusste, dass er Leon jetzt problemlos beherrschen konnte. Er machte längst nicht so viele Probleme, wie Maik erwartet hatte. Er würde das Pfefferspray gar nicht brauchen und vermutlich auch nicht den Elektroschocker.

Er hielt den Strahl der Taschenlampe weiter auf Johanna gerichtet und tastete Leon von hinten ab. Der Junge trug keine Waffe. Nicht einmal ein Taschenmesser. Wie wollte dieser Kerl ihn bezwingen? Mit seinen treuen Augen?

Maik stieß Leon an. »Hey, was ist? Bist du schockgefroren oder was?«

Leon reagierte nicht. In ihm tobte ein Wirbelsturm von Antworten, Beschimpfungen, Flüchen und Befehlen. Am deutlichsten: *Hol sie sofort da runter, du Stück Scheiße!*

Aber Leon bekam keinen Ton heraus. Alles war nur

in ihm. Er wollte sich zu gern auf Maik stürzen und einen Kampf auf Leben und Tod beginnen, aber seine Gelenke waren steif und seine Muskeln verhärtet. Er fühlte sich wie ein Eisblock in dieser schwülen Sommernacht.

Leon rang nach Luft. Er brauchte Sauerstoff, konnte aber nicht einatmen. Es war, als würde die Luft im Hals steckenbleiben.

Ein Protestschrei baute sich in Leon auf, kam aber nicht raus. Er sah sich schon platzen und in Fetzen durch den Raum fliegen, so groß war der Innendruck, aber nichts geschah.

Leon taumelte. Er kämpfte gegen die drohende Ohnmacht an. Die Wände bewegten sich auf ihn zu. Die Seile und Ketten, die von der Decke herunterhingen, wurden zu giftigen, bissigen Schlangen.

»Bist du katatonisch geworden oder was?«, fragte Maik, der durch Leons Zustand verunsichert wurde. »Du versuchst doch hier nicht irgendwelche Tricks mit mir? Mach jetzt bloß nicht einen auf krank. Das bringt gar nichts. Bald wird sich die Polizei um dich kümmern. Dann kommt bestimmt auch ein Doktor und ein netter Psychologe.«

Leon verfiel in ein Hecheln. Vor seinen Augen verschwammen die Dinge.

Johanna am Flaschenzug.

Maik.

Das Bild seiner blutüberströmten Mutter.

Die Katze Molli.

Der Kriminaltechniker im Flur, der sich mit seinen Handschuhen den Schweiß von der Stirn wischte.

Leon sah seinen Vater im Krankenhaus am Tropf und dann, wie er, umgeben von Millionen von Luftbläschen, im Eiswasser auf ihn zugeschwommen kam. Er spürte wieder die Berührung, wie sein Vater ihn packte und zum Luftloch hochzog.

Leons Atmung normalisierte sich. Ein Zittern durchströmte seine Beine. Er spürte den Boden wieder unter sich. Sein Gesicht und sein Hals waren von einer dicken, glänzenden Schweißschicht überzogen.

Leon wusste, dass er jetzt wieder sprechen konnte, aber er hatte zu viele Worte im Sinn, die gleichzeitig herauswollten, und so entlud sich alles in einem einzigen, tierischen Schrei.

Maik zuckte zurück vor der Urkraft dieses Lautes. Doch er gewann rasch wieder seine Fassung.

»Aber wir sind doch keine Brüllaffen mehr!«, spottete er.

»Was hast du mit ihr gemacht?«, hörte Leon sich fragen.

Maik lachte. »Diese Frage wirst du beantworten müssen. Glaub mir, Kleiner, sie werden sie dir mehr als einmal stellen. Immer und immer wieder. Gleich wird sie sterben. Es ist schade, aber es geht nicht anders. Ihr Tod macht die Sache erst rund. Ich werde dich dann niederschlagen und der Polizei übergeben. Ja, so muss es wohl gelaufen sein. Du hast sie per Handy hierhergelockt und dann hier umgebracht, weil sie dir auf die Schliche gekommen ist. Klasse, was? Na, sieh das doch mal positiv: Du wirst in die Jugendpsychiatrie kommen und vom AOK-Dealer astreine Drogen kriegen. Auf Krankenschein. Beneidenswert. Sie werden dich so lange therapieren, bis du deine Schuld nicht länger leugnest und zu deiner Tat stehst. Deinen Vater wird man natürlich freilassen. Wahrscheinlich kriegt er sogar eine Haftentschädigung. Und ich, mein Lieber, ich werde ein Held sein, weil ich dich zur Strecke gebracht habe. Ulla und Ben werden lange um Johanna trauern. Danach zieht Ben garantiert in Johannas Zimmer, weil das nämlich viel größer und schöner ist als seines. Wir werden einmal im Monat Blumen auf ihr Grab stellen. Zumindest am Anfang. Dann wird eine Gärtnerei damit beauftragt, das Grab zu pflegen. Das Leben muss schließlich weitergehen …«

Johanna bog sich. Sie versuchte verzweifelt, sich zu befreien, was aber völlig sinnlos war und sehr gefährlich aussah.

Leon befürchtete, falls die Seile reißen und sie kopfüber herunterknallen würde, könnte sie sich das Genick brechen oder den Kopf einschlagen.

»Dein Plan klingt gut. Er ist es aber nicht«, sagte Leon trocken. Sein Gehirn arbeitete fieberhaft. Er suchte einen Ausweg. Jetzt, da er wieder fest auf dem Boden stand, hatte er eine Chance, dieses Duell zu gewinnen. Zumindest redete er sich das ein.

»Was stimmt denn mit meinem Plan nicht, Kleiner? Er ist perfekt.«

»Die Polizei wird unsere Handys überprüfen. Wenn sie lesen, was wir uns gesmst haben, dann …«

Maiks Lachen klang hysterisch und erinnerte Leon an das Lachen der Hexen in einem Film.

»Hexen hexen«, sagte Leon.

Maik ging nicht darauf ein. Dies war nicht die Zeit für Späße mit Filmzitaten, nicht einmal für ihn.

»Die Polizei wird eure Handys suchen, aber nie finden. Für genau solche Fälle ist die Nordsee da. Blubb, blubb, weg sind die Handys. Die Telekom hat lediglich die Verbindungen gespeichert. Nicht, was gesmst wurde. Und ihr hattet ja regen SMS-Verkehr. Aus der Nummer kommst du nicht raus, Junge. Jetzt werde ich Johanna erstechen, so wie ich es mit deiner Mutter gemacht habe. Möchtest du, dass ich dir vorher eins über die Rübe haue, oder soll ich dich zugucken lassen?«

Johanna zitterte so sehr, dass die Stahlräder des Flaschenzugs klirrten. Sie musste sich übergeben, konnte aber nicht ausspucken, weil ihr Mund zugeklebt war.

Maik tänzelte vor Leon herum wie ein Harlekin auf Speed.

Er hat noch gar nicht kapiert, dass ich mich wieder bewegen kann, dachte Leon. Für ihn bin ich immer noch schockgefroren.

Leon nahm es als Chance. »W … wenn ich mich bewegen könnte, dann, dann würde ich dich …«

Maik fand immer mehr Spaß daran. »Du bist ein Psycho, stimmt's? Hast du das öfter? Solche katatonischen Zustände?«

Leon reagierte nicht.

»Ich hatte mal einen Kumpel, der bekam so epileptische Anfälle, dann wurde der auch steif wie ein Brett. Ist das bei dir so ähnlich? Wer weiß, vielleicht hilft dir das sogar. Wenn irgendein Seelenklempner vor Gericht daraus mildernde Umstände für dich macht … Wenn du immer schon so einen Haschmich hattest und vielleicht irgendein Mutterproblem … das kann dir vor Gericht echt helfen. Diese Psychologen stehen auf Mutterprobleme. Vaterkonflikte sind auch nicht schlecht.«

Maik stand jetzt ganz nah vor Leon und fuhr mit seiner Hand vor Leons Gesicht hin und her. »Scheibenwischer gefällig? Nur zwei Euro!«

Er stand ohne jede Deckung vor Leon.

Ansatzlos schlug Leon in Maiks Gesicht.

Es krachte. Wahrscheinlich ein Zahn, der aus Maiks Kiefer gebrochen war. Das half ihm, mit dem Schmerz in seinem Handgelenk fertigzuwerden. Fast kam es ihm vor, als hätte der Schlag ihm genauso wehgetan wie Maik.

Maik hielt sich die Hände vors Gesicht.

Leon trat mit aller Kraft zu.

Maik ging zu Boden. Er rollte sich sofort weg aus der Reichweite von Leons Füßen oder Fäusten.

Maik griff in seine rechte Hosentasche und zog das Pfefferspray heraus. Leon war mit zwei Sprüngen bei ihm. Die beiden rangen um die Spraydose.

Johanna baumelte in der Luft und beobachtete die beiden. Sie hatte Mühe, nicht an ihrem Erbrochenen zu ersticken, aber sie konnte die ganze Zeit nur einen Gedanken denken: *Ich liebe dich, Leon. Oh verdammt, ich liebe dich so sehr.*

Sie hatte das Gefühl, ihm von hier oben Kraft schicken zu können, wie einer Glühbirne, die Energie über ein Stromkabel bekommt, wenn man weit entfernt von ihr einen Schalter drückt.

Zweimal sprühte Maik eine Ladung in Leons Richtung, aber Leon wand sich und wurde von dem Strahl nicht voll getroffen. Er presste die Lippen aufeinander und drehte das Gesicht weg. Doch jetzt befand Maik sich in der Reizstoffwolke. Er war plötzlich von einem konischen Nebel umhüllt und hustete und krümmte sich. Dabei drückte er noch einmal ab, was seine Situation nicht verbesserte.

Leon hielt zwei, drei Meter Abstand. Seine Haut brannte, und seine Augen tränten. Innerhalb von Sekunden sah er alles nur noch wie durch einen milchigen Schleim. Maik hatte sich selbst fast ausgeknockt. Er kniete jetzt gekrümmt am Boden und wurde von einem Hustenkrampf geschüttelt.

Leon war schon bei Johanna. Er wollte sie vorsichtig herunterlassen und aus ihrer misslichen Lage befreien, doch er sah immer weniger. Fast blind tastete er sich durch den Raum.

Obwohl Johanna übel geknebelt war, versuchte sie, ihn mit Geräuschen zu leiten. Schreien konnte sie nicht, aber es gelang ihr, blubbernde Brummtöne auszustoßen. Gedämpft durch das Teppichklebeband hörte es sich an, als ob ein Höhlentier vor Angst knurrend sein Revier verteidigen wollte. Maik machte mit seinem Hustenanfall viel Lärm und erschwerte die Orientierung für Leon.

Im Grunde sah Leon nichts mehr. Er konnte nur noch Hell und Dunkel unterscheiden. Aber auch da war er sich nicht sicher.

Er folgte ganz seinem Gehör. Er glaubte, noch ein paar Meter von Johanna entfernt zu sein, aber da krachten ihre Köpfe schon zusammen. Glücklich betastete er ihr Gesicht und knibbelte das Klebeband ab. Die Sekunden dehnten sich zur Ewigkeit. Er hatte Angst, Johannas Haut mit abzureißen. Er spürte ihr Zittern und ihre Schmerzzuckungen.

Aber dann spuckte sie und kreischte! Sie war voller Kampfgeist. »Lass mich runter! Ich will hier runter! Mach meine Hände los! Schnell, bevor er wieder auf die Füße kommt!«

Leon wusste, dass ein Seilende irgendwo an der Wand befestigt sein musste, aber blind, wie er war, traute er sich nicht zu, es zu finden.

Er wollte erst Johannas Hände befreien. Das war einfacher, als er gedacht hatte. Ihre Hände waren nicht so empfindlich wie ihre Gesichtshaut und ihre Finger halfen kräftig mit.

Dann dirigierte sie Leon durch den Raum zu dem Seilende an dem Haken an der Wand. »Links. Mehr nach links! Ja. Jetzt zwei Schritte geradeaus. Pass auf, vor dir hängt eine Kette von der Decke. Vorsicht! Ja. So.

Heiß, heiß! Nein, kalt. Mehr nach links. Nein, so weit nicht.«

Johanna war ganz darauf konzentriert, Leon zu leiten und Leon achtete nur noch auf ihre Stimme, aber die war auch ein deutliches Signal für Maik, der sich erhoben hatte und in ihre Richtung stolperte.

Er hatte inzwischen seine Atmung wieder unter Kontrolle, konnte aber auch nicht richtig sehen.

»Ich hab's! Gleich bist du frei!«, rief Leon und versuchte, das Seil zu lösen.

Maik fuchtelte mit seinem Elektroschocker in der Luft herum und griff Leon damit an.

Der Stromschlag lähmte Leon sofort. So musste es sich anfühlen, wenn man von einem Blitz getroffen wurde. Leon brach zusammen.

Hängend versuchte Johanna, Sit-ups zu machen, um mit den Händen die Fußfesseln zu erreichen. Sie war sportlich genug, um es zu schaffen. Sie befreite sich selbst. Als sie auf dem Boden auffederte, verstauchte sie sich den Fuß. Sie ignorierte den Schmerz und sprang Maik von hinten an, um ihn in den Würgegriff zu nehmen, aber ihr Kreislauf war noch nicht auf solche Aktivitäten eingestellt. Schließlich hatte sie fast eine Stunde lang mit dem Kopf nach unten an der Decke gehangen.

Ihr wurde schwindelig. Maik verpasste ihr einen Fausthieb. Dann taumelte er zur Tür. Offenbar hatte er seinen Plan geändert. Wollte er fliehen?

Leon krümmte sich mit Herzrasen am Boden und hatte die Kontrolle über seine Muskeln verloren. Trotz der lebensbedrohlichen Lage fragte er sich, ob er in die Hose gemacht hatte. Es wäre ihm vor Johanna peinlich gewesen. Selbst jetzt.

Maik torkelte auf den »Love-in«-Parkplatz zu. Er schrie: »Hilfe! Hilfe! Ich bin überfallen worden! Hilfe!«

»Jetzt ist er restlos durchgeknallt«, sagte Johanna erleichtert.

Aber Leon ahnte, dass sie gleich mit einer weiteren Teufelei von Maik konfrontiert werden würden. Sozusagen mit seinem Plan B. Doch im Augenblick war Leon nicht einmal in der Lage, zu sprechen. Er konnte sich zwar schon wieder bewegen und die Schockwirkung ließ nach, aber noch immer zuckten seine Muskeln unkontrolliert.

Johanna half Leon auf die Beine. »Wir müssen die Polizei rufen, Leon! Hast du dein Handy? Leon? Verstehst du mich?«

»Er … er hat … es mir … a … abgenommen …«

Wenn er sprach, zitterte er noch mehr. Es war für ihn, als würden Zunge und Sprechzentrum im Gehirn alle Energie aus seinem Körper aufsaugen und für ihre Aktivitäten verbrennen. Trotzdem war es ihm wichtig, die Sprache zurückzugewinnen.

»Was hat er vor, was passiert als Nächstes?«, fragte Johanna und fügte dann hinzu, als würde es ihr erst jetzt bewusst: »Das Schwein wollte mich erstechen.«

»Ja … Wir … Wir müssen …«

»Wie deine Mutter.«

»Hm.«

»Wir müssen die Polizei ver …«

In diesem Moment flog die Tür der Lagerhalle auf und zwei mit Zaunlatten bewaffnete Männer standen vor ihnen. Hinter ihnen tauchte Maik auf.

»Ach du grüne Scheiße …«, entfuhr es Johanna.

»Da sind sie! Sie haben mir Reizgas in die Augen gesprüht. Seid vorsichtig! Sie sind bewaffnet.«

Leon und Johanna klammerten sich aneinander. Es war nicht klar, wer hier wem half. Einer stützte den anderen. Sie wussten beide, dass es klüger gewesen wäre, sich zu trennen und in zwei verschiedene Richtungen zu laufen, aber sie taten es nicht. Vielleicht waren sie dazu auch gar nicht in der Lage.

Die beiden Möchtegernhelden folgten ihnen in den Raum.

Aus der Zaunlatte von dem Dürren ragten zwei Nägel, und Johanna hätte jede Wette gehalten, dass die rostig waren.

»Kannst du rennen?«, raunte Leon in Johannas Ohr.

Als sei seine Frage das Stichwort gewesen, stürmten die beiden quer durch die Halle zu einem Hinterausgang. Mit Schwung ließen sie die Tür zukrachen und waren schon über den Zaun geklettert, bevor die zwei Typen überhaupt die Tür aufbekamen. Sie flohen zu Fuß weiter bis zum *Treffpunkt Kaiserhafen*, der *»letzten Kneipe vor New York«*.

Der Wind kam von Nordost. Die kühle Seeluft tat gut.

Sie waren abgehetzt, müde, mit geschundenen Knochen, roten Augen, gereizter Haut, und Johanna hatte nicht nur eine blutende Wunde am Hals, sondern auch fürchterlichen Durst. Sie sagte gar nichts. Sie deutete nur mit dem Kopf auf die Gaststätte. Leon war eh schon alles egal.

Sie bestellten sich an der Theke zwei Cola, die sie gleich runterstürzten. Leon nahm noch ein Alster hinterher und Johanna ein großes Mineralwasser.

Auf der Toilette machten sie sich ein bisschen frisch und versorgten ihre Wunden. Leon erschrak, als er seine verklebten Augen sah.

Das Wasser half etwas, kühlte aber vor allem. Auf Leons Lippen bildeten sich Pusteln von dem Reizstoff, und sein Gesicht sah aus, als ob er zu lange in der prallen Sonne gesessen hätte.

»Und was jetzt?«, fragte Johanna und schaute sich zum ersten Mal in der Kneipe um. Eigentlich richtig gemütlich hier, und es roch wunderbar nach Speck und Bratkartoffeln und nach Bier. Viele Tische waren noch besetzt, die meisten Essen jedoch schon abgeräumt. »Zur Polizei?«

Leon schüttelte den Kopf. »Die glauben uns doch nie im Leben.«

»Ja, und was dann? Aufgeben – oder was?«, provozierte Johanna.

Leon fragte sich, wie sie es geschafft hatte, dass sie wieder einigermaßen normal aussah, ungeschminkt zwar, aber wieder gut. Er dagegen kam sich vor wie Frankensteins künstlich erschaffener Mensch.

»Wo sollen wir überhaupt hin? Bei dir können wir ja wohl kaum schlafen – oder denkst du, deine Mutter glaubt uns?«

Ohne lange nachzudenken, schüttelte Johanna den Kopf. »Die ist viel zu verknallt in den Arsch.«

»Ich kenne einen, der uns vielleicht die ganze Geschichte abnimmt. Ja, dem traue ich das zu.«

»Jetzt sag nicht, deinem Mathelehrer?!«

»Nein.« Johanna schaffte es tatsächlich selbst jetzt, Leon zum Lachen zu bringen. Leider tat es weh. »Ich denke«, sagte Leon, »wir wenden uns an diesen Gerichtspräsidenten.«

»Häh? Was? An wen?«

»Wir haben mit der Schule mal das Amtsgericht besichtigt, und da hat uns der Präsident alles gezeigt und …«

»Ja, wie schön für dich …«

»Hör doch mal zu und mach nicht gleich alles mies. Der hat uns ein Bild gezeigt oder eine Skulptur oder so, also ein Kunstwerk nur aus Worten.«

Johanna verschränkte trotzig die Arme vor der Brust. »Na toll.«

»Da stand: *Ohne Irrtum kann niemand eine Aussage über uns machen.* Und das veränderte sich immer wieder, bis da stand: *Ohne uns kann niemand eine Aussage über Irrtum machen.*«

Leon schwieg bedeutungsschwanger und sah Johanna an.

»Na und?«, fragte sie schulterzuckend.

Der Wirt baute sich vor ihnen auf. Er hatte einen gemütlichen runden Bauch. »Noch was zu trinken? Wir schließen gleich.«

»Nein, danke«, sagte Johanna.

»Wer so etwas in einem Gericht aufhängt, der weiß, dass die Wahrheit nicht immer einfach ist und Geschichten ganz schön kompliziert sein können.«

»Ja, klasse. Und?«

»Und der glaubt uns vielleicht.«

»Vielleicht.«

»Auf jeden Fall dürfte er nicht so eine enge Auffassung von Realität haben wie dieser Kommissar Büscher.«

Leon bezahlte, und Johanna hatte nur noch eine Frage: »Und wie heißt der Typ?«

»Lissau. Uwe Lissau. Den Namen habe ich mir gemerkt.«

Johanna glaubte nicht wirklich daran, dass von diesem Menschen Hilfe zu erwarten war, aber sie spürte, dass der Gedanke Leon Hoffnung gab. Und wenn sie etwas brauchten, dann Hoffnung.

ENDE

Und so geht es weiter mit Leon und Johanna …

KLAUS-PETER WOLF

Neongrüne Angst

Leseprobe

1

Wenn es ganz dunkel oder ganz still war, konnte Johanna Fischer nicht schlafen. Sie brauchte irgendwo ein kleines Licht, und sie musste hören, dass sie nicht allein auf der Welt war, deshalb stand neben ihr auf dem Nachtschränkchen ein altes Radio. Die leuchtend grünen und roten Pünktchen beruhigten sie. Gern ließ sie sich von den männlichen Moderatoren, die abwechselnd durch das Nachtprogramm führten, in den Schlaf quatschen.

Sie schaltete das Radio praktisch nie aus. Sie stellte es nur morgens lauter, um wach zu werden, und abends leiser, um niemanden zu stören.

Es war kurz vor Mitternacht, als das Telefon sie weckte.

Johanna sprang aus dem Bett und war, noch bevor es zum zweiten Mal klingeln konnte, am Apparat.

Die Stimme ließ ihr einen Schauer über den Rücken laufen, denn sie klang merkwürdig vertraut und doch fremd. Ihr fiel kein bekanntes Gesicht zu der Stimme ein, aber ähnlich wie bei den Radiosprechern stellte Johanna sich jemanden vor.

Er stand in einer Telefonzelle und hielt ein Papiertaschentuch in der Hand, das nah am Hörer raschelte. Er war jung und flüsterte geheimnisvoll:

»Hallo, Johanna. Haben dir die Rosen gefallen?«

Wollte Leon sich einen Scherz mit ihr machen? Klar, das war ein Scherz, was sonst?

»Ja, ich hab heute einen wundervollen Strauß Rosen vor der Tür gefunden. Womit hab ich den verdient? Und warum anonym? Wer bist du?«

Er atmete schwer, und es raschelte wieder.

»Ein Verehrer. Die Rose gilt als Symbol für Liebe und Zuneigung. Aber auch für Schmerz. Das weißt du doch, Johanna … oder?«

Sie war inzwischen mit dem Telefon zurück im Bett, saß aufrecht da und kuschelte das Kissen gegen ihren Bauch wie eine kleine Katze, die gekrault werden will.

Jetzt glaubte sie zu wissen, wer sich den Scherz mit ihr erlaubte: Tobias Zenk! Natürlich! Der hatte sich an drei Schauspielschulen beworben und wollte nach Hollywood. Er paukte Englisch, täglich zwei Stunden, weil er davon überzeugt war, dass nur in der Sprache große Filme gedreht wurden.

Er konnte Stimmen imitieren. Mühelos machte er Peter Maffay nach, Udo Lindenberg oder Benjamin Blümchen. Die Synchronstimmen von amerikanischen Stars waren seine Spezialität. Eddie Murphy, Robert de Niro, Al Pacino konnte er zum Verwechseln ähnlich kopieren.

»Tobi! Mensch, du hast mich gerade echt verunsichert. Übst du eine Szene für einen Film?«

»Willst du mich beleidigen? Ich bin nicht Tobi, dieser Idiot. Stehst du auf solche Schönlinge?«

Johanna drehte das Radio ganz leise, um besser hören zu können, was er sagte. Es musste doch möglich sein, die Stimme zu identifizieren. War es doch Leon?

»Darf ich dich um einen kleinen Gefallen bitten, Johanna?«

»Einen Gefallen?«

»Ja. Komm zur Havenbrücke.«

Sie drückte das Kissen an sich. »Zur Havenbrücke? Jetzt? Weißt du, wie spät es ist?«

Da war ein lautes Brummen, wie von einem vorbeifahrenden Lkw.

»Ich möchte dich in diesem Licht sehen. Tu's für mich, deinen Verehrer. Es ist doch nicht weit. Du kannst in ein paar Minuten hier sein.«

Sie stellte sich vor, das sei eine Art Liebesprobe von Leon und eine Prüfung für sie. Würde sie sich mit einem heimlichen Verehrer, der ihr Rosen geschenkt hatte, treffen? War sie neugierig genug, um dorthin zu kommen?

Sie schloss die Augen und sah die lange, leuchtende Glasröhre vor sich, die in grüngelbes Licht getaucht, das Klimahaus und das Mediterraneum mit dem Columbus Center verband.

Das alles schien auf einer blau phosphoreszierenden Säule zu stehen, wie von Hundertwasser im Rausch entworfen. Ein schöner Ort, um auf den alten Hafen zu gucken. Ein romantisches Plätzchen für knutschende

Pärchen. Dort hatte Leon ihr die ewige Treue geschworen und sie ihm. Nein, sie würde ganz bestimmt nicht dorthin gehen, um einen Mann zu treffen, der seine Stimme verstellte.

»Ich liege schon im Bett«, sagte sie und dann, in der Hoffnung, Leon könnte es hören: »Außerdem treffe ich mich nachts nicht mit fremden Männern.«

Die Stimme wurde sehr eindringlich. »Bitte, Johanna. Dies ist eine ganz besondere Nacht. Alle Geschäfte haben auf. Die Menschen amüsieren sich. Hier herrscht eine geradezu südländische Leichtigkeit. Im Mediterraneum spielt eine Band … Du willst mich jetzt doch hier nicht so einfach stehen lassen … Ich kann nicht glauben, dass du so unhöflich bist!«

Es hörte sich fast an, als ob eine Drohung in seinen Worten mitschwingen würde.

Sie nahm das nicht ernst, sagte sich, das käme nur daher, dass dieser Typ seine Stimme verstellte. Aber trotzdem krampfte sich ihr Magen zusammen.

Manchmal war ihr Magen schlauer und schneller als ihr Verstand. Er wusste oft, lange bevor der Kopf es anerkannte, dass sie sich verliebt hatte oder ob sie sich fürchtete oder wohlfühlte.

Aber wie so häufig hörte sie nicht auf ihren Magen, sondern auf ihren Verstand und sagte: »So, tschüs jetzt. Ich bin hundemüde.«

»Halt!«, sagte er. »Du kannst jetzt nicht einfach auflegen. Ich warte hier auf dich. Komm, sonst geschieht ein Unglück!«

Johanna legte auf. Sie stellte das Radio wieder ein bisschen lauter, nur so viel, dass die Musik eine Chance hatte, sie zu beruhigen. Aber das klappte heute Nacht nicht. Nicht einmal die Stimme von Jens-Uwe Krause auf Bremen Vier mit seinen Oldies half ihr in den Schlaf. Immer wieder drehte sie sich im Bett herum und zerwühlte das Laken.

Sie wurde von Bildern geflutet. Sie sah die Glasröhre der Havenbrücke neongrün leuchten. Über dem dunklen Wasser schwebte Leon wie ein Engel. Aber das Bild hatte nichts Schönes an sich. Er ruderte mit den Armen und schrie etwas, aber sie verstand nur so viel, dass er sie warnen wollte. Dann stürzte er ab und klatschte ins Wasser.

Sie schreckte hoch. Sie war klatschnass. Im Radio lief *You can't always get what you want* von den Stones.

Sie wischte sich die Haarsträhne aus der Stirn und sah auf den Digitalwecker. Vier Uhr zwölf.

Hatte sie diesen komischen Anruf auch nur geträumt? Für einen Moment glaubte sie daran, aber dann kam die Erinnerung voll zurück. Sie rieb sich die Oberarme, dann verkroch sie sich ganz tief unter ihrer Decke. Der Gedanke, von einem geheimnisvollen Verehrer bewundert zu werden, der ihr heimlich Blumen vor die Tür legte, aber zu schüchtern war, sich offen zu zeigen, gefiel ihr irgendwie auch. Es war ein bisschen spooky, aber auch auf eine kribblige Weise schön.

Der nächste Traum begann besser. Sie lief durch die Glasröhre. Alles war in dieses grüne Licht getaucht. Der

Boden übersät mit weißen und roten Rosen. Die Stängel mit den Stacheln fehlten. Es lagen nur Blätter auf dem Boden oder die geöffneten Knospen, wie abgeschlagene Köpfe.

Sie lief immer weiter. Mit jedem Schritt, den sie machte, wurde die Brücke länger. Die real existierenden zweiundvierzig Meter wurden zu ein paar hundert, schließlich zu einem Kilometer oder mehr. Sie konnte das Ende nicht erreichen. Das Mediterraneum schien plötzlich am Ende der Welt zu liegen, und dort wartete ein junger Mann mit weitgeöffneten Armen auf sie. Dessen Schönheit und Anziehungskraft hätten die Stars der Twilight-Saga, Robert Pattinson und Taylor Lautner, neidisch gemacht.

Sie sah sich kurz um. Sie hoffte, Leon würde es nicht mitkriegen. Sie wollte ihm nicht wehtun, ihn weder betrügen noch verletzen, sondern nur einmal diesen geheimnisvollen Verehrer sehen.

Aber die Glasröhre wuchs rasant … Im Traum hörte sie Alarmsirenen, aber sie rannte weiter.

Als sie aufwachte, liefen die Frühnachrichten. Es hatte einen schlimmen Unfall gegeben. Vier Menschen waren tot, drei lagen schwerverletzt im Krankenhaus. Jemand hatte in der Nacht, kurz nach zwölf, Mülltonnen auf die Fahrbahn nahe bei der Havenbrücke geworfen. Fünf Autos waren ineinandergekracht. Die Columbusstraße war immer noch gesperrt.

Sie hatte wie meist in einem alten Nachthemd ihrer Großmutter geschlafen. Sie ließ es jetzt zu Boden fallen und ging ins Bad. Ihre Haare klebten in fettigen Strähnchen zusammen. Sie duschte heiß und schäumte sich die Haare zweimal ein.

Dampfend kam sie, in ein flauschiges Saunatuch gehüllt, aus den Nebelschwaden des Badezimmers, um sich vor dem Spiegel die Haare zu föhnen.

Da klingelte das Telefon.

Sie wusste sofort, dass der Verehrer wieder dran war. Sie hielt mit links das Handtuch fest und griff mit rechts nach dem Gerät.

»Ja?!«

»Hallo, Johanna. Ich bin's, dein Verehrer. Du hast mich schwer enttäuscht. Ich hab auf dich gewartet. Warum machst du so etwas? Ich finde, du solltest dich jetzt bei mir entschuldigen. Ich bin bereit, dir zu vergeben – ich meine, diese Leute könnten noch leben, wenn du ein bisschen freundlicher gewesen wärst.«

»Welche Leute?«

»Der Unfall. Unter unserer Brücke. Weißt du es noch gar nicht?«

Johanna hörte sich selbst schreien: »Warst du das? Hast du die verdammten Mülleimer auf die Straße geworfen?«

Er klang weinerlich. »Ja. Ich war ein böser Junge. Wenn ich so arg enttäuscht werde, dann … dann kann ich für nichts garantieren … Dann mache ich schlimme Sachen.«

Johannas Knie wurden weich. Sie musste sich setzen. Sie plumpste auf die Bettkante. Das Handtuch rutschte runter. Sie brauchte alle Kraft, um das Telefon ans Ohr zu drücken. Es war so schwer, dass sie Angst hatte, es könnte herunterfallen wie das Handtuch.

»Das … das hast du doch nicht wirklich gemacht?«

»Lenk jetzt nicht ab. Natürlich war ich das. Ich bin sehr traurig geworden. Ich hab die Pärchen gesehen, die da entlangflanierten, die Musik war da, alle waren so glücklich, und ich … ich …« Plötzlich schimpfte er los: »Ist es so schwer für dich, zuzugeben, dass du einen Fehler gemacht hast?«

Sie hörte sich selber sagen: »Nein, nein, natürlich nicht. Ich entschuldige mich.«

»Das sagst du nur so daher. Das glaube ich dir nicht. Das ist keine richtige Entschuldigung.«

»Doch, doch, ich entschuldige mich. Natürlich. Ich meine das wirklich ernst.«

»Dann sag's genau. Wofür entschuldigst du dich?«, forderte er.

Es war warm im Zimmer, doch Johanna begann so sehr zu frieren, dass ihre Knie zitterten. Mit dem Ellbogen versuchte sie, ihre Beine fester auf den Boden zu drücken, doch das Zittern ließ nicht nach.

»Ich … ich entschuldige mich dafür, dass ich dich habe warten lassen.«

»Gut. Das ist gut. Aber du wirst mich kein zweites Mal enttäuschen, oder?«

»Nein, das werde ich nicht! Ganz bestimmt nicht!«

»Okay. Bitte komm zum Freimarkt. Da haben sie diesmal eine Riesen-Achterbahn aufgebaut. Es liegen fünf Chips in deinem Briefkasten. Ein Geschenk von mir. Die Achterbahn öffnet heute um 18 Uhr. Ich will, dass du gleich die erste Fahrt machst …«

Sie konnte kaum noch sprechen. Ihr Mund war ausgetrocknet. »Ich … ich kann nicht mit der Achterbahn fahren. Mir wird im Auto schon auf dem Rücksitz schlecht. Ich hab Höhenangst und …«

»Ein Geschenk schlägt man nicht aus, Johanna. Das ist eine Beleidigung. Du willst doch nicht, dass ich wieder Dummheiten mache?«